Tess Tyler ist das Pseudonym der Autorin Ute Kunz. Sie wurde 1975 in Stuttgart geboren. Mit dem Schreiben von Gedichten und Kurzgeschichten begann sie schon als Kind. Die besten Romanideen kommen oft völlig unerwartet. Tess Tyler schreibt gern in verschiedenen Genres und am liebsten über die Vielschichtigkeit menschlicher Beziehungen. Dabei sind ihr liebevoll gezeichnete, einprägsame Charaktere und eine interessante Handlung sehr wichtig.

TESS TYLER

DAS Geheimnis VON PINEWOOD CREST

Erstausgabe März 2025

Copyright © 2025 dp Verlag, ein Imprint der
dp DIGITAL PUBLISHERS GmbH
Made in Stuttgart with ♥
Alle Rechte vorbehalten

Das Geheimnis von Pinewood Crest

ISBN 978-3-98998-497-4
E-Book-ISBN 978-3-98998-410-3

Covergestaltung: Anne Gebhardt
Umschlaggestaltung: ArtC.ore Design
unter Verwendung von Motiven von
stock.adobe.com: © teerawit
Montage von Haus und Hintergrundelementen aus
mehreren Bilder, die mit Adobe Firefly generiert wurden
Lektorat: Sandra Florean
Satz: dp DIGITAL PUBLISHERS GmbH
Druck und Bindung: Books on Demand GmbH, Norderstedt

Triggerwarnung

Dieser Roman enthält potenziell triggernde Inhalte und behandelt sensible Themen wie Depression, Suizid und Zwangshandlungen. Einige Passagen könnten belastend oder emotional herausfordernd sein. Bitte lies achtsam und hol dir Unterstützung, falls du dich betroffen fühlst.

Für meinen Onkel Péter †
Du hättest nicht so jung gehen sollen.

„There are four questions of value in life ...
What is sacred? Of what is the spirit made?
What is worth living for, and what is worth dying for?
The answer to each is the same: only love."
– Lord Byron

Vorwort

Mein Onkel Péter starb, als ich noch nicht einmal zwei Jahre alt war. Erst viel später erfuhr ich, dass er nicht eines natürlichen Todes gestorben war, sondern sich das Leben genommen hatte.

Seine Geschichte hat mich schon immer sehr bewegt. In ihr wimmelt es von unerwiderter Liebe, Betrug, vielen Geheimnissen und Dingen, die nie ausgesprochen, hinterfragt oder gefragt worden sind. Eines Tages wusste ich, dass ich all das fiktiv verarbeiten möchte, doch es ging mir so nah und war so verwirrend, dass es lange Zeit gedauert hat, bis alles stimmig war.

Heute bin ich unendlich dankbar, dieses Buch geschrieben zu haben. Ich habe das Setting von Ungarn in die USA geändert, neue Charaktere erschaffen, einige Anekdoten fiktiv eingebaut und auch das Geschlecht des Protagonisten verändert. Trotzdem bleibt der Kern der Geschichte erhalten: diese unaussprechliche Ohnmacht, mit der man manchmal zusehen muss, wie Menschen handeln und die Dinge ihren Lauf nehmen, und die große Frage, ob es gut ist, alle Geheimnisse im Leben aufzudecken.

In Gedenken an meinen Onkel Péter hoffe ich, dass dieser Roman viele Leserinnen und Leser berühren und auch zum Nachdenken anregen wird.

Kapitel eins

Ländliches Michigan, USA, im Frühjahr 2018

Von außen betrachtet sah Mason Hicks wie ein gesunder Mann Ende dreißig aus: breite Schultern, anständig gekämmtes braunes Haar mit einem akkuraten Seitenscheitel und tiefblaue Augen. Er saß, wie jeden Morgen, um sieben Uhr dreißig am Frühstückstisch. Mit seinen auffallend gepflegten Händen strich er die Stoffserviette auf dem Schoß glatt. Auf einmal wurde sein Blick starr. Manchmal stellte ihm seine Psyche ein Bein. Er war in sich selbst gefangen wie in einem Käfig. Er hoffte inständig, bald zu vergessen, woran er sich fieberhaft zu erinnern versuchte. Es war eine Belanglosigkeit, die er am Vorabend mit Edna ausgetauscht hatte. Der Versuch, sie wieder in sein Gedächtnis zu rufen, beherrschte ihn.

Diese Art von Erinnerungswahn gab es, er hatte es im Internet nachgelesen. Seit einigen Wochen plagte er ihn mehr denn je. Immer, wenn er nervös war, packte ihn der Zwang am Kragen. Doch er konnte es niemandem sagen, nicht einmal seiner Ehefrau Edna. Vielleicht am allerwenigsten ihr.

Er umklammerte den Griff des Marmeladenlöffels, hielt inne und betrachtete das Muster auf dem Platz-

11

Set. In solchen Momenten schien jemand die Pause-Taste in seinem Leben zu drücken. Jemand, der über sein Wesen bestimmte. Eine Macht, die vermutlich ein Teil von ihm war.

Da war noch etwas anderes, das ihm entglitten war. Er bemühte sich vergeblich, das letzte Telefonat mit seiner Tante Karen zu rekapitulieren. Sie hatte etwas gesagt, dem er hatte nachgehen wollen, aber die Information hatte sich in den Windungen seines Gehirns verirrt und war nicht wiederzufinden. Die Gedanken an Vergangenes waren eine Folter. Alle Gesprächsfetzen, mochten sie noch so banal sein, wollte Mason in seinem Gedächtnis wiederfinden. Die Anspannung in seinem Körper stieg mit jeder Sekunde, in der es ihm nicht gelang. Natürlich hat jedes Gehirn nur eine gewisse Kapazität und filtert das Unwichtige heraus. So, wie beim Goldwaschen nur das Wertvolle übrigbleibt. Wieder gelang es Mason nicht, sich auf das Wesentliche zu konzentrieren. Es war, als verschwämme alles zu einer Flut von Eindrücken, die ihn zu ersticken drohte. Für ihn hatte jedes Detail Bedeutung.

Seine Fingerkuppen tanzten an der Tischkante entlang. Am liebsten hätte er die Erinnerungen ausgelöscht, vor allem die an seinen Vater.

Er rollte wie in Zeitlupe die Ecke der Serviette auf, entfernte mit dem Kaffeelöffel einen schwarzen Punkt aus der Konfitüre und faltete anschließend den Stoff neben dem Teller gewissenhaft zusammen.

Edna räumte gerade die Spülmaschine aus und summte eine Melodie vor sich hin. Sollte er sie wegen des Gesprächs gestern Abend fragen? Wahrscheinlich hatte sie die Feinheiten ebenfalls bereits vergessen. Wie dem auch sei, sie würde es ohnehin niemals verstehen. Mason meinte zu spüren, dass sie es auch nicht begreifen *wollte*. Sie war eine praktisch veranlagte Frau. Sie wusste, wo ihre Prioritäten lagen. Und Masons innere Kämpfe missfielen ihr zunehmend. Probleme waren dazu da, um möglichst zeitnah gelöst zu werden, nicht aber, um sich in ihnen zu suhlen, wie er es tat. Sie lebten in einer Leistungsgesellschaft, in der es darauf ankam zu funktionieren. Leistung war Arbeit pro Zeit und die Stunden am Tag waren nun einmal gezählt.

Genau hier lag Masons Problem: Die Tage rannen ihm durch die Finger, weil er auch den Marienkäfer bemerkte, der an diesem Morgen an der Glasscheibe der Terrassentür emporkrabbelte. Das Tier war heller als gewöhnlich und hatte nur drei schwarze Flecken auf den Deckflügeln. Edna würdigte das Tier keines Blickes. Sie räumte weiterhin hektisch den Geschirrspüler aus, während Mason konzentriert Marmelade auf einer Vollkornbrotscheibe verteilte.

„Hast du heute nicht einen Termin bei Doktor Wise?" Edna sah ihn besorgt an, doch schon im nächsten Moment löste sie den Blick von ihm und verstaute seine Lieblingstasse, auf der in goldenen Lettern *Pause and Relax* stand, in dem Hängeschrank über der Spüle. Mason betrachtete seine Frau eine Weile. Sie war elegant, zielstrebig und unkompliziert. Meistens wusste sie, was zu tun war. Ihre Meinung war für ihn der berühmte Fels in der Brandung. Doch was eine Therapie anging, blieb er stur. Er wollte ihr nicht sagen, dass er vorhatte, den Termin schon wieder zu verschieben. Zwar würde die Krankenkasse die Kosten zum Großteil übernehmen, aber etwas in ihm wehrte sich allein gegen die Vorstellung, einen Psychotherapeuten aufzusuchen. Selbst wenn dieser dem Namen nach fähig war.

„Ja, um fünf Uhr habe ich einen Termin." Kaum hatte er den Satz ausgesprochen, meldete sich sein schlechtes Gewissen. Er wollte dort nicht hingehen, Punkt. Seine Strategie bestand darin, Edna im Unklaren zu lassen, auch wenn sie früher oder später sowieso dahinterkommen würde. Sie fand alles heraus, denn sie war eine kluge Frau.

„Ich muss los." Sie stellte sich neben Mason und musterte ihn auf die ihr eigene eindringliche Art. „Du willst dir nicht helfen lassen, nicht wahr?"

Adrett gekleidet war sie, dieser ultramarinblaue Hosenanzug stand ihr besonders gut. Wie wohlgeformt ihr Hintern war. Sie schien nicht zu altern. Vor wenigen Tagen hatte sie ihren vierunddreißigsten Geburtstag gefeiert. Mit fünf guten Freundinnen und ohne Mason, weil er mit einer Erkältung im Bett gelegen hatte.

„Was meinst du damit?" Mason nahm einen Schluck Kaffee. Er mochte es nicht, wenn er nicht seine liebste Tasse benutzen konnte. Doch die hatte am Morgen nicht an ihrem gewohnten Platz rechts über der Spüle gestanden.

„Du willst nicht zur Therapie." Edna stemmte die Hände in die Hüften. „Gib einfach zu, dass du dich querstellst." Ihre Augen wurden zu Schlitzen. „Dabei ist es die einzige Rettung. Für dich und für uns."

Sie war hin und wieder streng, doch Mason mochte ihre selbstsichere Art ebenso sehr wie ihr Aussehen. Ihren herzförmigen Mund und dieses verführerische Funkeln in den Augen.

„Ich weiß nicht, ob mir eine Therapie helfen kann." Er blickte rasch zur Seite.

„Wenn du es nicht wenigstens versuchst, wirst du es nie wissen." Edna presste die Lippen aufeinander. Sie hatte die weichsten Lippen, die sich Mason vorstellen konnte. Ihr Mund war der einzige, den er jemals geküsst hatte.

Er schluckte schwer. Natürlich hatte Edna recht, sie hatte in vielem recht. In ihrem logisch denkenden Hirn fand jeder Gedanke einen Platz und jeder unnütze wurde rechtzeitig verbannt. In seinem Kopf hingegen tummelten sich beängstigende Gedanken. Diejenigen, die ihn zwangen, sich erinnern zu müssen. Diejenigen, die dafür sorgten, dass er für die Fahrt zur Arbeit doppelt so lange brauchte wie ein normaler Mensch. Weil er es nicht schaffte, seine Jacke schlampig auf den Rücksitz zu werfen, wie die meisten Menschen. Weil er, bevor er durch das Garderobenzimmer die Garage betrat, die Schuhe, die nicht parallel standen, ordentlich positionierte. Weil er viermal überprüfen musste, ob er die Haustür abgeschlossen hatte. Wenn Edna dabei war, riss sie ihn vom Schloss weg. „Lass das, Mason", sagte sie dann und war wütend. Sie verstand rein gar nichts.

„Ich bin froh, dass du heute zur Therapie gehst", sagte Edna schließlich nur und drückte ihm einen Kuss auf die Stirn, bevor sie ihre Sachen zusammensuchte, ihre Handtasche schulterte und mit einem fröhlichen „Tschü-hüss, bis später" verschwand.

Mason fuhr zur Arbeit, konzentrierte sich auf die kerzengerade Landstraße und versuchte, alle anderen Gedanken zu verscheuchen. Von denen gab es zurzeit zu viele. Er stellte seinen Wagen auf dem weitläufigen Parkplatz der Firma *Top Paint* ab und pfiff die Melodie, die Edna an diesem Morgen gesummt hatte. Was war es doch gleich? Irgendetwas aus einem Musical, er kam nicht drauf. Edna liebte Musicals.

Mason stieg aus, immer noch pfeifend. Auch der Zentralverriegelung im Auto traute er nicht. Er umkreiste den Wagen zweimal. Dann noch ein drittes Mal, weil keiner zusah. Erst, als er sich davon überzeugt hatte, dass das Auto wirklich abgeschlossen war, überquerte er den Parkplatz. Der Gestank nach Farbe, der ständig von einem der Gebäude herüberwehte, stach in seiner Nase. Er arbeitete seit zwei Jahren bei dieser Firma und hasste deren Produkte. Doch nach über einem Jahr Arbeitslosigkeit war es die beste Lösung gewesen. Ednas Bruder Timothy hatte ihm die Stelle vermittelt. Timothy kannte den Verkaufsleiter von *Top Paint* und der hatte ein gutes Wort für Mason eingelegt. Zwei Tage zuvor hatte Edna ihm mit der Scheidung gedroht, sollte er nicht zumindest einen Job an der Kasse im Supermarkt annehmen. „Die suchen ständig Hilfe", hatte sie damals gesagt und sich vor Mason aufgebaut. Sie atmete geräuschvoller als sonst und ihr fester Blick verriet, dass sie nicht zu Scherzen aufgelegt war. Mason landete fast bei *Target*, obwohl ihm schon bei dem Gedanken an den ständigen Kontakt mit Menschen und Bakterien grauste. Als Timothy am Wochenende anrief, war Mason erleichtert. Er würde wieder in der Buchführung arbeiten können. Zu der Ausbildung in der Buchhaltung hatte ihm seine Tante Karen verholfen, denn sie kannte einflussreiche Menschen in Ann

Arbor. Zwar saß er in einem Großraumbüro, aber immerhin allein an einem Schreibtisch, den er selbst in Ordnung hielt. Der Umgang mit Fremden war überschaubar, er konzentrierte sich auf Zahlen, die eine Zuflucht waren. Das Rechnen war keinen Änderungen unterworfen, die Mathematik eine zuverlässige Wissenschaft, in der er sich wohlfühlte. Diese Arbeit, die er nach dem abgebrochenen Studium gelernt hatte, war berechenbar. Im Gegensatz zu all den anderen Dingen, die im Leben geschahen. Die Tätigkeit bei *Top Paint* war eine kurze Auszeit von den Gedanken im Kopf.

An jenem Tag, an dem sich Mason erneut gegen eine Therapiestunde entschied, nahm er gedankenverloren die mit grauem Teppich bezogenen Stufen in den ersten Stock des Gebäudes, nichtsahnend, dass es sein letzter Arbeitstag bei *Top Paint* sein würde.

Während Mason im Büro saß, fuhr Edna in ihrem BMW zu einem Besichtigungstermin und hörte einen Podcast über Achtsamkeit. Das Haus, das sie heute verkaufen wollte, war eines der wertvollsten Objekte, mit denen sie in letzter Zeit zu tun gehabt hatte. Die Immobilienpreise in dieser Gegend von Michigan waren in die Höhe geschossen und sie wusste, dass der Besitzer mit einem guten Verkauf rechnete.

Edna bog nach dem prunkvoll gestalteten Schild mit der Aufschrift *Pinewood Crest* ab. In goldenen, geschwungenen Lettern prangte der Name der Nachbarschaft an einer Holztafel. Edna fand diese Namen oft amüsant, zumal sie weit und breit keinen Berg und bisher auch keine Kiefern ausmachen konnte.

Sie parkte an der breiten, verkehrsberuhigten Straße und zog vor dem Aussteigen den roséfarbenen Lippenstift nach, der bereits zum Großteil an dem Coffee-to-go-Becher in der Getränkehalterung haftete. Sie schwang sich aus dem Auto und setzte das Lächeln auf, das für Kunden reserviert war. In den neuen schwarzen Stöckelschuhen schritt sie die Einfahrt hinauf und ging in ihrem Kopf die Vorteile des Wohnhauses durch, versuchte, sich zu erinnern, was sie über die Schulen in der Gegend sagen könnte. Unter ihrem Arm klemmte eine lederne Mappe.

Sie hatte die Haare hochgesteckt und die noch laue Frühlingssonne wärmte ihren Nacken. Mason hätte die fünf Holzapfelbäume bewundert, die den großen Garten säumten und in zarter, weißer Blüte standen. Edna stattdessen suchte in ihrer Handtasche nach dem Hausschlüssel, als gerade der Interessent in einem silberglänzenden Mercedes heranfuhr. Den Schlüssel hatte sie doch am Morgen eingesteckt, oder? Plötzlich erinnerte sie sich an den Garagencode und ließ das Tor hochfahren. Der Schlüssel würde sicherlich irgendwo in den Untiefen ihrer Tasche auftauchen.

Der Bodenbelag in der Doppelgarage war gepflegt und in der linken hinteren Ecke führte eine dunkelblaue Tür mit gelben Sprenkeln, den Farben von Michigan, ins Hausinnere. Edna räusperte sich und drehte sich zu dem jungen Mann um, der zielstrebig auf sie zukam. Das Lächeln war in seinem Gesicht erstarrt, so lange, wie er es zu halten vermochte.

„Es freut mich, Sie kennenzulernen!" Der Kunde mit dem kupferfarbenen Haar trat auf sie zu und reichte ihr die Hand. Das helle Blau seiner Augen war umwerfend.

„Wie geht es Ihnen, Mister Chesterfield?" Edna drückte fest seine Hand.

„Mir geht es gut, danke." Seine Gesichtszüge und auch Ednas entspannten sich, während sie sich ausgiebig die Hände schüttelten.

Edna sog die Wärme dieser fremden Männerhand in sich auf, ihre Augen scannten den potenziellen Kunden. Mister Chesterfield trug einen dunkelgrauen Anzug und einen hellbraunen Ledergürtel, der perfekt auf den Farbton seiner Lederschuhe abgestimmt war. Er war schlank und athletisch gebaut. An seiner Linken, die lässig neben dem Oberschenkel herabhing, blitzte ein Goldring. Edna strich sich eine ungehorsame Haarsträhne aus der Stirn. Ihr war auf einmal heiß. Eine Schweißperle rann an der Seite ihrer Brust hinunter. Das bemerkte Mister Chesterfield zum Glück nicht.

Edna schämte sich dafür, dass sie sich von diesem Mann sonderbar angezogen fühlte. Vor Mason hatte sie nur zwei feste Freunde und drei kleine Abenteuer gehabt, nichts Erwähnenswertes. Alles war schnell vorbei gewesen, nur an Mason war sie hängengeblieben. Die beiden waren seit fünf Jahren verheiratet und oft hatte Edna das Gefühl, sie wären schon ein altes Ehepaar. Damals hatte sie sich in die Ruhe verliebt, die Mason ausstrahlte. Dass er eine Zwangsstörung hatte, war ihr erst nach der Hochzeit bewusstgeworden. Zwar bemerkte sie, dass Mason langsam und oft umständlich war, doch die Diagnose stellte ihre beste Freundin Madeleine, die Psychotherapeutin war.

„Du musst ihn zum Arzt schicken", hatte ihr Madeleine damals bei einem gemeinsamen Abendessen zugeflüstert. Edna hatte sich augenblicklich dafür geschämt, dass sie es nicht schon viel früher bemerkt hatte. Vielleicht will man es nicht wahrhaben, wenn der eigene Ehemann ein großes psychisches Problem hat.

„Wollen wir hineingehen?" Mister Chesterfields Stimme riss sie aus den Gedanken.

„Selbstverständlich." Sie öffnete die Tür. In dem Haus roch es angenehm nach Rose und Vanille. Die Besitzer mochten Duftkerzen, das wusste Edna.

„Die Küche wurde vor einem Jahr modernisiert." Sie führte ihren Kunden über das Speisezimmer in die geräumige Küche mit weißen Fronten. In der Mitte befand sich eine Kochinsel mit einer Arbeitsplatte aus schwarzem Marmor. „Die Besitzer haben das Haus immer gut gepflegt." Edna streichelte mit der Hand über die exquisite Küchenplatte. Sie meinte zu bemerken, dass auch Mister Chesterfield einen raschen Blick auf ihren Ehering warf. Aber vielleicht täuschte sie sich auch.

„Wie viele Schlafzimmer hat das Haus noch einmal?", wollte er wissen.

Edna fuhr es bei dem Gedanken an Schlafzimmer kalt den Rücken hinunter. Immer diese Zeit vor dem Eisprung, da hatte sie Gedanken wie ein Teenager! Noch dazu lockte der verführerische Duft nach Frühling, der seit einigen Tagen in der Luft lag. Dabei war ihr die Lust an Sex mit Mason seit ihrer Fehlgeburt vor über einem Jahr vergangen. Davon abgesehen, dass der Verkehr mit ihrem Mann zunehmend eintönig war. Das Vertraute war der Feind des Reizes.

„Begehrst du mich nicht mehr?", hatte sie ihren Mann einmal geradeheraus gefragt. Mason blieb damals der Mund offen stehen.

„Aber natürlich begehre ich dich, Edna", sagte er bloß leise, während er die Hose, die er eben ausgezogen hatte, fein säuberlich auf dem Sessel neben dem Ehebett zusammenlegte. Er knöpfte das Hemd auf und entblößte den blassen, nur leicht behaarten Bauch. „Du bist die einzige Frau für mich, das weißt du doch." Er trat auf sie zu und legte die Arme um sie. Nicht auf die Art, wie sie es sich gewünscht hätte, sondern so, wie man einen guten Freund umarmt. „Hast du heute einen deiner fruchtbaren Tage?" Für einen Moment ließ er von ihr ab, als wolle er sicherstellen, nicht unnötig Sex mit ihr zu haben.

„Ich denke schon", hatte Edna geantwortet, obwohl sie am liebsten gar nichts erwidert hätte. Doch der Geschlechtsverkehr führte nie mehr zu einer Schwangerschaft. Der Frauenarzt konnte es sich nicht erklären.

„Wollen wir nach oben gehen?", fragte Mister Chesterfield.

Edna bekam eine Gänsehaut. Es klang beinahe wie eine Aufforderung.

Beide zogen die Straßenschuhe aus. Sie ging vor ihm her und die Stufen hinauf, fragte sich, ob er auf ihren Hintern starrte, der bei jedem Schritt wackelte.

„Hier haben wir das erste Kinderzimmer." Edna betrat einen großen Raum, an dessen Fenster noch ein bunter Vorhang mit Luftballons hing. Sanfte Sonnenstrahlen streichelten die beigefarbenen Wände. „Und hier ist das dazugehörige Badezimmer." Sie schob die Tür auf, die in ein kleines Badezimmer führte.

Mister Chesterfield spähte hinein und lächelte anschließend in Ednas Richtung.

Edna zeigte ihm die beiden anderen Kinderzimmer und fragte sich, ob und wie viele Kinder ihr Kunde wohl hatte. Sollte sie sich erkundigen? Meistens stellte sie keine persönlichen Fragen bei ersten Besichtigungsterminen.

„Und nun kommen wir zum Elternschlafzimmer." Edna musste sich räuspern, die Worte wären ihr beinahe im Hals steckengeblieben. Woher kam diese Nervosität? Dieser Mann verkörperte alles, was Edna mit erotischer Anziehung in Verbindung brachte.

Die beiden betraten das Schlafgemach, dessen bodentiefe Fenster den Blick auf einen See und den dahinterliegenden Wald eröffneten, als hinge dort ein Landschaftsbild an der Wand. Der schneeweiße, weiche Teppichboden war so hochflorig, dass Ednas Füße, die in einer hauchdünnen Strumpfhose steckten, ungewöhnlich tief einsanken. Sie konnte sich nicht vorstellen, was an diesem Bodenbelag praktisch war. Er war auf jeden Fall nicht pflegeleicht.

Mister Chesterfield trat ans Fenster, verschränkte die Hände hinter dem Rücken und blickte hinaus. Erst jetzt fiel Edna sein wohlgeformtes Hinterteil auf, an dem die Stoffhose leicht spannte. Beschämt senkte sie den Blick. Bleib professionell, ermahnte sie sich.

Plötzlich trat er einige Schritte zur Seite und zog den seidenen Vorhang auf der rechten Seite zu. Er bewegte sich entschieden und wiederholte dasselbe auf der linken Seite.

„Das Badezimmer ist besonders geräumig", erklärte Edna mit dünner Stimme. Sie zupfte den Kragen ihrer Bluse zurecht.

„Ich habe genug von dem Haus gesehen." Mister Chesterfield durchquerte den Raum. Er trug lila und grün geringelte Socken und seine Füße waren schmal und lang. Wie selbstverständlich betätigte er die elektrischen Schalter an der Wand. Die Rollläden fuhren lärmend herunter. Edna starrte angespannt vor sich hin. Ihr Atem ging immer schneller. Nur durch die Tür zum Schlafzimmer drang Licht herein.

„Dein Haar ist wunderschön", flüsterte Mister Chesterfield und trat auf Edna zu. Mit der rechten Hand berührte er ihren Kopf an der linken Schläfe. „Darf ich?" Ohne eine Antwort abzuwarten, entfernte er die Haarspange von ihrem Hinterkopf und ließ den Wasserfall aus kastanienrot getöntem Haar über ihre Schultern fließen.

Edna wollte etwas sagen, doch es kam kein Laut aus ihrer Kehle. Sie war wie gelähmt, überrollt von dieser zärtlichen Geste.

Er trat noch ein wenig näher an sie heran. Sein Atem roch nach Minze. Edna sah ihm in die Augen. Auch er fixierte sie für einen Augenblick, bevor er sie an sich heranzog. In Ednas Unterleib wurde es warm. Alles in ihr sehnte sich nach diesem Mann, der seine Lippen ihrem Ohr näherte, um anschließend ihren Hals zu küssen. Edna schloss die Augen. Es schien keine Welt um sie herum zu geben. Sie ließ sich fallen. Alles in ihr konzentrierte sich auf seine leidenschaftlichen Berührungen. Er liebkoste ihren Körper. So, als wolle er keinen

Quadratzentimeter auslassen. Bald lagen sie halb entkleidet auf dem flauschigen Teppichboden. Die weichen Stofffasern umspielten Ednas Rücken, während ihr Verführer sein Kunststück fortsetzte. Sie dachte an nichts und ließ alles geschehen. Schließlich lagen beide atemlos nebeneinander, nur ihre Finger berührten sich noch. Sie sprachen kein Wort, während sie sich wieder anzogen. Mister Chesterfield bedankte sich für die angenehme Besichtigung und verabschiedete sich. Edna folgte ihm wie in Trance nach unten.

Mit offenem Haar stand sie schließlich auf der Einfahrt und blickte dem sich rasch entfernenden Mercedes hinterher. Sie überlegte, ob sie die Hand heben und ihrem Kunden hinterherwinken sollte, entschied sich aber dagegen.

An diesem Tag standen fünf weitere Besichtigungstermine an. Verwirrt fuhr Edna nach Hause, übersah beinahe eine rote Ampel und bog zügig in ihre Nachbarschaft ab. Hier waren die Häuser nur halb so groß wie das eben besichtigte. Sie ließ den Wagen vor der Garage stehen und eilte ins Haus. In ihrem Hals bildete sich ein harter Knoten, sie konnte nicht fassen, was eben geschehen war. Welcher Teufel hatte sie bloß geritten? Würde sie ihren Job verlieren? Wie sollte sie das jemals Mason beibringen? Am besten gar nicht!

Sie zog die Kleider aus, an denen der Geruch ihres Verführers hing, warf alles in den Wäschekorb und stellte sich unter die Dusche. Ihre dunklen Nippel waren immer noch harte Knoten und sie benutzte doppelt so viel Duschgel wie normalerweise. Trotzdem würde es niemals ausreichen, um die bittere Schuld wegzuwaschen.

Den Rest des Tages erlebte Edna wie in eine Wolke aus Watte gehüllt. Ihr Kopf schmerzte und sie war nicht in der Lage, sich auf ihre Kunden zu konzentrieren. Zwischen zwei Terminen spülte sie hastig eine Schmerztablette auf der Gästetoilette hinunter. Es ging an diesem Tag um eine Wohnung in einem unansehnlichen Backstein-Komplex, ein kleines Haus am Ortsrand, ein Reihenhaus und zwei Standard-Einfamilienhäuser. Die Kunden waren allesamt Familien. Nur der letzte Termin war mit einer Einzelperson, die zum Glück weiblich war. Alles andere hätte Edna überfordert.

Während der Besichtigungen hatte sie das Handy auf stumm geschaltet, doch auf der Heimfahrt hörte sie ihre Nachrichten ab. Die erste war von Mister Chesterfield. Seine Nummer hatte sie unter ihren Kontakten abgespeichert.

„Ich habe mich für ein anderes Haus entschieden." Er war freundlich. Professionell. Niemand würde bei dieser Nachricht auch nur vermuten, was er heute getan hatte. „Trotzdem vielen Dank für die nette Zeit."

Das war alles? Edna starrte fassungslos auf die Fahrbahn und wäre um ein Haar mit dem Vordermann kollidiert, der eben an einer Stoppschild-Kreuzung bremste.

Gedankenverloren hörte sie die nächste Nachricht ab. Ihr Kopf wollte platzen.

„Ich bin es, Mason", erklang gedämpft die vertraute Stimme ihres Ehemannes. O Gott, Mason, wie konnte ich dir das nur antun, dröhnte es durch Ednas Schädel.

„Heute Abend werde ich etwas später nach Hause kommen." Masons Tonfall war traurig.

Edna wurde hellhörig. Der Termin beim Psychotherapeuten war für eine Stunde angesetzt gewesen. Mason war noch nie später als gewöhnlich nach Hause gekommen. Das Abendessen stand immer um achtzehn Uhr auf dem Tisch. Es gab in Masons Leben keine Ausnahmen.

„Warte bitte nicht mit dem Essen auf mich." Die Mitteilung war zu Ende.

Verwundert ließ Edna das Telefon in die Handtasche gleiten. Als sie zu Hause ankam, fühlte sie sich elend und einsamer denn je.

Kapitel zwei

Ländliches Pennsylvania, USA, im Jahr 1958

Es gibt Männer, die allein durch ihr Auftreten einen bleibenden Eindruck hinterlassen. Sie strahlen Charme und Selbstsicherheit zugleich aus, ohne aufdringlich oder arrogant zu wirken. Alistair Smith gehörte zu dieser Sorte von Mann. Das tiefschwarze Haar mit vereinzelten grauen Stellen an den Schläfen saß wie eine Mütze auf seinem Kopf. Sehr aufrecht stehend, mit breiten Schultern und einem festen Blick setzte er sich für seine Mandanten ein. Jeder Richter hielt ihn für den besten Anwalt im Großraum Philadelphia.

„Wann dürfen wir mit einer Schwiegertochter rechnen?", fragte seine Mutter Cynthia beim Sonntagsbrunch. Sie stellte diese Frage seit Alistairs fünfunddreißigstem Geburtstag, der bereits fünf Monate zurücklag, jeden Sonntag mindestens einmal.

„Du weißt, dass ich für die Liebe keine Zeit habe." Alistair lächelte, obwohl es ihn nervte. Er bestrich ein Croissant mit Blaubeermarmelade und goss sich frisch gepressten Orangensaft ein.

Sie saßen auf der weißgetünchten Veranda des Hauses, in dem Alistair groß geworden war. Zu seiner Linken erstreckte sich saftig grünes Weideland, auf dem die schwarz-weiß gescheckten Kühe des benachbarten Farmers grasten. Hinter dem Holzzaun stand eine rotweiße Scheune. Noch ein Stück weiter in Richtung Landstraße lag eines der vielen Felder von Chester County, die im Herbst golden leuchteten.

„Dann musst du dir die Zeit für die Liebe eben nehmen." Alistairs Mutter hob herausfordernd die Augenbrauen und erntete den vorwurfsvollen Blick ihres Ehemannes Cory, der bisher gedankenversunken in die Ferne gestarrt hatte.

Er lehnte in der ihm typischen Tweed-Jacke und einer Baskenmütze am Geländer. Seine Stirnrunzeln verrieten eine gewisse Anspannung, die nicht auf die Enkel-Thematik, sondern auf die Tatsache zurückzuführen war, dass er vor einer halben Stunde mit Freunden im Country Club verabredet war. Doch der Brunch zog sich oft in die Länge.

Alistair biss ein Stück von seinem Croissant ab. Er liebte seine Mutter, doch ihre ständigen Fragen empfand er zunehmend als störend. Für sie blieb er für immer der Vorzeigesohn, in dessen Leben sie Regie führen wollte.

„Lass ihn doch in Ruhe." Cory nahm die Mütze ab und legte sie in den Schoß. Sein Haupthaar war schütter, oben am Kopf erinnerte es an den weichen Flaum eines Babyelefanten.

„Ich möchte Enkel haben." Cynthia legte eine Hand mit leichtem Druck auf Alistairs Unterarm. Ihr Handrücken war von Altersflecken übersät.

„Du wirst deine Enkel schon noch bekommen", versicherte Alistair so zuversichtlich, wie er nur konnte. Er erwähnte nicht, dass ihm bisher keine einzige Frau über den Weg gelaufen war, die ihm auch nur annähernd gefallen hätte. Die Schlauen waren unansehnlich oder affektiert, die Hübschen schon vergeben oder für seinen Geschmack zu einfach gestrickt. Darüber hinaus glaubte er an die Fügung des Schicksals. Bei allem, was im Leben geschah.

„Warte nicht zu lange." Seine Mutter tätschelte seinen Arm. In ihrem Blick brannte die mütterliche Liebe, die er so sehr schätzte. „Das Leben ist kurz und die Zeit eine Bestie."

„Hör auf mit dem Gerede." Cory schüttelte den Kopf und zog seine Taschenuhr hervor.

„Streitet euch nicht meinetwegen", bat Alistair und nahm einen Schluck Saft. Er schmeckte heute intensiver als sonst. Die Eiswürfel legten sich kalt gegen seine Schneidezähne.

„Wir finden auch andere Gründe zum Streiten", flüsterte ihm seine Mutter ins Ohr. Gerade noch so laut, dass Cory es hören konnte, doch der reagierte nicht auf die Anspielung seiner Frau.

Manchmal war sich Alistair nicht sicher, ob er die Ehe für eine wünschenswerte Einrichtung hielt. Die Sticheleien zwischen seinen Eltern wurden immer unangenehmer. Aber wer sagte, dass es mit den Jahren so werden musste?

„Hast du Lust, in den Country Club zu gehen?", fragte Cory unverhofft. Er wollte wohl so schnell wie möglich weg von zu Hause. Jedes Mal hatte sein Aufbruch etwas Fluchtartiges an sich.

Alistair zögerte einen Augenblick. Hätte er gewusst, dass ihm dort an genau diesem Tag die bezauberndste Frau, die er jemals getroffen hatte, über den Weg laufen würde, dann hätte er sofort zugesagt.

„Geh nur." Seine Mutter nahm die Hand von seinem Arm. „Ich werde mich in die Küche zurückziehen und in Ruhe backen. Vergnügt ihr euch ruhig."

Es war zu früh für das Kartenspiel, aber niemals zu früh für einen Whiskey und eine Zigarre. Cory und Alistair nahmen an der Bar Platz, mit dem Blick auf den perfekten Rasen des Golfplatzes, wo bereits ihr Nachbar Jeremy den Schläger schwang. Er war gemäß den Vorschriften des Country Clubs schick gekleidet, in einer hellen Bundfaltenhose und einem dunkelblauen Poloshirt.

„Reich müsste man sein", murmelte Cory, bevor er genüsslich einen Schluck der bernsteinfarbenen Flüssigkeit nahm.

„Wir sind auch nicht gerade arm." Alistair warf ihm einen amüsierten Blick zu.

„Aber ich muss zur Arbeit. Jeremy nicht."

„Das ist ein Luxus, den nicht jeder haben kann." Alistair bestellte sich ein Bier.

Die Stunden im Country Club hatten es an sich zu verfliegen. Man plauderte mit dem Barkeeper oder anderen Anwesenden, trank mehr als gut für einen war und rauchte ausgiebig. Am frühen Nachmittag ließen sich Cory und Alistair zu Hause sehen, um Cynthias Kirschkuchen zu kosten. Anschließend fuhr Alistair in den Ort, um sich eine neue Weste zu kaufen, und Cory las die Zeitung, während seine Ehefrau darauf wartete, dass er mit ihr sprach. Sie fand immer etwas, worüber man reden konnte, aber Cory hüllte sich gern in Schweigen. Gegen fünf Uhr am Nachmittag nahm Cynthia, wie fast jeden Tag, im Wintergarten Platz und widmete sich ihrer Stickerei. Dass Cory und Alistair bald zum Kartenspiel gehen würden, war selbstverständlich. Zum gemeinsamen Abendessen, das sie jeden Sonntag im Restaurant des Clubs einnahmen, würde sich Cynthia dazugesellen.

Als Maria an diesem Abend den Raum betrat, drehten alle anwesenden Männer den Kopf in ihre Richtung, ob sie nun in ein Kartenspiel vertieft waren oder nicht. Erstens war Maria für eine Frau ungewöhnlich groß, zweitens trug sie keine explizite Sonntagskleidung und drittens war ihr Ausschnitt tiefer, als man es in diesen Kreisen gewohnt war. Ihr blondes Haar fiel ungebändigt über ihren Rücken. Sie blickte unsicher in die Runde. Es war klar, dass sie hier nur ein Gast war, und zwar in Begleitung der beliebten Lesley McMorris, die den Gemischtwarenhandel im Ort führte und jeden kannte. Nur Mitglieder des Country Clubs durften hier speisen, aber deren Gäste waren immer willkommen.

„Wer ist das denn?", flüsterte Cory hinter vorgehaltener Hand.

Alistair zuckte unmerklich mit den Schultern und konnte den Blick nicht von der Fremden abwenden, die Lesley gerade einer Frauengruppe in der hintersten Ecke des Raumes vorstellte. Nie zuvor hatte die Optik einer Frau ihn derart gefesselt. Er hatte von solchen Vorkommnissen gehört, aber diesen Zauber noch nie am eigenen Leib erfahren dürfen – bis zu diesem Tag.

Lesley machte mit der Fremden an der Hand die Runde durch den geräumigen Speise- und Spielsaal. Im

Kamin züngelten bereits hungrige Flammen und Alistair wurde auf einmal sehr heiß in der neuen Weste.

„Darf ich euch Maria Evans vorstellen." Lesley stellte sich mit ihrer Begleiterin dicht neben Alistair. „Sie ist die Cousine meiner besten Freundin und für eine Weile zu Besuch."

Alistairs erster Eindruck von Maria wurde bestätigt, aus unmittelbarer Nähe war die Fremde sogar noch umwerfender als von Weitem. Ihre blauen Augen saßen ein wenig zu dicht über den hohen Wangenknochen, aber das machte sie umso interessanter. Alistair sah unwillkürlich auf ihre Hände, die sie unsicher vor ihrem Körper hielt, als wüsste sie nichts mit ihnen anzufangen. Ihre Fingernägel waren nicht lackiert und sie trug weder einen Ring noch sonst irgendeinen Schmuck. Ihr langer Rock, der einmal weiß gewesen sein musste, war schlicht und ihr weinrotes Oberteil enganliegend und so tief ausgeschnitten, dass sich Alistair Mühe geben musste, nicht ständig auf die sanften Hügel ihres Brustansatzes zu starren, zwischen denen sich ein reizvoller Spalt gebildet hatte.

„Darf ich Sie zu einem Drink einladen?" Die Worte kamen wie selbstverständlich über Alistairs Lippen.

Maria sah beschämt zu Boden, nickte dann aber kaum merklich.

„Habt eine schöne Zeit!" Lesleys Stimme war ein aufgeregtes Zwitschern.

Alistair erhob sich und ignorierte die besorgen Blicke seiner Eltern, bot der unbekannten Frau den Arm an und begab sich mit ihr zur Bar.

Kapitel drei

Michigan, im Frühjahr 2018

Edna saß allein am Esstisch in der Küche und bekam keinen Bissen ihres Putenschnitzels hinunter. Das Handy lag neben ihr, zeigte sieben Uhr fünfundfünfzig und keine einzige neue Nachricht. Sie hatte Mason innerhalb der vergangenen halben Stunde fünfmal angerufen, aber nur seine monotone Stimme in der Mailbox-Aufnahme hatte geantwortet.

Verdammt, Mason, du machst mir Angst. Edna sprang auf. Ihre Finger wollten 911 wählen, doch ihr Verstand hielt sie davon ab. Er war eine höhere Instanz als das Bauchgefühl oder das Herz. Warum nur hatte sich ihr Kopf nicht auch bei Mister Chesterfields Berührungen eingeschaltet? Sie hätte sich ihm nicht einfach hingeben sollen. Neben der Sorge um Mason nagte das schlechte Gewissen an ihr.

Einatmen – ausatmen – ganz ruhig, sagte sie sich wiederholt vor und ging im Esszimmer auf und ab. Ihr Körper fühlte sich steif an und ihre Hände waren Eiszapfen. Auf dem Tisch lagen zwei geblümte Tischsets, hier hätte sie mit Mason zu Abend gegessen. Hier speisten sie immer zusammen. Sie hatte das Vertraute liebgewonnen, selbst wenn es sie manchmal aufregte. Jede

Abweichung von den alltäglichen Regeln kam ihr auf einmal wie eine Sünde vor.

Sie zwang sich, wieder am Tisch Platz zu nehmen und sich zu sammeln. In solchen Situationen half nur, einen klaren Kopf zu bewahren. Es war nicht ihre Art, gleich in Panik zu verfallen.

Doch tun musste sie etwas, denn nichts zu tun, war keine Lösung. Sie musste sich Hilfe holen. Jemanden befragen, der ihr eventuell weiterhelfen konnte. Außenstehende hatten oft einen klareren Blick. Doch wen sollte sie anrufen? Vielleicht war die Firma die beste Wahl, schließlich wäre es wichtig zu wissen, ob Mason heute bei der Arbeit gewesen war. Sie zückte das Handy.

„Hallo, hier Edna Hicks!" Sie erschrak vor der eigenen nervösen Stimme und war gleichzeitig dankbar, dass um diese Uhrzeit noch jemand bei *Top Paint* ans Telefon ging. „Könnten Sie mir sagen, ob mein Ehemann Mason Hicks heute bei der Arbeit war?"

„Ich richte hier nur gerade ein IT-Problemchen", sagte der Mann und Ednas Hoffnung sank mit einem Mal. „Da kann ich Ihnen leider nicht helfen. Alle anderen Mitarbeiter sind schon weg."

Edna bedankte sich und beendete mit einigen Höflichkeitsfloskeln das Gespräch. Sie rieb sich die Schläfen, schloss kurz die Augen und dachte angestrengt nach. Als Nächstes rief sie ihren Bruder Timothy an.

„Ist alles in Ordnung, Edna?" Er klang aufrichtig besorgt.

Im Hintergrund kreischten gefühlt zwanzig Kinder, denen Timothys Ehefrau Betsy etwas zurief. Edna war kein Fan von Betsy. Nicht, weil sie seit zehn Jahren alle zwei Jahre ein Kind bekommen hatte, sondern weil sich ihr Leben ausschließlich um ihre Liebsten drehte. Die Frau war nur noch eine funktionierende Hülle.

„Nichts ist in Ordnung." Ednas Augen wurden feucht. Sie wollte kein Geheimnis daraus machen, dass Mason an diesem Abend nicht wie gewohnt nach Hause gekommen war. „Mason ist verschollen."

„Was meinst du damit?" Timothy musste sich in ein Zimmer gesperrt haben, denn der Lärmpegel wurde plötzlich erträglich. „Hast du im Badezimmer gesucht?"

Der Witz war im Grunde genommen nicht schlecht, denn Edna hatte sich schon oft bei ihrem Bruder beklagt, dass Mason mehr Zeit dort verbrachte als jede Frau, die sie kannte. Aber jetzt war er fehl am Platz.

„Mason ist heute nicht von der Arbeit zurückgekehrt."

„Vielleicht ist er mit einem Kollegen ausgegangen." Timothy versuchte immer, eine einfache Erklärung zu finden, genau wie Edna. Doch heute hatte sie das ungute Gefühl, dass es für Masons Verschwinden keine plausible und vor allem keine beruhigende gab.

„Mason geht nie mit jemandem aus. Nicht einmal mit mir." Edna hörte sich wie ein beleidigtes Kleinkind an.

„Irgendwann ist es immer das erste Mal."

„Hör auf, die Sache herunterzuspielen!" Ednas Kopf glühte. Sie konnte es nicht ausstehen, wenn ihr älterer Bruder sie beruhigen wollte, als sei sie noch ein kleines Mädchen.

„Dann ruf die Polizei an, Edna."

„Genau das will ich noch nicht tun." Sie schwang nervös den Fuß auf und ab. „Sagen wir, Mason hätte einen

Unfall gehabt. Dann wäre ich doch darüber informiert worden, oder?"

Timothy seufzte am anderen Ende der Leitung. Natürlich wusste er, dass er Edna nichts vorschreiben konnte.

„Mason will nicht, dass ich ihn kontaktiere. Er geht nicht ans Telefon. Und genau das macht mir Sorgen."

Timothy sagte eine Weile nichts. Edna stand auf, stellte sich mit dem Handy an die Terrassentür und blickte auf den künstlich wirkenden, giftgrünen Rasen hinaus. Sie hatte auf einmal das Bedürfnis, Mason vorzuschlagen, am Wochenende eine Runde mit ihm zu golfen. Sogar Sex mit ihm schien verlockend, jetzt, da er weg war. Edna riss die brennenden Augen auf, damit die Tränen nicht überquollen.

„Hör zu, Edna, ich an deiner Stelle würde noch ein paar Stunden warten."

„Genau das habe ich vor." Ihr Hals schnürte sich zu. „Aber könntest du mir bitte noch Adrians Nummer geben?" Insgeheim hoffte Edna, dass dem Verkaufsleiter etwas an Mason aufgefallen war. Ihr Bruder schickte ihr Adrians Handynummer auf ihr Telefon.

„Ich würde aber erst einmal abwarten", sagte er.

„Ich will wenigstens wissen, ob Mason bei der Arbeit war. Wie weit er weg sein könnte." Sie atmete geräuschvoll ein und wieder aus. „Falls er sich aus dem Staub gemacht hat."

„Ich glaube, du machst dir zu viele Sorgen. Er wird schon wieder auftauchen."

Wie sehr wollte sie seinen Worten Glauben schenken!

Edna verabschiedete sich von Timothy und starrte auf seine Nachricht. Warum sollte sie Adrian, einen Familienvater, um diese Uhrzeit stören, nur, weil ihr Mann abhandengekommen war? Mason war ein erwachsener Mann und würde sich bei Gelegenheit sicherlich melden. Vielleicht war ihre Reaktion übertrieben. Plötzlich wurde ihr bewusst, dass sie Mason stets wie ein Kind behandelte. So, als wäre er nicht fähig, sein Leben selbstbestimmt zu führen. Seine unsichere Art hatte es herausgefordert, dass sie ihn ständig bemutterte. Ihm Ratschläge gab. Ihm so gut wie nichts zutraute.

Sie zog ihre Haussocken mit den lilafarbenen Bommeln am Saum an und versuchte, sich auf ein Frauenmagazin zu konzentrieren. Schon nach wenigen Minuten merkte sie, dass es ihr niemals gelingen würde. Stattdessen holte sie eine Praline aus der Schachtel in der Speisekammer, die ihr Madeleine zum Geburtstag geschenkt hatte, neben einem Gutschein für ein Wellness-Wochenende in Chicago. Auf einmal verloren solche Dinge an Bedeutung, als hätte jemand das Bühnenlicht entschlossen auf Mason gerichtet. Damit sie endlich hinsah.

Immer, wenn etwas Unerhörtes geschah, wurde der Alltag zu einer Banalität. Heute waren zwei Dinge geschehen, die sich in Edna festgebissen hatten: Sie hatte ein Abenteuer mit einem Kunden gehabt und Mason war nicht nach Hause gekommen. Sie fragte sich, wie es sein konnte, dass Mason sie nach all den Jahren mit solch einer Aktion überraschte. Wie war jemand, der ihr so nahestand, dazu in der Lage, sie derart zu überrumpeln? War es ein Zeichen, dass sie ihn nicht gut genug kannte?

Die Pralinenschachtel war fast leer, als es Edna einfiel: Madeleine war die Lösung! Warum nur war ihr das nicht schon früher eingefallen? Ihre beste Freundin war eine Weise, wenn es um die menschliche Psyche ging. Sie konnte die verworrensten Windungen der menschlichen Seele nachvollziehen. Edna wählte ihre Nummer, die sie auswendig kannte.

„Ist Madeleine zu Hause?", fragte sie gehetzt, nachdem sie sich bei ihrem Ehemann Logan erkundigt hatte, wie es ihnen allen ginge. Madeleine war im achten Monat schwanger und es hatte allerlei Komplikationen gegeben.

„Madeleine ist bei der Schwangerschaftsgymnastik. Und bei uns ist alles im grünen Bereich." Logans Stimme war gelassen. Er war der Ruhepol der Familie.

Edna fragte sich, wer bei Mason und ihr diese Funktion innehaben würde, sollte es eines Tages mit dem Nachwuchs klappen. Sie hatte sich irgendwann auf das Planen des Kinderglücks eingelassen, weil sie Mitleid mit Mason hatte. Dabei war sie noch nicht bereit dafür. Madeleine betonte immer wieder, das sei der falsche Grund.

„Wann kommt sie wieder zurück"?" Die Finger von Ednas freier Hand tippelten unruhig auf ihrem Oberschenkel.

„So gegen halb zehn", sagte Logan.

Edna blickte auf die hohe Wanduhr, die ein Erbstück von Masons Vater Elliot Hicks war, den sie nie gekannt hatte. Das waren noch neunundsiebzig unerträgliche Minuten, die wie zäher Sirup dahinfließen würden!

Edna verabschiedete sich. Sie hörte Masons Nachricht noch einmal ab, um eventuelle Hintergrundgeräusche oder eine besondere Gemütsregung in seiner Stimme herauszuhören, aber da war nichts, was ihr weiterhalf. Also schaltete sie den Fernseher an. Kaum waren die ersten Minuten ihrer Lieblings-Soap verstrichen, begannen die Alarmglocken in ihrem Kopf erneut zu schrillen. Es lag ihr nicht, herumzusitzen und zu warten. Sie machte sich auf die Suche im ganzen Haus, vielleicht würde sie Spuren finden oder Mason hatte sogar eine Nachricht für sie hinterlassen. Am Anfang ihrer Ehe hatte er manchmal kleine Zettel neben ihrem Zahnputzbecher oder unter ihrem Kopfkissen platziert, auf denen stand *Du bist mein Wunder* oder *Meine Schönheit.* Niemals *Ich liebe dich.* Diesen Satz hatte Mason kein einziges Mal ausgesprochen, obwohl Edna das sichere Gefühl hatte, dass ihr Mann sie so liebte, wie ein Ehemann seine Frau lieben sollte: auf eine reife, verantwortungsvolle Art. Nicht kopflos wie die verliebten Pärchen, die Hand in Hand durch die Stadtparks Ann Arbors schlenderten. Oder hatte sie sich getäuscht? War Mason mit einer anderen Frau durchgebrannt? Hatte er Geheimnisse vor ihr? Gab es etwas, wovon sie nichts wusste? Weil sie sich zu sehr auf ihre Karriere als Immobilienmaklerin und all die Dinge, die im Leben nun einmal erledigt werden mussten, konzentriert hatte. War sie schuld an seinem Verschwinden? War er überhaupt verschwunden? Oder nur heimlich irgendwo unterwegs?

Edna durchwühlte das Bett, das Mason jeden Morgen machte. Auf seinem Nachttisch lagen ein Gedichtband von Lord Byron und eine ungeöffnete Packung Melatonin-Tabletten, die Edna für ihn besorgt hatte, weil er oft nur mit Mühe einschlafen konnte. Soweit sie wusste, hatte er nie eine genommen. Sie wünschte sich, mehr mit ihm gesprochen zu haben, obwohl ihr klar war, dass solche Reue im Nachhinein fehl am Platz war. Es war wichtig, im Augenblick das Richtige zu tun.

Im gemeinsamen Badezimmer war nichts Auffälliges zu entdecken. Es bot sich das übliche Bild: Neben ihrem eigenen Waschbecken lagen wild durcheinander Haarbänder, ein Kamm, verschiedene Cremes und Lotionen, ein zerknülltes Taschentuch, ein Massageschwamm, ein Lippenstift und einige Eyeliner, während Masons Waschtisch ein Beispiel für makellose Ordnung war. Er räumte jeden Tag hinter sich auf, als wäre es sein letzter. Warum nur war Mason so ein sonderbarer Mensch? Edna hatte eine Ahnung, aber nie ernsthaft mit Mason darüber gesprochen. Madeleine meinte, Menschen mit Zwangsleiden müssten eine äußere Ordnung bewahren, um ein Gegengewicht zu ihrer gequälten Psyche zu schaffen. War Mason ein innerlich gepeinigter Mensch und Edna hatte es nie ernst genug genommen? Weil sie davon ausging, dass man sich zusammenreißen konnte, wenn es nötig war.

Sie eilte die Treppe in den Hobbyraum hinunter, dort befand sich ihr gemeinsamer Tresor. Sie hatte in letzter Zeit bemerkt, dass Mason viele Abende im Untergeschoss verbracht hatte, ab und zu auf dem Heimtrainer gesessen, aber meistens bloß ruhig gewesen war. Jetzt tippte sie den Code zum Öffnen ein und sah die Sachen im Tresor durch. Es waren ihre Reisepässe, wichtige Dokumente aus der Zeit des Hauskaufs, ein kleines grünes Heft, in dem Mason Gedichte aufschrieb, die Edna nie gelesen hatte und auch jetzt nicht lesen wollte, und ein schlichter, gefalteter Zettel. Mit zitternden Händen entfaltete sie ihn.

Ich, Mason Hicks, hinterlasse alles, was ich an materiellen Gütern besitze, meiner Frau Edna Hicks und unseren gemeinsamen Kindern,

stand dort in seiner kindlichen Handschrift geschrieben. Die Buchstaben waren geschwungener als nötig, wie kleine Kunstwerke in sich. Das Datum war der Januar diesen Jahres. Edna hätte laut aufgelacht, wäre die Lage nicht so ernst gewesen. Was hatte Mason schon irgendjemandem zu vermachen? Alles, was sie besaßen, gehörte im Grunde genommen ihr! Sie war diejenige gewesen, die Geld in diese Ehe gebracht hatte, und von den erwähnten Kindern war weit und breit keine Spur. Plötzlich fühlte sie sich schwach. Es war, als drückte eine riesige Hand auf ihre Brust. Sie ließ sich auf das braune Sofa fallen und legte die rechte Hand auf den Unterleib, in dem es ein wenig zog. Vermutlich der Eisprung. Den Zettel ließ sie zu Boden gleiten und faltete die kalten Hände vor dem Gesicht, das sich unter warmen Tränen verzerrte.

Kapitel vier

Pennsylvania, im Jahr 1959

Maria und Alistair gaben sich am 21. Mai 1959 das Jawort, obwohl die Warnungen seiner Eltern immer noch in Alistairs Ohren klangen.

„Du hättest eine Frau aus gutem Hause heiraten sollen", hatte ihm seine Mutter just an dem Tag zugeflüstert, an dem er seinen Eltern von Marias Schwangerschaft erzählt hatte. „Dieses Mädchen hat kein Benehmen."

„Was macht es für einen Unterschied?" Alistair war es leid, sich die Belehrungen seiner Eltern anhören zu müssen. Es war das erste Mal, dass Cynthia und Cory am selben Strang zogen.

„Wir finden keinen Zugang zu Maria." Cynthia senkte den Blick und Tränen traten in ihre Augen, obwohl sie sichtlich gegen sie ankämpfte.

Alistair hatte den Arm um seine Mutter gelegt. Er fühlte sich seit vielen Monaten wie ausgelaugt, wollte aber niemanden damit belasten. Irgendetwas stimmte mit ihm nicht. Vielleicht war es die Mischung aus der Feindseligkeit, die seine Eltern Maria und ihrer Familie entgegenbrachten, und den langen Arbeitstagen in der

Kanzlei, den zermürbenden Verhandlungen, den Nächten, in denen ihn die Gedanken an seine Mandanten nicht losließen. Er war vor etwa einem Jahr in die Schiene des Strafverteidigers gerutscht und diese Rolle behagte ihm immer weniger. Es war eine Sache, den aus ärmlichen Verhältnissen stammenden Sam Kilvin zu verteidigen, der angeblich Süßigkeiten in Lesleys Gemischtwarenhandel hatte mitgehen lassen, oder aber den dickbäuchigen Riesen Matt Simmons, bei dem sich Alistair selbst nicht sicher war, ob er seine Frau zu Hause schlug oder nicht.

„Warum mögen mich deine Eltern nicht?", wollte Maria eines Abends wissen, während sie die Hände über die noch kaum merkliche Wölbung ihres Unterleibs legte. Sie saß auf der Hollywoodschaukel auf der Veranda, im Garten zirpten Grillen. „Ich versuche, ihnen zu gefallen. Aber ich glaube, sie wollen mich nicht in der Familie haben."

Alistair setzte sich neben seine Frau und lehnte sich zurück. Sanft legte er einen Arm um ihre Schultern. Die beiden hatten zunächst wenige Wochen bei Alistairs Eltern gewohnt. Man musste kein Hellseher sein, um zu spüren, dass die Situation nicht von Dauer sein konnte. Deshalb mieteten sie ein Reihenendhaus am Ortsrand, dessen Veranda den Blick auf Alistairs liebsten Stadtpark eröffnete. Müde ließ er den Blick in Richtung des Sees gleiten, an dem er als Kind die Enten gefüttert hatte. Das würde er bald mit seinem Kind tun können.

„Es geht nur um uns, Maria. Egal, was die anderen sagen." Er warf seiner Ehefrau einen liebevollen Blick zu.

Er versuchte täglich, sich mit den Umständen abzufinden, aber wenn er ehrlich zu sich selbst war, dann störte es ihn zunehmend, dass seine Eltern so stur waren. Schließlich war es nicht ihre Aufgabe, seine Gemahlin auszusuchen. *Er* musste mit ihr glücklich werden.

„Ich kann mir nicht vorstellen, dass Maria als Jungfrau in die Ehe gegangen ist", war es einmal aus Cynthia herausgeplatzt, als sie mit ihrem Sohn beim Kaffee gesessen war. Cory war im Country Club und Maria beim Frauenarzt gewesen. Am Morgen hatte sie sich fünfmal übergeben. Alistair traute kaum seinen Ohren und hatte nicht das geringste Interesse daran, sich mit seiner Mutter über sein Sexualleben auszutauschen. Er hatte Maria erst in der Hochzeitsnacht berührt, was ihm schwergefallen war. Manchmal fragte er sich, warum Männern das Privileg gegönnt war, sich in der körperlichen Liebe voranzutasten, während Frauen ihre Unschuld wie einen Juwel schützen sollten. Er war überrascht, wie hemmungslos und selbstsicher sich Maria ihm in der ersten gemeinsamen Nacht hingab, doch er hatte keine Fragen gestellt.

„Ich glaube nicht, dass wir über dieses Thema reden müssen." Alistair hatte ein Stück Apfelstrudel auf seine Gabel geladen.

Dass Maria nicht backen konnte, bemängelte seine Mutter ebenfalls ständig. Überhaupt schien seine Frau es seinen Eltern niemals recht machen zu können.

Nicht einmal an jenem trüben Herbsttag, an dem der Regen in dicken Fäden vom Himmel fiel und Maria mit starken Wehen ins Krankenhaus eingeliefert wurde, konnte der Anblick ihrer Enkelin Cynthia oder Cory ein Lächeln entlocken.

Cameron nannten sie ihre Tochter. Sie war ein Schreikind und radierte die Nächte monatelang aus. Maria bekam Ringe unter den Augen und fragte sich, ob sie jemals hätte Mutter werden sollen. Alistair war ihr keine große Hilfe, weil er die Tage und oft auch die Abende in der Kanzlei verbrachte. Die Arbeit fraß ihn zunehmend auf.

Sie würde jenen Sonntag niemals vergessen, an dem sie mit Kopfschmerzen aus einer ihrer kurzen Schlafphasen erwachte, die Vorhänge beiseite zog und den wolkenverhangenen Himmel betrachtete. Es war vereinbart, dass sie das erste Mal gemeinsam mit Alistairs Eltern den Gottesdienst besuchen würden, und es war undenkbar, diesen Plan zu ändern. Dabei war Maria nicht danach zumute.

Cameron lag in einem weißen Flecht-Korb neben dem Ehebett, mit plumpen Wangen und zu Fäusten geballten Händen. Maria genoss den trügerisch friedvollen Eindruck, denn in diesem Baby loderte das Feuer der Ungeduld. Maria schien es, als müsste sie schneller füttern – weswegen sie nur wenige Wochen stillen konnte, da ihr die Milch versiegte – schneller wickeln, reibungsloser baden, anziehen, beruhigen. Die Aufgaben einer Mutter waren ein Berg vor ihr, den sie niemals würde erklimmen können. Die Ratschläge der Schwiegermutter machten die Sache nur noch unerträglicher.

Maria wusch sich das Gesicht und sah zu Alistair hinüber, der eben aus der Dusche trat. Er war in letzter Zeit hager geworden, seine Schlüsselbeine stachen unter der Haut hervor. Auch sein Verlangen nach ihr schien sich seit Camerons Geburt davongeschlichen zu haben. Maria fragte sich oft, ob Alistair seine Tochter überhaupt kennenlernen wollte, denn er verbrachte kaum Zeit mit ihr.

Cameron öffnete die Augen und brach in unbändiges Geschrei aus. Ihr vor wenigen Sekunden noch engelsgleiches Gesicht verwandelte sich in eine tiefrote Fratze und ihre Augen zu gequälten Schlitzen. Maria zog ihrer Tochter eine weiße Spitzenhaube auf und streichelte ihr über die Wange, auch wenn sie wusste, dass es nichts half. Der Kinderarzt meinte, es würde vorbeigehen, so wie alles irgendwann ein Ende fand.

Maria zog ein Sonntagskleid an, das Alistair für sie gekauft hatte, und verteilte Rouge auf ihren blassen Wangen. Alistair holte einen grauen Anzug aus dem Schrank und kleidete sich rasch an. Cameron packten sie in einen Tragekorb und gingen wortlos nach draußen.

„Wir sind spät dran", bemerkte Alistair in einem scharfen Ton, während er Maria die Autotür aufhielt, damit sie mit Cameron hinten einsteigen konnte.

Maria, die sich nicht einmal die Haare frisiert, sondern ihre Mähne im Nacken zusammengefasst hatte, erwiderte nichts, denn Streit mit Alistair hatte es an sich, unangenehm auszuarten. Sie hatte heute keine Energie, um auch nur ein einziges Mal mit ihrem Mann zu streiten.

Eine kleine Menschenschar, deren Gerede wie das Summen von Bienen in Marias Ohren klang, drängte durch die Kirchenpforte. Maria zupfte den Kragen ihres Kleides zurecht, hob Cameron aus dem Korb und drückte sie an sich. Auf der Fahrt war das Mädchen wieder eingeschlafen. Sie war in eine rosafarbene Decke mit aufwändigen Stickereien gewickelt, die Cynthia ihr zur Geburt geschenkt hatte.

„Da ist ja das Engelchen!", rief Kim Henning, eine flüchtige Bekannte aus der Nachbarschaft, und streckte die Arme in Marias Richtung aus, als wolle sie ihr das Kind entreißen. Maria presste ihre Tochter noch enger an sich und schmiegte die Wange an ihren flauschigen Kopf. Sie konnte nicht verhindern, dass sich immer mehr Frauen um sie scharten, obwohl die Glocken des Kirchturms bereits den Gottesdienst ankündigten. Bisher hatte sich Maria mit ihrem Baby zu Hause zurückgezogen, aber irgendwann musste sie es den neugierigen Augen der Welt zeigen.

Kaum erklangen die ersten Töne des Orgelvorspiels, öffnete Cameron die dunkelblauen Augen und weinte. Als sie es beinahe schaffte, die Orgelmusik zu übertönen, erhob sich Maria, die in weiser Vorahnung einen Platz am Mittelgang eingenommen hatte, und hastete in Richtung Ausgang. Sie schwang das Baby in ihren Armen auf und ab. Ihre Schwiegermutter riet ihr immer wieder, sie solle das Baby ruhig halten, doch sie selbst hatte das Bedürfnis, es zu wiegen. So, wie es neun Monate lang in ihrem Leib geschaukelt worden war. Sicher war sich Maria nicht, was das Beste für Cameron war. Es war eines der vielen Rätsel, die sich um dieses Baby rankten. Maria schämte sich dafür, dass ihr die eigene Tochter immer noch fremd war. Als hätte ihr jemand einen Fluch auferlegt mit der Sorge für dieses Kind, das nicht viel anderes tun konnte als lauthals schreien und seine Windeln verdrecken.

Maria verließ die Kirche und stellte sich mit der immer noch brüllenden Cameron in den Schatten um die Ecke. Sie hielt dem Mädchen ihren Finger hin, an dem es begierig zu saugen begann, um wenige Sekunden später wieder sein Geheule anzustimmen, weil keine Milch kam. Maria war nicht in der Lage, zu erkennen, ob Cameron hungrig war oder müde. Ob ihr etwas schmerzte oder ob sie nur Durst hatte. Mit schnellen Schritten ging sie auf und ab, bewegte den Körper ihrer Tochter immer vehementer, bis sie endlich in einen Schlummer fiel, der Maria wie ein Segen vorkam.

Als Cameron tief genug schlief, lehnte sich Maria gegen die kalte Kirchenwand und lauschte der Orgelmusik, die durch das Gemäuer drang. Sie hatte das Gefühl, augenblicklich einschlafen zu müssen. Sie ließ ihren schlanken Körper an der Mauer hinabgleiten, legte sich Cameron auf die Oberschenkel und schloss die Augen.

Sonderbarerweise tauchten vor ihrem geistigen Auge Bilder ihrer ersten großen Liebe, Frederick Moss, auf. Sie waren damals beide erst siebzehn gewesen und bis heute wusste Maria nicht, wie es hatte passieren können. Das Feuer der Liebe hatte so wild und blind gebrannt, dass sie schwanger geworden war. Ihre Mutter hatte eine Bekannte gehabt, die Maria ihre Hilfe anboten hatte, um ihre missliche Lage zu beenden. Heute fragte sich Maria, wie alles gekommen wäre, wenn sie die Beziehung zu Frederick gepflegt hätte. Doch er hatte sich aus dem Staub gemacht, fast so, als wolle er vor ihr fliehen.

Dass sie Alistair nicht liebte, war Maria von Anfang an schmerzlich bewusst. Aber ihr gefielen seine Begierde und die Blicke, die er ihr zuwarf, zumindest bevor es Cameron gab. Jetzt schien es, als hätte das Baby einen Keil zwischen sie und ihren Ehemann getrieben, weil sie all ihre Energie in dieses Schreikind stecken musste, jedoch ohne viel Erfolg dabei zu haben. Dass Alistair heimlich um viel Geld spielte und neulich gemeinsam mit Cory eine erhebliche Summe verloren hatte, wusste Maria nur, weil sich Alistair ihr eines Abends mit dem dritten Glas Whiskey in der Hand und Tränen in den Augen anvertraut hatte. Maria bangte allmählich um die Finanzen ihrer Familie, auch wenn sie es sich nicht anmerken ließ.

Gerade, als es ihr gelungen war, diese verstörenden Gedanken beiseitezuschieben, und sie in jenen sonderbaren Zustand zwischen Wachsein und Schlaf glitt, in dem ihre rechte Hand unkontrolliert aufzuckte und ihr Kopf zur Seite fiel, schob jemand die Kirchentür auf. Die Gemeinde ergoss sich auf dem Hof vor dem Gotteshaus. Maria erhob sich vorsichtig. Ihr Blick suchte sofort nach Alistair.

„Um Himmels willen!", kreischte Kim Henning plötzlich und faltete die Hände vor der Brust, um ein Stoßgebet gen Himmel zu schicken.

Einige der Gemeindemitglieder, die bereits vor der Kirche beisammengestanden waren, eilten wieder zu den Stufen zurück, die vom Eingang herabführten. Es bildete sich ein Kreis aus Neugierigen. Maria näherte sich und reckte den Hals.

„Er ist plötzlich hingefallen", erklärte eine Frau mit feuerrotem Haar, während der Pfarrer die Leute bat, ein paar Schritte zurückzutreten. „Maria! Wo ist Maria?", fragte er.

Maria suchte einen Weg durch die Menschenmenge und schützte Camerons kleinen Körper dabei mit den Armen. Just in dem Moment, als sie Alistair wie eine achtlos hingeworfene Puppe auf den Stufen liegen sah, begann Cameron zu brüllen.

Kapitel fünf

Michigan, im Jahr 2018

Als Edna am Morgen nach Masons Verschwinden in dem gemeinsamen Ehebett aufwachte, zeigte ihr Wecker erst fünf Uhr zweiundvierzig. Sie rieb sich die Stirn, legte den linken Arm auf die andere Seite des Bettes, die kalt war, und räkelte sich. Ihr erster Gedanke, der wie ein Meteorit einschlug, war der an Mason. Es war immer so, wenn es Probleme in ihrem Leben gab. Sofort nach dem Aufwachen tauchte blitzartig die ernüchternde Gewissheit auf, dass es sich nicht um einen bösen Traum, sondern die komplizierte Realität handelte. Man bekam nicht einmal eine Verschnaufpause vor der ersten Tasse Kaffee.

Ednas Gedanken kreisten. Mason war kein Mann, dessen Fernbleiben man gelassen beobachten konnte. Seine übersensible Art, die Edna zunächst bewundert hatte, war ein Fluch. War es ein Fehler gewesen, nicht sofort die Polizei einzuschalten? Die hatten Spürhunde und andere Mittel, um eine verschwundene Person zu finden. Aber als vermisst galt man wohl kaum nach wenigen Stunden.

Außerdem hatte Edna die Befürchtung, sie könnte sich damit lächerlich machen. Es musste eine rationale

Erklärung dafür geben, dass sich Mason aus dem Staub gemacht hatte. Vielleicht musste sie lernen, zu akzeptieren, dass er eine Auszeit benötigte. Aber eine Auszeit wovon? Von seinem Job, der ihm – und das wusste Edna, auch wenn sie es nie thematisiert hatte – keine große Freude bereitete? Oder gar von ihrer Ehe?

Edna setzte sich im Bett auf, reckte die Arme über dem Kopf, fuhr sich mit den Händen durch das zerzauste Haar und steckte die Füße in schwarze Plüsch-Slipper. Der Schulterriemen ihres Nachthemdes war von der rechten Schulter gerutscht, also schob sie ihn wieder nach oben. Bei der Berührung durch die eigene Hand durchzuckte sie ein Verlangen. Wie war es so weit gekommen, dass sie kaum noch Sex mit Mason hatte? War es ihre Schuld? Und wie konnte es passieren, dass sie sich diesem fremden Mann während einer Hausbesichtigung hingegeben hatte? Die Angst, sie könnte damit auffliegen, saß Edna im Nacken wie ein kleiner Affe mit langen Klauen, die er in ihre Haut bohrte. Wie sie diesen Fehltritt jemals Mason beichten sollte, entzog sich ihrer Vorstellungskraft. Doch erst einmal musste sie Mason überhaupt finden.

Sie ging auf die Toilette und streifte ihren Satin-Bademantel über, um sich in der Küche einen Kaffee zu machen. Das ganze Haus wirkte ungewöhnlich leer, obwohl Mason kein Mensch war, dessen Gegenwart einen großen Unterschied machte. Trotzdem fehlte seine vertraute Anwesenheit.

Edna hatte keinen Appetit, also trank sie nur eine große Tasse Kaffee mit viel Milch und verstaute das Geschirr sofort im Geschirrspüler. Sie ließ ihren Blick auf den Rasen hinter dem Haus hinauswandern und erblickte einen kleinen Marienkäfer mit schwacher Färbung, der innen an der Scheibe hockte. Sie fand immer wieder tote Marienkäfer in den Lampen oder auf den Fenstersimsen, trockene Hüllen, die sie achtlos wegwischte. Edna riss ein Tuch von der Küchenrolle ab und beförderte auch dieses Tier in den Mülleimer.

Nach einer heißen Dusche schlüpfte sie in ihren weinroten Hosenanzug, den sie vor wenigen Tagen aus der Reinigung geholt hatte. Während sie sich die Haare kämmte, durchzuckte sie der Gedanke, sie könnte Masons Tante Karen anrufen. Sie hatte ein Gespür dafür, was ihren Neffen bewegte, zumindest kam es Edna so vor. Auf jeden Fall ein besseres als sie selbst. Doch allein bei dem Gedanken an Karen verknotete sich Ednas Magen. Nicht nur Karen hatte Edna noch nie ausstehen können, auch Karen war ein rotes Tuch für Edna. Es schien Menschen zu geben, bei denen die Antipathie von Anfang an feststand, ohne dass man eine Begründung dafür finden konnte. Karen hatte mit Christopher einen beruflich erfolgreichen Ehemann an ihrer Seite und ein Gemüt, das vermuten ließ, dass sie nichts aus der Bahn werfen konnte. Oder war es nur eine gute Fassade, die alle Umstehenden zu täuschen vermochte?

Edna fuhr an diesem Morgen zunächst nicht zur Arbeit. Ihr erster Termin war erst um neun Uhr dreißig und sie war zeitiger als sonst aufgestanden. Stattdessen nahm sie eine Weile auf dem Sofa Platz und zappte durch alle Kanäle des Fernsehers, fand aber nichts Interessantes. Sie bewunderte das Kleid einer Nachrichtensprecherin auf CNN und schaltete das Gerät schließlich aus. Auf einmal beschlich Edna die Ahnung, dass es Müttern ähnlich ergehen musste, wenn ihre Kinder aus dem Haus zogen. Sie hatte davon gehört und konnte sich nun die Leere vorstellen, die ein Mensch hinterließ, der einen besonderen Platz im eigenen Leben ausgefüllt hatte. Mason war fast wie ein Kind gewesen. Es bereitete Edna Sorgen, dass sie Mason von Anfang an bemuttert hatte. Er wirkte immer wieder wie ein hilfloses Kind, dem die alltäglichen Erledigungen große Mühe bereiteten. Da half sie wie selbstverständlich, weil es einfacher war und vor allem schneller ging, als Mason die Aufgaben selbst zu überlassen. Das Einzige, was Mason regelmäßig tat, war, im Haus Ordnung zu halten. Jedenfalls dort, wo er es konnte, denn Edna war eine unordentliche Frau.

„Gegensätze ziehen sich an!", hatte Madeleine einmal bei einem gemeinsamen Essen gesagt, nachdem Edna ihre Zweifel geäußert hatte, ob sie es mit Mason aushalten würde.

„Meinst du das wirklich?" Edna hatte in ihr Sandwich gebissen. „Oder ist das nur so ein blöder Spruch, der nicht stimmt?"

Damals hatte Madeleine nichts erwidert, sondern auf ein anderes Thema gelenkt. Jetzt deutete Edna dieses Schweigen als verheerend. Mason war anders als alle Männer, mit denen Edna in ihrem Leben zu tun gehabt hatte, und jetzt kam es ihr so vor, als hätte sie im Umgang mit Mason viele folgenschwere Fehler gemacht. Vielleicht hätte sie ihn so behandeln sollen, wie sie es mit all den anderen Menschen tat. Ohne Rücksicht auf seine mentale Labilität und selbst dann, wenn Mason die bemutternde Haltung geradezu herausforderte.

Das Telefon klingelte und riss Edna aus ihren bleischweren Gedanken.

„Timothy hier, guten Morgen, Edna." Ihr Bruder klang aufrichtig besorgt. „Hast du inzwischen von Mason gehört?"

„Nein." Edna schluckte schwer. „Er ist weg."

„Ich habe gestern bei Adrian angerufen." Es klang wie ein Geständnis und wäre Edna nicht so verzweifelt gewesen, hätte sie ihren Bruder dafür gerügt, so etwas zu tun. Sie war schließlich selbst in der Lage, Nachforschungen anzustellen.

„Und, was hat er gesagt?", fragte sie stattdessen und wippte mit den Knien. „War Mason bei der Arbeit?"

„Er war ganz normal in der Firma, Edna."

„Ist Adrian etwas an Mason aufgefallen?"

„Nein, ich glaube nicht."

„Hast du denn nicht gefragt?" Edna nervte es, dass Männer so unsensibel sein konnten, wenn es um Gesprächsführung und geschickt gestellte Fragen ging. Sie hätte doch selbst anrufen sollen!

„Adrian meinte nur, er würde ein bisschen Zeit vergehen lassen."

„Also keine Polizei?" Edna hatte heute Morgen wieder minutenlang auf die Neun und die Eins auf dem Nummern-Display gestarrt, sich aber zurückgehalten.

„Er sagte, das hier sei ein freies Land." Timothy räusperte sich. „Und jeder könne dorthin gehen, wohin er wolle."

„Und wenn ihm etwas passiert ist?"

„Dann wirst du es früher oder später erfahren."

„Und was, wenn es dann schon zu spät dafür ist?"

Timothy atmete geräuschvoll ins Telefon.

„Du weißt doch, dass sich Masons Vater das Leben genommen hat?", fragte Edna vorsichtig. Bestimmt hatte sie das ihrem Bruder gegenüber irgendwann einmal erwähnt.

„Du glaubst, er könnte eine Dummheit begehen?" In Timothys Stimme klangen Verwunderung und Ungläubigkeit mit. Er war, genau wie Edna, ein geradlinig denkender Mensch und solche Irrwege im Leben waren für ihn ein fremdartiges, kaum nachvollziehbares Konzept.

„Ich weiß nicht, was ich glauben soll." Nur mit großer Mühe gelang es Edna, die Fassung zu bewahren. Es mussten die Hormone in der Zyklusmitte sein, die ihr wieder einmal einen Streich spielten. „Mason ist ein labiler Mensch."

„Aber er ist ein erwachsener Mann, Edna. Wenn du ihm hinterherspionierst, nimmst du ihm die Würde."

„Würde, was für ein Unsinn, Timothy! Hier geht es um einen Menschen, der unter Zwängen und depressiven Stimmungsschwankungen leidet. Wir können doch nicht einfach alles dem Zufall überlassen!" Eine glühende Wut breitete sich in Ednas Brust aus. „Ich mache mir große Sorgen."

Eine Weile schwiegen beide. Schließlich sagte Timothy sachlich, aber in einem zuversichtlichen Tonfall: „Wenn er dich liebt, dann wird er dich nicht lange in dieser Ungewissheit hängenlassen."

Kapitel sechs

Pennsylvania, im Jahr 1960

Nach Alistairs Herzinfarkt und sofortigem Tod beschloss Maria, nicht nur von ihrem Ehemann für immer Abschied zu nehmen, sondern auch von ihren Schwiegereltern. Mit der kleinen Cameron fest an ihren Körper gebunden und einem geräumigen Lederkoffer in der Hand nahm sie, nachdem sie den Mietvertrag gekündigt hatte, den nächstmöglichen Zug in Richtung des nordwestlichen Pennsylvania. Ihre Eltern, zu denen Maria seit ihrer Jugend kein enges Verhältnis und seit der Hochzeit wenig Kontakt hatte, wohnten in West Virginia, doch Maria hatte nicht das Bedürfnis, deren Hilfe in Anspruch zu nehmen. Sie sehnte sich danach, auf eigenen Beinen zu stehen. In einem kleinen Ort, dessen Bahnhof ihr gefiel und über dem gerade die Sonne strahlte, stieg sie aus.

Die erste Nacht verbrachte sie in einem heruntergekommenen Motel. Gleich am nächsten Morgen begann sie damit, die Geschäfte und Restaurants entlang der Hauptstraße abzuklappern. Schließlich würde sie, sobald ihr Geldbeutel dünn wurde, ihr eigenes Einkommen sichern müssen. Noch zehrte sie an den Reserven, die sie in Alistairs Schreibtischschublade gefunden hatte. Am Abend des ersten Tages bot ihr ein Restaurantbesitzer mit verfärbten Zähnen eine Anstellung an, er könne immer Hilfe gebrauchen.

Wie es der Zufall wollte, lernte Maria schon in der ersten Woche ein junges Mädchen kennen, das für wenig Geld auf Cameron aufpassen konnte. Das Baby schrie nun nicht mehr ständig, sobald es die Augen aufschlug, doch es war Maria trotzdem zunehmend ein Klotz am Bein. Sie konnte sich gut ein Leben ohne Kind vorstellen, aber ihr fehlte die körperliche Nähe eines Mannes. Mit jedem Tag mehr. Ihre wechselnden Jobs boten zahlreiche Gelegenheiten für Affären und Maria genoss die unverbindlichen Begegnungen mit fremden Männern, die nichts mit Liebe zu tun hatten.

„Alles Gute zum Siebenundzwanzigsten, Maria!" Der Bartender Joshua, der seit zwei Wochen zu den Männern gehörte, die Marias Promiskuität in vollen Zügen genossen, hob sein Bierglas und prostete in Richtung seiner Geliebten. Sie stand inmitten des Lokals an einem runden Tisch, den er für diesen besonderen Tag mit roten Rosen geschmückt hatte. „Oder darf man das Alter einer Dame nicht so laut in die Runde rufen?"

Er näherte sich ihr und drückte einen Kuss auf ihre tiefrot geschminkten, sinnlichen Lippen.

Den Abend verbrachte Joshua bei Maria, dabei lud sie ihre Freier nur selten zu sich nach Hause ein.

„Nimm sie mal!" Maria setzte Joshua ihre Tochter auf den Schoß. Während sie in der Küche das Abendessen vorbereitete, verzog der Bartender das Gesicht und balancierte Cameron, die nun sitzen konnte, auf seinen Oberschenkeln. Sie war inzwischen, im Gegensatz zu den ersten Monaten, ein umgängliches Geschöpf geworden, dem es nichts ausmachte, von einem Arm in den nächsten weitergereicht zu werden. Ihre Gesichtszüge waren meist entspannt und ihr Blick stets aufmerksam, als könne sie alles verstehen, was um sie herum gesagt wurde und geschah. Die Farbe ihrer Augen hatte sich in ein interessantes Bernsteinbraun verwandelt. Sie griff mit den plumpen Fingern in Joshuas Mund, der lachend versuchte, das Mädchen davon abzuhalten, sein Gesicht zu befühlen. An ihren Händen, die wenige Sekunden zuvor noch im eigenen Mund gesteckt hatten, hingen klebrige Speichelfäden.

Maria betrat das Esszimmer und ließ ihren Blick auf den beiden ruhen.

„Sie mag dich." Sie stellte den Eintopf auf dem Tisch ab und verteilte die hellblauen Stoffservietten, die mit Alistairs Initialen bestickt waren. Sie schämte sich ab und zu dafür, dass sie ihren Ehemann niemals vermisst hatte und kaum an ihn dachte. Für sie war der Tod ein unabwendbarer Schlussstrich und nichts, worüber man viel nachdachte.

Nach dem Abendessen legte Maria Cameron in ihr Bettchen und ließ sie winseln und weinen, während Joshuas Hände bereits unter ihren Rock gekrochen waren.

„Du weißt, dass ich irgendwann nicht mehr will?" Sie schob ihn von sich und schenkte ihm ihr süßestes Lächeln.

„Warum denn, Maria?" Er ließ seine Pranke auf ihrem strammen Schenkel liegen.

„Weil ich wie ein Vogel bin, der fliegen muss. Kein Mann kann mich halten." Sie liebkoste seinen Hals.

Zwei Wochen später kündigte Maria ihren Job und bat Joshua, sie in Zukunft in Ruhe zu lassen.

Neun Jahre später hatte sich Maria, die inzwischen siebenmal umgezogen war, an den begierigen Blicken der Männer sattgesehen. Außerdem bemerkte sie, dass ihre Lust zunehmend verwelkte, auch wenn ihre Schönheit unumstritten war und sich die Männer immer noch nach ihr umdrehten.

Ihre Mutter warf ihr vor, sie fliehe vor sich selbst. Alle drei Monate rief sie an und hielt einen Monolog, den Maria missmutig über sich ergehen ließ.

Doch Maria wollte auf niemanden hören, sondern beendete das Gespräch und kühlte sich die heißen Wangen mit den kalten Händen.

Da trat der sechsundzwanzigjährige Tischler Dave Dufek mit dem hellblonden Pagenschnitt und den Sommersprossen in ihr Leben und Maria konnte den Blick nicht von ihm abwenden. Er wirkte so bubenhaft, als wäre er ihr Sohn. Maria hatte keine Hemmungen, Fremde anzusprechen, und so kamen die beiden an der Bar ins Gespräch. Plötzlich empfand sie wieder eine Lust, von der sie geglaubt hatte, sie verloren zu haben. Sie fuhr mit dem Zeigefinger den Rand ihres Cocktailglases entlang, während sie mit ihrem lasziven Blick Daves Lippen fixierte. In ihm brannte doch noch das Feuer der Jugend, wenn ihr der richtige Mann über den Weg lief.

„Du bist nicht von hier." Dave sah Maria in die Augen und betrachtete anschließend ihr Dekolleté.

Maria legte den Kopf schräg und wickelte eine Haarsträhnte um den Finger. Sie würde ihm sofort in seine Wohnung folgen und das sollte er sofort erkennen, selbst wenn er in der körperlichen Liebe womöglich unerfahren war.

Als Maria wenige Wochen später verkündete, der zehn Jahre jüngere Dave Dufek habe um ihre Hand angehalten, waren ihre Eltern und ihre Bekannten entrüstet. Sie mussten aber zugeben, dass das Bild der beiden, wenn sie Hand in Hand durch die Einkaufsstraße schlenderten, eine Harmonie versprühte, um die man sie beneiden konnte.

Nach der standesamtlichen Trauung gingen Maria und Dave mit ihren Eltern, Schwiegereltern und Daves bestem Freund, der gleichzeitig ihr Trauzeuge war, zum Mittagessen, um sich anschließend in Daves Mansardenwohnung in sein Bett zurückzuziehen. Erst als die Schule anrief, weil Cameron sich übergeben hatte, löste sich Maria von ihrem Liebsten und eilte die Treppe hinunter, um ihre Tochter abzuholen.

„Cameron möchte nicht mit auf den Schulausflug." Maria bemerkte es wie beiläufig, während sie Daves Teller mit Suppe vollschöpfte. Sie sehnte sich danach, endlich jemanden in ihrer Nähe zu haben, der sie bei der Erziehung dieses Mädchens unterstützte. Maria war nie in die Mutterrolle hineingewachsen und räumte Cameron, so gut es ging, aus dem Weg. Gleichzeitig spürte sie, dass ihre Tochter eine führende Hand brauchte, vor allem jetzt, da sich ihre Brüste wie kleine Knospen frech gegen ihr Oberteil zu drücken begannen. Sie war sturer denn je.

„Ich. Will. Nicht. Mit." Cameron runzelte die dunklen Augenbrauen. Sie hatte Alistairs schwarzes Haar geerbt, das manchmal im Abendlicht einen blauen

Schimmer hatte. Es fiel ihr lang und glatt über die Schultern.

Maria erwiderte zunächst nichts, sondern musterte ihr Kind. Überhaupt genoss sie es in letzter Zeit, Cameron einfach nur anzusehen, vor allem, da in ihrem Gesicht jeden Tag eine neue Nuance die Oberhand zu gewinnen schien. Gestern noch erkannte Maria in Camerons Blick die Gene der Schwiegermutter. Am Tag zuvor war ihr aufgefallen, dass Cameron dasselbe schmale Kinn hatte wie Alistair. Ihre Wimpern waren auffallend lang, wie die von Marias Mutter.

„Wenn ich nicht mit will, dann gehe ich auch nicht mit." Cameron verschränkte die Arme vor der Brust und starrte grimmig auf die Tischdecke.

„Ärgert dich jemand?", fragte Dave vorsichtig, bevor er sich den ersten Löffel Suppe in den Mund schaufelte. Seine Hände waren voller Schwielen.

Cameron antwortete nicht, sondern drehte den Kopf trotzig beiseite. Im Profil hatte sie verblüffende Ähnlichkeit mit Cory. Dieselbe gerade Nase, derselbe große Abstand zwischen Nasenwurzel und Augenwinkel.

Zuweilen wünschte sich Maria, wieder jung sein zu dürfen. Die Kluft zwischen Dave und ihr klaffte immer weiter auf. Während Dave die körperliche Arbeit liebte und jeden Morgen eine Runde joggen ging, wurden Marias Hüften ausladender, der Bauch rundlicher und die Haut schlaffer. Wenn sie winkte, schaukelte die Unterseite ihres Oberarmes mit, so wie es bei ihrer eigenen Mutter war. Maria aß wenig, konnte aber dem Sport nichts abgewinnen.

„Dann lass sie doch zu Hause bleiben", bemerkte Dave trocken.

Maria sah ihn erstaunt an. So leicht würde er sie ihren Willen haben lassen? War es nicht Teil der Erziehung, den Willen einer Heranwachsenden zu brechen?

Seit diesem Abendessen öffnete sich Cameron ihrem Stiefvater gegenüber. Bisher hatte sie ihn beobachtet wie einen unwillkommenen Gast, aber nun sprach sie ihn oft an und zeigte ihm ihre seitenlangen Schulaufsätze, die besser waren als alles, was Maria jemals gelesen hatte.

Binnen weniger Jahre wuchs Cameron zu einer jungen Frau heran, die ihre Mutter mit ihrer ungewöhnlichen Schönheit und den frechen Augen in den Schatten stellte.

Kapitel sieben

Pennsylvania, im Jahr 1975

„Du bist wirklich gekommen?" Marias Mutter Elizabeth legte die faltigen Hände an die Wangen ihrer Tochter, als müsse sie sie berühren, um die Realität zu erfassen. Um sicher zu sein, dass das hier kein wunderschöner Traum war.

Maria stand mit Cameron auf der obersten Verandastufe und stellte einen großen Koffer neben dem Eingang ab. Sie hatte viele Wochen mit ihrer Entscheidung gehadert, aber nun war sie sich sicher, dass es die richtige war. Sie konnte nicht länger mit ansehen, wie Cameron ihrem Stiefvater Dave schöne Augen machte.

Maria folgte ihrer Mutter, die mit müden Schritten das Wohnzimmer betrat, in dem es wie schon damals nach Mottenkugeln roch. Dieser Duft haftete allen Kindheitserinnerungen an.

„Wenn er das hätte erleben dürfen!" Elizabeth stieß die Worte kantig hervor, während sie mit der rechten Hand in Richtung eines dunkeln Holzrahmens fächelte, der auf dem Kaminsims stand.

Maria warf einen kurzen Blick auf das Bild ihres vor zwei Jahren verstorbenen Vaters. Cameron hatte seine sanft geschwungene Oberlippe.

„Weiß du, dass ich euch das letzte Mal bei der Beerdigung gesehen habe?" Elizabeths Frage hing als Vorwurf in der Luft, während sich Maria und Cameron auf die Couch setzten.

„Wir sind beschäftigt, Mom." Maria seufzte genervt, weil sie sich jedes Mal die Beschwerden ihrer Mutter anhören musste.

Cameron drehte eine ihrer langen Haarsträhnen um den Finger.

„Das sagst du immer, aber ich nehme es dir schon lange nicht mehr ab." Elizabeth stellte ein Tablett mit zwei Gläsern, einer Karaffe Wasser und Schokoladenkeksen auf den Beistelltisch, um anschließend umständlich in dem Ohrensessel schräg gegenüber Patz zu nehmen. Dort hatte sie schon gesessen, als Maria ihre Schulaufgaben am Esstisch erledigt hatte. Die Monotonie im Leben ihrer Mutter war für Maria immer unerträglich gewesen.

„Hast du Cameron schon in der Schule im Ort angemeldet?", wollte Elizabeth wissen und Maria war ihr dankbar, dass sie das Thema fallenließ. Manche Themen wurden nicht besser, wenn man sie zerredete. Sie waren wie zu lange gekaute Karotten, die man nicht mehr hinunterschlucken konnte.

„Krieg ich ein eigenes Zimmer?" Cameron warf ihrer Mutter einen hasserfüllten Blick zu.

Maria konnte es ihr nicht einmal übelnehmen, auch wenn ihre Tochter selbst schuld an der Lage war. Wäre sie nicht immerzu nach dem Duschen halbnackt über den Flur gegangen, hätte sie Daves Hände nicht so oft berührt, ihm diese herausfordernden Blicke zugeworfen, Maria wäre niemals auch nur auf die Idee gekommen, ihr eigenes Kind abzuschieben. Doch jetzt war sie an einem Punkt angekommen, an dem sie das offensichtliche Flirten zwischen Cameron und Dave nicht weiter ertragen wollte.

„Aber natürlich bekommst du ein eigenes Zimmer, mein Schätzchen!" Elizabeth lehnte sich leicht nach vorn und lächelte ihre Enkelin an, die sie kaum kannte. Mit der Zeit würden sie sich einander annähern.

Maria erklärte Camerons Essstörungen, beschwerte sich darüber, dass sie niemals auch nur annähernd das tat, was man von ihr verlangte, und betonte, man müsse genau darauf achten, wo sie sich nach der Schule herumtreibe. Ihre Mutter nickte nur stumm und versuchte nicht einmal, mit ihrer Tochter zu diskutieren.

„Und morgen rufen wir Cynthia und Cory an, die freuen sich bestimmt auch, dich mal wieder zu sehen." Elizabeth lächelte Cameron an.

Maria glaubte, nicht richtig gehört zu haben.

„Was siehst du mich so vorwurfsvoll an, Maria? Schließlich sind sie auch Camerons Großeltern."

„Aber sie haben seit Camerons Geburt keinen Kontakt mehr mit ihr." Maria hatte die Geschenke zu Weihnachten und zum Geburtstag dem Kinderhort gespendet. Sie wollte nicht daran erinnert werden, dass Cameron mit diesen Menschen verwandt war.

„Das liegt wohl kaum an Cameron." Elizabeth schob sich einen Keks in den Mund und hob herausfordernd die Augenbrauen. „Und Familie bleibt Familie, ob es dir passt oder nicht."

Maria erhob sich und zögerte einen Augenblick, bevor sie sich zu Cameron hinunterbeugte und ihr einen schnellen Kuss auf die Stirn drückte. Dass deren Augen glänzten, ließ sie unbeachtet. Dann holte sie eine filigrane Kette mit einem Herzanhänger aus ihrer Handtasche und legte sie ihrer Tochter wortlos um den Hals. „Damit du etwas hast, um dich an mich zu erinnern."

Wenig später stand Elizabeth auf der Veranda und winkte, während Maria das Autofenster herunterkurbelte.

„Wir lassen von uns hören!" Maria manövrierte ihren Diesel rückwärts aus der Einfahrt und schüttelte den Kopf über die eigene Eifersucht. War es so, dass Dave ein Auge auf seine Stieftochter geworfen hatte? Oder bildete sie sich das nur ein? Weil sie es nur schwer ertrug, nun unabänderlich alt zu werden. Ein kurzer Schmerz durchstach ihre Brust. Sie schämte sich auf einmal dafür, dass sie nicht den Mut gehabt hatte, ihrem Ehemann zu sagen, dass Cameron nun für immer bei ihrer Großmutter leben würde.

Kapitel acht

Ann Arbor, Michigan, im Jahr 1985

Manchmal quälte es Cameron, dass sie kaum noch Kontakt zu ihrer Mutter hatte. So wie an diesem lauen Frühlingsabend, als sie sich mit frisch lackierten Fußnägeln und einer weißen Paste, die sich wie eine Maske über ihr Gesicht legte, auf einer abgenutzten Sonnenliege streckte. Von dem Balkon ihres Studentenzimmers im ersten Stock hatte sie einen Blick auf die ruhige, von Holzapfelbäumen gesäumte Straße, auf der ihre allmorgendliche Joggingrunde ihren Anfang nahm. Sie ließ den müden Blick in die Ferne schweifen, hatte mal wieder zu lange gefeiert, aber schließlich hatte man nur einmal im Jahr Geburtstag. Es klingelte. Mona, eine der Mitbewohnerinnen, rief, ob jemand aufmachen könne, und Cameron hörte bald darauf Susans tippelnde Schritte. Die Miete für das Wohnhaus, das der renommierten Universität von Michigan gehörte, war zu dritt erschwinglich. In Camerons Schoß lag ein Buch über die Einflüsse der britischen Literatur weltweit und ein eben geöffneter Umschlag. Er enthielt die üblichen, nichtssagenden Worte, die Maria ihr seit Jahren schickte. Ihre Wünsche wirkten kalt und leer auf Cameron, doch sie konnte nicht sagen, warum sie es so empfand. Vielleicht, weil sie ihrer Mutter niemals verziehen hatte, sie zu ihrer Großmutter abgeschoben zu haben.

„Hey, es sind Blumen für dich gekommen." Susan trat mit ihrer wilden, roten Mähne und der runden Drahtbrille auf den Balkon. „Du hast es gut. Ich bekomme nie Blumen, nicht einmal an meinem Geburtstag." Sie hielt Cameron einen ausladenden, bunten Strauß entgegen, an dem eine kleine Karte hing.

Da tauchte auch Mona auf und schürzte die dunkel geschminkten Lippen. „Ein heimlicher Lover?" Sie kicherte, weil sie es mochte, Cameron aufzuziehen.

„Ich mache die jetzt bestimmt nicht vor euch auf!" Cameron schwang die langen, athletisch wohlgeformten Beine über den Rand der Liege und betrachtete den duftenden Strauß. Keine Frage, von wem der war!

„Lass uns doch an deinem Glück teilhaben!", beschwerte sich Susan mit einer weinerlichen Stimme und nahm, kaum hatte sich Cameron erhoben, auf der Liege Platz.

Cameron ging hinein, schloss sich in ihr Zimmer ein und ließ die Karte von ihrer Mutter in den Mülleimer unter ihrem Schreibtisch segeln. Die Blumen legte sie neben einem der Bücherstapel auf dem Boden ab. Sie liebte das Studium der Literatur und ganz besonders die Hausarbeit, an der sie zurzeit zum Semesterabschluss arbeitete. Nicht nur das Thema, die Frau in der Literatur des 19. Jahrhunderts, sondern vor allem ihr Professor Elliot Hicks hatten es ihr angetan. Cameron konnte manchmal immer noch nicht glauben, dass sie an ihrer Traumuniversität studieren durfte. Das hatte sie ihren guten Noten an der High School zu verdanken und dem Einsatz ihrer Großmutter Cynthia, die ab und zu Schecks an Maria schickte, damit diese zumindest einen Teil der Studiengebühren begleichen konnte. Neben dem Stipendium, das vor allem auf Camerons Lauftalent zurückzuführen war, waren die Gebühren immer noch zu hoch.

Schon wenige Wochen nach Studienbeginn waren Cameron die Studenten, die die Hälse nach ihr reckten, auf die Nerven gegangen. Viele ihrer Freundinnen, so auch Mona, waren neidisch auf die Tatsache, dass sich die jungen Männer um Cameron scharten. Zunächst war es für Cameron aufregend gewesen, sich immer wieder der noch unbekannten Welt der körperlichen Liebe hinzugeben. In Elizabeths Obhut hatte Cameron nur selten daran gedacht, sich auf diesem Gebiet voranzutasten, und neben ausgiebigem Knutschen mit dem beliebtesten Jungen der High School nach dem Abschlussball war nichts passiert. Aber an der Universität wehte der Wind der Freiheit, der Cameron jegliche Hemmungen nahm. Wie sehr sie es anfangs auch genossen hatte, die Männer verrückt zu machen, so sehr wurde es langweilig, ständig die Beute zu sein, die nicht davonrannte. Bei ihrem Literaturprofessor Elliot Hicks war es jedoch anders. Zwar meinte sie, seine aufmerksamen Blicke zu spüren, die ab und zu auch an ihrem Körper hinabwanderten, wenn sie einen besonders engen Rock trug, aber er machte nicht den Eindruck, als würde er jemals einer Frau den Hof machen. Ganz davon abgesehen, dass er es sicherlich mied, eine Studentin zu verführen, kam es Cameron so vor, als sei er dazu überhaupt nicht in der Lage. Nie zuvor war ihr solch ein Mann über den Weg gelaufen. Aus den Geschichten ihrer Großmutter glaubte sie herauszuhören, dass ihr leiblicher Vater ein ähnliches Wesen gehabt haben musste. Auch wenn es hieß, er habe sich über alle Hürden hinweggesetzt, als er sich in die atemberaubende Maria verliebt hatte. Cameron schnaubte angewidert, sobald sie davon hören musste. Je älter die Menschen wurden, desto mehr erzählten sie sich die Geschichten von damals. Cameron machte der Gedanke traurig, dass die Liebe ihrer Eltern nie gediehen war, auch wenn sie dem Himmel dafür dankte, dass Dave Dufek stattdessen in ihr Leben getreten war.

Was Cameron am meisten an Elliot Hicks faszinierte, waren seine Bildung und sein eleganter Auftritt. Er war ein noch junger Professor und trug jeden Tag einen neuen Anzug, der farblich je nach Jahreszeit zwischen Ocker, Rostbraun und Dunkelgrau, gepaart mit einem weißen oder cremefarbenen Hemd, variierte. Nach der Vorlesung blieb Professor Hicks an seinem Pult stehen, um seine Akten zu ordnen. Er sortierte auffallend lange, es war die beste Gelegenheit, um ihn anzusprechen. Als Cameron ihm eines Tages eine Novelle entgegenhielt, die sie vor Kurzem geschrieben hatte, und ihn bat, diese zu lesen, nahm er den Papierstapel an und legte ihn in eine Ledermappe, die er vorsichtig in seine Aktentasche gleiten ließ. Er versprach, den Text zeitnah zu lesen, und verknotete die Finger vor der Brust. Er hatte große, sehr gepflegte Hände und Cameron schätzte ihn für seine Professionalität, sein sicheres Auftreten, wenn es um Literatur ging, und für seine Zuverlässigkeit. Bestimmt würde er ihr bald Rückmeldung geben. Er trug keinen Ehering und Cameron fragte sich, ob dieser Mann im Bett Gedichte von Byron zitierte.

Camerons Gedanken an ihren Literaturprofessor Hicks waren flinke Mäuschen, die durch eine Hintertür in ihr Unterbewusstsein schlichen und sich heimlich vermehrten. Sie hatte viel über die Liebe gelesen, die die Seele zärtlich berührte, aber empfunden hatte sie sie bisher noch nie. Erst jetzt, da sich das Semester dem Ende zuneigte, breitete sich in Camerons Herz eine zermürbende Vorahnung aus, dass sie Elliot Hicks in den Semesterferien schmerzlich vermissen würde. Und dass die wahre Liebe einen krank machen konnte.

Jetzt wünschte sich Cameron, der Strauß wäre von Professor Hicks. Dabei war es ein kindischer Gedanke, ihre erste Ahnung war sicherlich die richtige gewesen. Aufgeregt setzte sich Cameron an den Schreibtisch und atmete den Duft der Blumen ein. Sie schloss die Augen und dachte an ihren Stiefvater. Ob ihre Mutter ahnte, dass sie alles falsch gemacht hatte? Dass es nichts geholfen hatte, sie zu ihrer Großmutter zu schicken und dort aufwachsen zu lassen. Wenn, dann hatte es das Feuer der Leidenschaft nur geschürt. Was mit einem innigen Kuss an Camerons achtzehntem Geburtstag angefangen hatte, wollte nun kein Ende mehr nehmen. Es machte Dave nichts aus, dass ihm Cameron nicht treu war. Er genoss die wenigen Stunden, in denen er sie sah. Anschließend lebten sie beide ihre getrennten Leben weiter.

Sie öffnete die Augen und den kleinen weißen Umschlag, der an dem Blumenstrauß baumelte, und las Daves Zeilen:

Meine liebste Cameron, ich vermisse Dich jeden Tag mehr. In einer Woche werde ich bei Dir sein. Sehnsüchtig, Dein Dave.

Cameron schloss erneut die Augen, lehnte sich zurück und ließ die Finger von ihrem Knie über die Oberschenkel wandern. Sie bewegte den Zeigefinger am Saum ihres Schlüpfers entlang und seufzte. Sie musste schon wieder an Elliot Hicks denken.

Kapitel neun

Ann Arbor, Michigan, im Jahr 2018

Als es am Tag von Masons Verschwinden gegen achtzehn Uhr bei Karen Hemenway an der Haustür klingelte, war sie gerade ins Kartoffelschälen versunken und dachte an ihren Bruder Elliot, dessen Todestag sich gestern gejährt hatte. Es tat immer noch genauso weh, nach all den Jahren. Das Klingeln war ihr willkommen, denn sie verbrachte zu viel Zeit mit sich selbst und war froh über jede Ablenkung. Sie vermutete jemanden, der von Tür zu Tür ging, um irgendeine Dienstleistung anzubieten, dabei waren sie mit ihrem Gärtner und dem Reinigungsservice seit vielen Jahren zufrieden. Sie brauchten nichts. Jedenfalls nichts Materielles. Karen wischte sich die erdigen Finger an der Schürze ab und betrat den Flur. Es klingelte erneut, jemand musste es eilig haben.

Als sie öffnete, stand ihr Neffe Mason auf der obersten Betonstufe und knetete die Hände vor dem Brustkorb. Er wirkte ausgemergelter denn je und seine Beine zitterten, als könnten sie das Gewicht seines Körpers nicht mehr lange tragen.

„Komm doch herein, Mason." Karen öffnete die Windfangtür und zog ihren Neffen am Ärmel seines mausgrauen Sakkos in den Vorraum. „Du siehst erschöpft aus." Karens Herz pochte gegen ihren Brustkorb. Mason war schon immer ihr Sorgenkind gewesen und diese Fürsorglichkeit begleitete sie treu. Da half es nicht, dass Mason längst erwachsen war. Seit sie von seiner Krankheit wusste, war die Angst um ihn wieder täglich mehrmals in ihren Gedanken. Er hatte sie sofort angerufen, als er erfahren hatte, dass er an Leukämie litt. Karen hatte in der darauffolgenden Nacht nur wenige Stunden Ruhe gefunden und schlief seither am Abend nur mit großer Mühe ein.

Mason sagte nichts, sondern schlüpfte lediglich aus seinen schwarzen Schuhen und hängte seinen Sakko über das Treppengeländer. Seine Gesichtshaut war auffallend bleich und Karen machte sich Vorwürfe. Sie hatte ihm zwar eine Stammzellenspende angeboten, doch Mason wollte zuvor einige Dinge mit seinem behandelnden Arzt besprechen. Zwischenzeitlich hatte sich Christopher einen Bandscheibenvorfall zugezogen und viel Zeit zu Hause verbracht. Karen hatte sich darauf verlassen, dass sich Mason bei ihr melden würde, um das weitere Vorgehen zu besprechen. Doch es folgten weder ein Anruf noch ein Besuch. Auf einmal überfiel Karen die lähmende Ahnung, dass die Sache dringender war, als sie geahnt hatte, und dass Mason den Kampf gegen seine Krankheit womöglich bereits aufgegeben hatte.

„Möchtest du einen Spaziergang machen?" Sie versuchte zu lächeln. Die Temperaturen draußen waren angenehm und sie dachte, es könnte Mason guttun.

„Nein, ich möchte einfach nur hier sein." Mason durchquerte das geräumige Esszimmer, blieb in der Küche stehen und bat um ein Glas Wasser. Hastig trank er es, als sei er schon beinahe ausgetrocknet gewesen.

„Sie ist gestorben und wir haben uns nie wirklich gekannt." Er sprach die Worte sehr leise aus, wie ein bisher wohlgehütetes Geheimnis, und befüllte erneut sein Glas.

Karen beobachtete ihn, seine bedächtigen Bewegungen, diese Traurigkeit, die jede Faser seines Körpers ausstrahlte. Sie verstand zunächst nicht, worauf er hinauswollte. Deshalb hörte sie zu, ohne Fragen zu stellen.

„Ich habe im Grunde genommen nie eine Mutter gehabt." Jetzt sah Mason sie mit einem schreckerfüllten Blick an. „Ich bilde mir ein, dass mich ihre Seele im Schlaf heimsucht." Er nahm einen Schluck Wasser. „Dass es so vieles gibt, das nie gesagt wurde."

„Oh, Mason", sagte Karen. Sie war, was Worte betraf, keine Meisterin.

„Ich kann seit Wochen kaum noch schlafen, Karen." Er nahm auf einem der Barhocker Platz, ergriff eine ungeschälte Kartoffel und legte seine Finger um sie, als könne ihn das beruhigen. „Die Vergangenheit jagt mich und ich zweifle daran, ob Edna die richtige Frau für mich ist. Wir entfernen uns mit den Jahren unserer Ehe immer weiter voneinander. Jeder lebt in seiner eigenen Welt. Sollte es nicht umgekehrt sein? Ich habe es nicht geschafft, ihr von meiner Krankheit zu erzählen, weil sie mir immer häufiger wie eine Fremde vorkommt. Wir reden kaum noch miteinander. Und heute Nachmittag wurde mir klar, dass auch mein Job unerträglich geworden ist."

Karen wollte etwas zu Ednas Verteidigung sagen, doch es fiel ihr nichts ein. Edna hatte sie seit ihrer ersten Begegnung an Cameron erinnert. Karen verstand nicht, wie Mason, genauso wie damals ihr Bruder Elliot, auf solch eine Art von Frau hereinfallen konnte. Sie vermutete, dass es die Gegensätzlichkeit war, die ihren Reiz hatte. Dass Ednas offenherziges Naturell Masons abgekapseltem Wesen guttat. Auch Elliot hatte geglaubt, an Camerons Seite glücklich werden zu können. Dabei war es ein großer Fehler, das eigene Wohlergehen von einem anderen Menschen abhängig zu machen.

„Edna sieht die Dinge nicht, die mich bewegen." Masons Gesichtsausdruck erschien Karen ernster als sonst, auch wenn das schwer möglich war. „Das, was mich belastet, schiebt sie mit einem Lächeln beiseite."

„Und wenn sie es tut, dann schluckt sie eine Pille, um sie nicht mehr sehen zu müssen", sagte Karen und schämte sich im nächsten Augenblick für diese Worte.

„Vielleicht hat sie recht und wir müssen den Schmerz manchmal dämpfen."

„Hör auf damit, Mason!" Karen spürte Wut in sich aufsteigen. Sie betrat das Wohnzimmer und nahm Platz.

Auch Mason setzte sich ihr schräg gegenüber auf einen Ohrensessel und schlug die Beine übereinander. „Ich weiß, dass du Edna nicht ausstehen kannst."

Karen war überrascht, dass Mason so offen darüber sprach. Vielleicht war es die Dringlichkeit, die ihn trieb und dazu führte, dass er sich ihr gegenüber öffnen wollte.

„Ich muss an deinen Vater denken." Karen hatte immer noch große Mühe, über ihren verstorbenen Bruder zu reden. „An all die Dinge, die man mit ihm versucht hat, damit er einen klaren Gedanken fassen kann."

Mason senkte den Blick und presste die Lippen zusammen.

„Ich weiß nicht, ob ihm jemals damit geholfen wurde." Karen starrte auf einen Punkt auf dem Teppichboden, den sie zu fixieren versuchte, um die vielen Gedanken zu ordnen. „Vielleicht haben die Ärzte dadurch nur alles schlimmer gemacht."

„Ich glaube, ich brauche ein bisschen Zeit für mich", sagte Mason plötzlich. „Um mein Leben zu überdenken. Vielleicht mache ich eine kleine Reise."

Karen war überrascht. Wollte ihr Neffe nur seine Behandlung aufschieben? Sie hielt es für keine gute Idee, sich zurückzuziehen, wenn die Seele blutete. Doch, wer weiß, vielleicht würde es Mason guttun? Jeder sollte es selbst am besten wissen. Sie musste unweigerlich erneut an ihren Bruder Elliot denken und daran, dass ihm sein Leben in den einsamsten Augenblicken am unerträglichsten erschienen war. Es hätte nicht in einer Tragödie enden sollen.

„Und was ist mit Edna?" Nun sah Karen Mason wieder an und legte den Kopf leicht schräg. Christopher hätte kein Problem damit, Mason das Gästezimmer im Untergeschoss oder gar eines der damals geplanten Kinderzimmer zur Verfügung zu stellen.

„Bitte sage niemandem etwas." Mason verengte die Augen. „Ich brauche ein paar Tage Ruhe. Nur mit mir selbst." Seine Finger spielten nervös mit der Kante der Tagesdecke, die neben ihm lag.

„Und deine Behandlung? Und deine Stelle bei *Top Paint*?" Karens Unruhe stieg.

„Ich habe heute eine Kündigung in meiner Schreibtischschublade liegenlassen. Der Job war nie etwas für mich."

Zu seiner Krankheit sagte Mason nichts. Karen nickte stumm.

„Und wohin gedenkst du zu reisen?", wollte sie wissen.

„Ich werde meine Großmutter besuchen."

Karen war alarmiert. „Du willst Maria besuchen? Soviel ich weiß, lebt sie in einem Pflegeheim in Maryland. Und dein Stief-Großvater Dave Dufek ist nicht mehr am Leben."

Er ist an Leukämie gestorben, dachte Karen verzweifelt. Macht sich in dieser Familie außer mir denn gar keiner seine Gedanken?

„Ich habe auf einmal das Gefühl, dass ich mit Maria sprechen möchte." Mason seufzte leise und rieb sich den Nacken.

Karen bemerkte, dass er keinen Ehering trug. „Sei vorsichtig mit dem, was du in ihrer Gegenwart sagst, Mason."

„Ich bin immer vorsichtig mit dem, was ich sage." Über Masons Gesicht huschte der Hauch eines Lächelns. „Vielleicht ist das mein Problem."

„Ich habe auch die Verkrampftheit mit Löffeln gefüttert bekommen", sagte Karen und musste sich eingestehen, dass es guttat, mit Mason über ihre Gefühle zu reden.

„Aber Maria war nicht verkrampft."

„Nein, sie war eine mutige Frau, wenn ich es mir recht überlege. Hat sich in einer Zeit, in der das nicht üblich war, allein auf den Weg gemacht. Mit deiner Mutter im Gepäck und ohne finanzielle Mittel."

„Wer hat dir das erzählt?" Mason war überrascht, dass Karen so viel über seine Familie wusste.

„Ich höre zu, wenn die Leute reden." Karen lächelte. „Auch, wenn ich nicht viel dazu sage."

„Meine Mutter hat in den letzten Jahren ihres Lebens oft über ihre Mutter gesprochen." Masons Blick wurde glasig. „So, als habe sie das Bedürfnis, die Vergangenheit aufzuarbeiten, bevor es zu spät ist."

„Maria war nicht wirklich Camerons Mutter. Sie mag sie geboren haben, aber später hat sie sie bei ihrer eigenen Mutter abgeschoben."

„Aber ist es nicht das, was zählt? Die genetische Verbundenheit?" Mason blickte seine Tante unsicher an. Er hätte niemals ein Kind adoptiert, dessen Gene von weiß der Teufel woher kamen.

„Ich glaube nicht." Sie fühle sich plötzlich erschöpft und traurig.

„Und warum habt ihr nie Kinder adoptiert, du und Christopher? Es gibt genügend Kinder, die dankbar dafür gewesen wären."

Karen erwiderte eine Weile nichts, sondern kratzte an ihren Nagelbetten herum. „Christopher wollte es nicht", sagte sie schließlich mit gedämpfter Stimme. „Er meinte, er würde im Grab keine Ruhe finden, wenn jemand, mit dem ihn nur der Zufall zusammengebracht hat, seinen Reichtum erben würde."

„Ist nicht alles Zufall im Leben?"

„Jetzt wirst du mir zu philosophisch, Mason." Sie musste lächeln und betrachtete Mason mit mütterlicher Liebe. Dem Himmel sei Dank, dass es wenigstens ihn in ihrem Leben gab.

„Du wärst eine wunderbare Mutter geworden, Karen." So etwas hatte er noch nie zu ihr gesagt. Warum sprachen die Menschen die wichtigen Dinge oft nicht aus? „Und du warst immer wie eine Mutter für mich."

Karen traten Tränen in die Augen und sie fiel etwas in sich zusammen wie ein altersschwacher Luftballon. „Danke, Mason, das ist lieb von dir. Ich habe mir oft überlegt, woran es wohl gelegen hat, dass Christopher und ich niemals Nachwuchs bekommen haben. Heute denke ich, dass es auch damit zu tun hatte, dass ich es so krampfhaft wollte."

Sie hatte lange Zeit nicht glauben wollen, dass eine geistige Haltung solch verheerende Auswirkungen haben konnte, obwohl ihr Therapeut es immer wieder betont hatte.

„Vielleicht hast du recht." Masons Gesichtsausdruck wurde betroffen, als müsste er an etwas denken, das ihn sehr belastete.

Karen ahnte, was es war. Edna hatte eine Fehlgeburt gehabt, das wusste sie von ihrem Neffen. Vielleicht hätte sie lieber den Mund halten sollen, das war oft taktvoller.

„Und wann willst du abreisen?", fragte sie wie aus dem Nichts, nur, um das leidige Thema wieder in eine Schublade zu stecken und diese gut zu verriegeln. Etwas an Mason hatte sich im Laufe dieses Gesprächs zunehmend versteift und auch in ihr wuchs die Angst, etwas Falsches zu sagen.

„Am liebsten schon morgen früh, bevor Edna nach mir sucht."

„Du glaubst doch nicht, dass sie bei mir anrufen wird." Karen schnaubte verächtlich. „Da ruft sie eher die Polizei an."

„Daran habe ich noch gar nicht gedacht." Masons Blick war starr.

Karen malte sich das Szenario aus. Die Vorstellung von ihrem Neffen als Vermisster war auf eine unerwartete Weise reizvoll. Es könnte Edna vor Augen führen, dass es Mason Hicks noch gab. Sie hatte sich doch niemals so auf ihn eingelassen, wie es sich für eine Ehefrau gehörte. Er lief nebenher, wie der Geschirrspüler.

„Ich glaube, ich bin kein guter Ehemann." Masons Worte trafen Karen mitten ins Herz.

„Das stimmt nicht, Mason." Sie war versucht aufzustehen, um ihren Neffen in den Arm zu nehmen, so wie damals, als er ein kleiner Junge gewesen war, doch sie blieb sitzen.

„Ich bin kein Mensch, der im immer gleichen Rhythmus der Ehe funktionieren kann."

„Wer sagt denn, dass wir funktionieren müssen?" Karen wollte die passenden Worte finden, um seine Selbstzweifel zu mindern, aber sie befürchtete, sie niemals zu finden. So, wie sie auch ihrem Bruder nie hatte beistehen können. „Du bist ein sensibler Mensch, Mason, das ist alles."

Es klang zu banal, um etwas zu ändern. Karens Stirn wurde heiß. Sie war keine Psychotherapeutin.

„Lassen wir das." Mason stand unverhofft auf und holte sich ein weiteres Glas Wasser aus der Küche.

Karen beobachtete ihn, seine gebückte Haltung, seine Langsamkeit, und es tat weh, ihn so zu sehen. Edna war diejenige, die helfen konnte. Sie würde ihren Schutz-mantel aus Vernunft ablegen müssen, um endlich auf Mason einzugehen.

Kapitel zehn

Ann Arbor, Michigan, im Jahr 1981

„Sie hat wieder angerufen, Elliot." Karen Hemenway saß im Speisezimmer ihres Hauses, hatte die Hände im Schoß gefaltet und sah ihren jüngeren Bruder prüfend an. Ihr dunkelbraunes Haar war kompliziert aufgetürmt und ihr Blick aus grünen Augen verriet Sorge. „Du solltest dich mit ihr treffen. Sie ist eine nette junge Frau." Jetzt lächelte Karen ermunternd und hoffte, ihr Bruder könnte sich aufraffen. Es war oft eine Qual mitanzusehen, dass sein Leben allein aus seiner Professur an der Universität von Michigan und dem Lesen preisgekrönter Romane bestand. Karen freute sich über die seltenen Besuche ihres Bruders genauso wie ihr Ehemann Christopher. Mit ihm konnte sie nicht über Elliot sprechen. Er verurteilte es, sich in die Leben anderer einzumischen, meinte, man müsse die Menschen ihren Weg gehen lassen. Karen war davon überzeugt, dass eine lenkende, liebevolle Hand manchmal nicht fehl am Platz war.

„Sie ist eine einfältige Pfarrerstochter." Elliot schwenkte sein Cocktailglas und nahm anschließend einen großen Schluck. „Ich möchte ihr keine falschen Hoffnungen machen."

„Aber dann hättest du wenigstens Gesellschaft." Karen hatte nicht vor aufzugeben. Es war an der Zeit, dass Elliot die Liebe entdeckte. Zu viel Zeit mit sich selbst tat ihm nicht gut.

„Vielleicht möchte ich lieber allein sein." Elliot lächelte verschmitzt. So wie damals, als er der Nachbarstochter den Zopf abgeschnitten hatte, weil sie ein Lagerfeuer aus alten Büchern gemacht hatte.

„Du hast nicht schon wieder vor, den ganzen Sommer auf der Oberen Halbinsel zu verbringen, oder?" Karen schüttelte unwillkürlich den Kopf. Sie hatte ihm letztes Jahr davon abgeraten, das heruntergekommene Häuschen am See auf der Oberen Halbinsel von Michigan zu kaufen. Doch wann hatte ihr Bruder jemals auf sie gehört? Sie konnte es nicht lassen, auch wenn sie fast immer auf eine Wand stieß. Dabei sahen Außenstehende oft viel mehr.

„Ich liebe die Ruhe dort oben." Elliots verklärter Blick wanderte zu dem mit schweren Brokatvorhängen versehenen Fenster des Wohnzimmers. Er hielt, im Gegensatz zu seiner Schwester, nicht viel von dekorativen Räumen. Ihm gefielen die Natur und Bücher besser als alles, was der Mensch jemals erschaffen konnte. „Auf der Oberen Halbinsel kann ich lesen, schreiben, korrigieren. Ohne Ablenkungen."

Karen nippte an ihrem Lemon Drop. Die neue Hausangestellte war eine Zauberin, was die Cocktails anging. Beim Staubwischen musste sie noch ein wenig üben.

„Willst du den Rest deines Lebens allein verbringen?" Die Sorge um ihren sechs Jahre jüngeren Bruder war Karens treuer Begleiter, es gab nichts, was sie nicht für

Elliot getan hätte. Das war schon immer so gewesen. Manchmal hatte sie das Bedürfnis, ihn zu packen und zu schütteln, damit er endlich zur Vernunft kam. Das war doch kein Leben! Verstaubte Bücher, Stunden, die er allein mit Lesen verbrachte, zwischendurch die Vorlesungen und Seminare, um dann wieder in sein kleines Haus zurückzukehren und den Blick in Büchern zu vergraben. Elliot verschwendete seine Lebenszeit und schenkte sie den toten Dichtern, die es nicht einmal würdigten.

„Ich denke, es gibt Schlimmeres, als allein zu sein." Wieder lächelte Elliot seine Schwester warmherzig an. Wie wahr, dass Geschwister diejenigen Menschen waren, die sich im Leben am längsten kannten. Solch eine tiefe Verbindung war viel wert. „Und ich fühle mich nie einsam, Karen."

Karen beschloss, das Thema für heute beiseite zu legen. Sie würde der Pfarrerstochter Selma absagen – dabei hatte sie bereits in dem neuen Bistro um die Ecke einen Tisch für die beiden reserviert – und weiterhin Ausschau nach einer potenziellen Schwägerin halten. Irgendwann musste Elliot schließlich eine Frau über den Weg laufen, die sein Interesse wecken würde.

Am letzten Tag des Semesters strahlte der Himmel einladend blau und Elliot war froh, dass er seinen Koffer schon am Vorabend gepackt hatte. Gleich nach der letzten Vorlesung am frühen Nachmittag würde er die neunstündige Fahrt in Richtung Norden antreten. Er war am Morgen mit einem Kitzeln im Bauch aufgewacht und war sich sicher, etwas Schönes geträumt zu haben, konnte sich aber nicht daran erinnern.

Jetzt fuhr er mit dem Fahrrad, auf dessen Gepäckträger seine Aktentasche fixiert war, in Richtung Universitätscampus. Er machte einen Schlenker durch die Innenstadt, in der sich bereits kleine Menschengruppen vor den Fassaden der backsteinfarbenen Häuschen zusammengefunden hatten. Die Cafés begannen, sich zu füllen. Elliot winkte dem Besitzer des Second-Hand-Buchladens, der gerade sein Schild an der Tür auf *Open* umdrehte, ließ das Erwachen Ann Arbors auf sich wirken und empfand wieder einmal eine tiefe Verbundenheit zu diesem Ort. Auch wenn es ihn in regelmäßigen Abständen in den Norden Michigans zog, war Ann Arbor seine zweite Heimat.

„Hey, Mister Hicks!" Eine Frau, die Elliot zunächst nicht einordnen konnte und die ein kurzes Kleid mit schwarz-weißem Polka-Muster trug, gestikulierte wild in der Luft umher. Neben ihr stand eine Frau, die Elliot nicht kannte, vermutlich eine Kommilitonin. Er war überrascht und lenkte das Fahrrad auf den Gehweg, wo er zunächst wie angewurzelt stehenblieb. Es war doch tatsächlich eine seiner Studentinnen, nämlich Cameron Smith. Wie hatte er sie nur nicht erkennen können? Jeder, der Augen im Kopf hatte, drehte sich nach ihr um. Ihre einst sehr langen, tiefschwarzen Haare waren nun zu einem frechen Bob geschnitten und umrahmten ihr hübsches Gesicht.

Sie trat an Elliot heran, umhüllt von einem blumigen Parfümduft. „Darf ich Sie zu einem Kaffee einladen?" Sie lächelte und Elliot stieg wie in Trance vom Sattel ab.

Er war noch nie von einer Frau zum Kaffee eingeladen worden, schon gar nicht von einer seiner Studentinnen. Obwohl er nicht zögern wollte, musste er es tun. In ihm wohnte eine Vorsicht, die er hin und wieder gern abgeschüttelt hätte. Cameron verabschiedete sich mit einer Umarmung von der anderen Frau und deutete sofort auf einen Tisch unter einem senfgelben Sonnenschirm, an dem zwei Flechtstühle standen. Das Café lag direkt an der Straße.

„Sehr gern", sagte Elliot und es klang viel zu dumpf. Er lehnte das Fahrrad gegen einen Lampenpfosten und zog den Stuhl für Cameron unter dem Tisch hervor. Er ertappte sich dabei, dass er ihre makellose Figur bestaunte. Sein Kopf glühte. Nachdem sich Cameron gesetzt hatte, nahm auch Elliot umständlich und mit einem Räuspern Platz. Er kam sich vor wie ein Idiot.

„Sagen Sie, wie viele Bücher lesen Sie pro Woche?" Cameron sah ihn mit diesem wachen Blick an, den Elliot so mochte.

Er dachte, dass er sich noch nie mit einer so attraktiven Frau unterhalten hatte. Dass es ihn eine gewisse Überwindung kostete, denn er war ungeschickt im Umgang mit anderen Menschen. Vorträge über Literatur halten, das konnte er. Aber das war eine andere Sache.

Cameron steckte sich den Kaffeelöffel in den Mund und streifte den Schaum genüsslich mit ihren vollen Lippen ab. Ihre Oberlippe hatte einen auffallenden Schwung, der Elliot schon gefallen hatte, als er Cameron das erste Mal in einem Seminar gesehen hatte. Das war fast ein Jahr her und nun saß er hier mit ihr unter einem Sonnenschirm und wusste nicht recht, worüber er sich mit ihr unterhalten sollte.

„Zwei bis drei in der Woche, je nach Länge", sagte er und es klang wie ein Geständnis. Vielleicht hatte Karen recht und er führte kein erwähnenswertes Leben. Mag sein, dass er beim Lesen der Realität entfliehen wollte. Manchmal wünschte er sich sogar, niemals aus der Fiktion auftauchen zu müssen, doch das behielt er für sich.

„Das ist viel." Cameron nickte anerkennend. „Ich würde gern mehr lesen, aber es ist immer so viel los."

Elliots Finger spielten mit der Stoffserviette, die er bereits auf seinem Schoß ausgebreitet hatte. Solch ein stockendes Gespräch hatte er befürchtet. Aber worüber sollte man sich auch mit ihm unterhalten? Bei ihm war nicht viel los, eher das Gegenteil war der Fall. Das Thema Bücher war da das sicherste Terrain. Auf dem bewegte er sich gekonnt.

Er war dankbar, als eine gertenschlanke Bedienung an den Tisch trat und sich als Hillary vorstellte.

„Zwei Cappuccinos", sagte Elliot und versuchte, so viel Sicherheit wie nur möglich in seine Stimme zu legen. „Wenn das in Ordnung ist?"

Cameron bejahte und lächelte Elliot auf bezaubernde Weise an. Und als sich ihre Lippen wieder aufeinanderlegten, sah er es: Ihr Mund war herzförmig.

„Und, haben Sie schon angefangen, meine Novelle zu lesen?" Sie sah ihm so tief in die Augen, dass eine unangenehme Hitze in seinen Kopf aufstieg. Er zögerte kurz, weil er bisher nur die ersten drei Seiten gelesen und anschließend beschlossen hatte, das Werk mit in den Norden zu nehmen, um ihm die gebührende Aufmerksamkeit zu schenken. Darüber hinaus lenkte ihr Text ihn von der Arbeit ab. Cameron Smith hatte einen schlichten, sehr eingängigen Schreibstil ohne viel Schnickschnack. Dabei nannte sie die Dinge beim Namen, ohne viel Umschweife. Elliot hatte aufgehört zu lesen, als es zu einer erotischen Begegnung zwischen der Protagonistin und ihrem Halbbruder gekommen war. Mit nassgeschwitzten Handtellern war er auf die Toilette gegangen, hatte beim Händewaschen in den Spiegel über dem Waschbecken gesehen und sich gefragt, ob ihm im Leben schon viel entgangen war.

„Ich habe angefangen ...", setzte er an, doch Cameron ließ ihn den Satz nicht zu Ende bringen.

Wie ein aufgeregtes Kind setzt sie sich noch aufrechter hin und wippte mit dem linken Knie. „Und, wie gefällt sie Ihnen?" Sie wippte noch schneller. Zügellose Begeisterung leuchtete in ihren Augen.

Die Bedienung kam zurück und stellte zwei Tassen mit überquellendem Milchschaum, in dessen Mitte ein Herz aus Schokoladenpulver gestreut war, vor den beiden ab.

„Wie gesagt, ich bin noch nicht weit gekommen." Elliot bedankte sich bei der Bedienung und legte die Finger um die angenehm glatte Tasse. Ein kümmerliches Räuspern rutschte ihm heraus.

„Professor Hicks, ich bin so gespannt auf Ihre Meinung!"

„Ihr Stil ist bemerkenswert anders." Elliot nahm einen Schluck aus der Kaffeetasse und überlegte, welches Wort er wählen sollte, um Camerons Schreibstil zu betiteln. Er wollte sie auf keinen Fall beleidigen. „Er ist sehr ... direkt."

Cameron lächelte erneut und ihre Augen strahlten. „Ich bin gern direkt." Ihr Lächeln wurde noch breiter.

„Und Sie finden nicht, dass das Thema ein bisschen zu …?" Wieder suchte Elliot nach dem passenden Begriff. Er hatte das Bedürfnis, vor dieser Frau perfekt zu sein. „... schlüpfrig ist?"

„Warum? Weil die beiden blutsverwandt sind?" Jetzt sah sie ihn ernst an und er bemerkte das kleine, dunkle, exakt runde Muttermal unterhalb ihres rechten Ohrläppchens. „So etwas kommt vor", sagte Cameron und nippte an ihrem Cappuccino. Der Schaum legte sich wie zarte Watte auf ihre Oberlippe.

„Ich meine nur, dass die Leser damit ein Problem haben könnten." Elliot musste sich wieder räuspern.

„Es gibt alles, Professor Hicks." In Camerons Blick lag etwas Prüfendes. „Stellen Sie sich vor, ich habe fast gar keinen Kontakt mehr zu meiner Mutter. Und mein Vater ist gestorben, als ich noch ein Baby war."

Elliot war von diesen Tatsachen überrumpelt und musste zugeben, dass er es als selbstverständlich ansah, in einer intakten Familie aufgewachsen zu sein und seine Eltern regelmäßig zu besuchen.

„Das tut mir aufrichtig leid", sagte er schließlich und fuhr sich mit der Handfläche über den Nacken. Er warf einen schnellen Blick auf seine Armbanduhr, die einst seinem Großvater gehört hatte. Bald würde er zur Universität müssen, um seine Vorlesung vorzubereiten, auch wenn er noch gern länger mit dieser Frau unter dem Sonnenschirm gesessen hätte, der alles in ein warmes Gelb tauchte. Er bat um die Rechnung und bezahlte.

Cameron bedankte sich für den Cappuccino. „Haben Sie Kinder?" Ihr Blick hatte jetzt etwas Herausforderndes, als wollte sie ihm mit jeder Frage ein kleines Geheimnis entlocken, von dem nur sie wusste, dass es existierte.

„O nein." Elliot winkte gespielt theatralisch ab und wunderte sich über die eigene Geste. „Wo denken Sie hin?" Diese Worte hatte er nicht beabsichtigt und er schämte sich im nächsten Augenblick für sie. Es war durchaus denkbar, dass ein Mann in seinem Alter Nachkommen hatte. Er unterstellte ihr eine unpassende, ja, alberne Frage.

„Ich habe noch nicht die Frau gefunden, mit der ich Kinder haben möchte", korrigierte er sich. Dabei war es eine Übertreibung und in gewisser Weise sogar eine Lüge. Auf die Suche hatte er sich noch nie gemacht und einen Vergleich hatte er auch nicht, schließlich hatte er bisher noch nie eine intime Freundschaft zu einer Frau gepflegt. In diesem Moment, dieser charmanten Frau gegenübersitzend, wünschte er sich, es wäre anders. Er würde sich etwas trauen. Den nächsten Schritt gehen. Sich erneut mit ihr verabreden.

„Die passende Frau wird Ihnen bestimmt noch über den Weg laufen." Cameron legte ihre Hand auf Elliots Handrücken. Wie ein hauchdünnes Blatt verweilte sie auf seiner Haut. Lange genug, dass die sanfte Berührung einen leisen Schauer in ihm auslöste. Einen Kälteblitz vom Scheitel bis zur Fußsohle.

Hastig trank Elliot seinen Kaffee aus. Sie erhoben sich beide und er reichte Cameron zum Abschied die Hand.

„Ich werde mich melden, sobald ich Ihren Text zu Ende gelesen habe", sagte er.

Als er Cameron hinterherblickte, wusste er, dass sie sein Schicksal war.

Kapitel elf

Maryland, im Jahr 2018

Mit einem mulmigen Gefühl parkte Mason nach einer langen Autofahrt vor dem Pflegeheim in Maryland, in dem Maria seit vielen Jahren lebte. Es war kurz vor Mittag, denn Mason hatte in einem Motel in der Nähe des Highways übernachtet. Das Gebäude, das aus farblich aufeinander abgestimmten Reihenhäusern bestand, krümmte sich hufeisenförmig um eine Parkanlage. Zu der breiten Eingangstür führten wenige Stufen aus Backstein, die Mason bedächtig erklomm. Er wusste nicht, was er zu seiner Großmutter sagen sollte. Nur, dass er das Bedürfnis hatte, sie zu sehen. Dass die Konfrontation mit Krankheit und Tod ihm immer wieder vor Augen führte, dass die Vergangenheit doch kein schlafendes, wildes Tier war, das man nicht wecken durfte, sondern eines, das man behutsam streicheln musste, um die Angst zu verlieren.

Mason hatte seinen Besuch angekündigt und steuerte auf den Empfang zu. Die Dame mit dem feuerroten Haar wusste sofort Bescheid.

„Sie hat manchmal schlechte Tage", sagte sie vorsichtig, während sie nebenher routinemäßig ein Formular ausfüllte. „Also wundern Sie sich nicht."

„Ist heute ein solcher Tag?" Mason biss sich auf die Unterlippe. Er hatte seine Großmutter seit so vielen Jahren nicht mehr gesehen, dass er keine Vorstellung davon hatte, in welchem Zustand er sie vorfinden würde. Auf einmal übermannte ihn das bittere Gefühl, dass seine Familie entfremdet war. Dass diese Zerrissenheit falsch war und ihn für immer verfolgen würde. Und dass er niemals eine eigene, neue Familie haben würde.

Die Rothaarige lächelte mitleidig und bat Mason, einen Besucherausweis zu unterzeichnen und am Revers zu befestigen.

„Kommen Sie von der Arbeit, Sie sehen so schick aus?" Die Empfangsdame führte gewieft Smalltalk, Mason hatte das nie gekonnt.

„Nein, ich kleide mich niemals leger." Er steckte das Schild an sein Sakko und verabschiedete sich, denn er hatte keine Zeit für Höflichkeiten. Er musste zu seiner Großmutter.

Eine auffallend magere Dame führte Mason zu Maria. „Sie hat wenig gefrühstückt und wollte danach in den Park geschoben werden. Dort kann sie den Eichhörnchen zusehen. Ein schwarzes mag sie ganz besonders," sagte die Hagere und öffnete eine der grauen Türen.

Neugierig betrat Mason den kleinen Raum. Maria saß an einem schneeweißen Tisch, auf dem viele bunte Puzzleteile ausgelegt waren. Sie erinnerten Mason an seine Kindergartenzeit. Er hatte es geliebt, zerschnittene Bilder wieder zu einem Ganzen zusammenzufügen. Es hatte etwas Beruhigendes.

Maria presste die hageren Finger in einer sonderbar starren Haltung gegen die Tischplatte und blickte teilnahmslos in die Raummitte.

Als Mason eintrat, drehte sie den Kopf in seine Richtung. Er las Verwirrung in ihren hellblauen, wässrigen Augen. Ihr graues, langes Haar war mit einem gelben Band zu einem Pferdeschwanz zusammengebunden, was Mason eher für ein Schulmädchen passend fand. Auf dem ungemachten Bett lag eine frische Windel, welche die Pflegerin peinlich berührt in dem Schrank am Kopfende des Bettes verstaute.

„Sie haben Besuch, Maria!", sagte sie so laut, dass Mason zusammenzuckte. Zu Mason gebeugt flüsterte sie: „Sie müssen laut und deutlich sprechen, sonst versteht sie nichts." Die Magere verließ den Raum und zog sanft die Tür hinter sich zu.

Mason betrachtete Maria und versuchte vergeblich, die Familienbande zu spüren. Aber wie sollte ihm das auch gelingen? Schließlich hatte er sein Leben lang wenig Kontakt zu seiner Großmutter gehabt. Mehr als seine Mutter, aber immer noch zu wenig.

„Hallo, darf ich mich zu dir setzen?" Sein Tonfall war, wie so oft, zögerlich. Er nahm auf dem zweiten Stuhl Platz, der Marias gegenüberstand.

Sie sah ihn nun nicht mehr an, sondern suchte mit ihrem Blick die Tür.

„Möchtest du in den Park, Großmutter? Es ist schön draußen."

Es war einer jener Frühlingstage, an denen der Himmel stolz sein klares Blau über die Erde spannte und der Sonne für den ganzen Tag die Alleinherrschaft eingeräumt hatte. Mason hatte Bedenken, weil er keine

Sonnencreme dabeihatte. Trotzdem wollte er Maria eine Freude machen, schließlich mochte sie angeblich die Eichhörnchen.

Maria ließ die knochigen Füße, die in dünnen Strümpfen steckten, aus den pinkfarbenen Plüsch-Pantoffeln gleiten. Sie sah Mason erneut in die Augen. „Bist du das, Alistair?"

Mason runzelte verwirrt die Stirn und legte die kalten Hände zusammen. Vielleicht hatte er sich von diesem Treffen zu viel versprochen, schließlich war Maria beinahe neunzig Jahre alt.

„Alistair? Du bist tatsächlich gekommen?" Maria lehnte sich in ihrem Rollstuhl nach vorn und ergriff Masons Hände. Sie legte die ihren wie einen behütenden Kokon um die seinen, während sich ein seliges Lächeln über ihr Gesicht legte. Ihre Haut war fast durchsichtig und so dünn, als könnten die hohen Wangenknochen jederzeit durch sie hindurchstechen.

„Ich bin dein Enkelsohn, Mason Hicks." Mason versuchte vorsichtig, seine Hände zurückzuziehen, doch sie waren in Marias warmer Umklammerung gefangen. „Ich bin gekommen, um ein wenig mit dir zu reden." Und um meine Vergangenheit endlich zu begreifen, dachte er. Es scheint mir, dass ich vieles nicht weiß. Dass niemand über das Gewesene redet, dabei ist es wichtig. Eines Tages ist es zu spät dafür.

„Du siehst aus wie Alistair." Marias Augen weiteten sich, bevor ihre Gesichtszüge erstarrten. Sie zupfte nachdenklich am Saum ihres Kleides. „Ich habe ihm nie etwas von Dave Dufek erzählt. Und davon, dass ich unsere Tochter Cameron zu meiner Mutter gegeben habe."

Mason wusste, dass seine Mutter später nicht mehr bei Maria gelebt hatte. Auch wenn er nie begriffen hatte, warum es so weit gekommen war.

„Das konntest du nicht, Maria." Mason wusste nicht, ob es ihm gelingen würde, Marias Gedanken zu ordnen. Ganz davon zu schweigen, dass er selbst nicht in der Lage war, die Puzzlestücke seiner Vergangenheit zu sortieren. Es hatte zu viele Scherben gegeben.

„Alistair war tot, als du Dave Dufek kennengelernt hast."

„Ja, das ist richtig." Marias Blick verklärte sich. „Der gute Alistair. Er hätte mir alles gegeben."

„Das ist lange her, Maria." Mason erschrak über die eigene, dumpfe Stimme. „Lass uns über deine Tochter Cameron, meine Mutter, sprechen. Sie hat mir etwas für dich mitgegeben, als ich sie das letzte Mal gesehen habe." Mit diesen Worten zog Mason energisch seine Hände zu sich und einen schwarzen Samtbeutel aus der Hosentasche. In ihm befand sich eine Kette mit einem herzförmigen Anhänger. Mason fragte sich, warum seine Mutter nicht selbst hierher gefahren war. Wahrscheinlich fehlte ihr der Mut dazu.

„Die soll ich dir geben", sagte er leise.

Maria ließ sich das Schmuckstück auf ihre geöffneten Handflächen legen, die ein wenig zitterten.

„Das war der schlimmste Tag meines Lebens." Ihre Stimme war schwach und Mason wurde wieder einmal klar, dass die Vergangenheit niemanden verschont. Dass wir immer nur denken, nach vorn schauen zu können. Dabei verfolgt uns alles, was einmal gewesen war.

„Ich habe ihr die Kette geschenkt, als ich sie zu meiner Mutter gebracht habe." Maria sah Mason fest an. „Als könnte ein Gegenstand einen Unterschied machen." Sie atmete geräuschvoll ein und wieder aus und fasste sich an die Wangen. „Kannst du dir das vorstellen, dass eine Frau ihr eigenes Kind abschiebt, weil ..." Maria senkte den Blick und Mason wartete, denn er wollte wissen, warum es so gekommen war. Cameron hatte nie gern über ihre Familie gesprochen.

Plötzlich klopfte es laut. Die Pflegerin von vorhin steckte den Kopf zunächst durch den Spalt, bis sie die Tür ganz aufschob.

„Zeit für Ihre Medikamente!" Die Frau schrie förmlich, stellte ein kleines Tablett mit bunten Pillen und einem Glas Wasser vor Maria ab und lächelte freundlich. Dann stemmte sie die Hände in die Hüften und wartete, bis Maria die Tabletten auf ihrer belegten Zunge platzierte und hinunterspülte. „Brav gemacht, ich komme bald mit dem Mittagessen." Mit diesen Worten verschwand sie wieder.

„Warum schreit sie dich so an?", fragte Mason überrascht, denn ihm war erst jetzt aufgefallen, dass er in einem normalen Tonfall mit Maria kommunizierte und sie keine Mühe zu haben schien, ihn zu verstehen.

„Ach, die Frau hat keine Ahnung." Maria schüttelte verächtlich den Kopf. „Die glaubt, ich verstehe sie nicht. Es ist eher so, dass ich vieles von dem, was sie sagt, gar nicht hören will."

Mason musste schmunzeln. „Dann sag es ihr."

„Nein, bloß nicht!" Jetzt huschte ein freches Grinsen über Marias Gesicht, das sie für einen Augenblick beinahe mädchenhaft wirken ließ. Durch die graue Fassade schimmerte die Frische der Jugend und Mason sah für den Bruchteil einer Sekunde die bildhübsche Frau, die Maria einst gewesen war. „Sie soll ruhig schreien. Ich kann sie nicht ausstehen."

Mason wollte zurück zu jenem Tag, an dem Maria ihrer Tochter die Halskette geschenkt hatte. Er versuchte, die Worte, mit denen er wieder zu dem Thema wechseln konnte, in seinem Kopf zu formen, aber Maria kam ihm – genauso wie Edna immer – zuvor.

„Wenn ich gesündigt habe, Mason, dann auf jeden Fall an jenem Tag." Ein trüber Schleier schmerzlicher Erinnerungen legte sich über ihre Gesichtszüge. „Ich habe mein eigenes Kind aus egoistischen Gründen zu meiner Mutter gebracht. Das wird nicht einmal Gott mir verzeihen."

„Ich verstehe nicht." Masons Wangen glühten.

„Sie hat Dave schöne Augen gemacht."

„Sie hat mit ihrem Stiefvater geflirtet?" Mason war verblüfft und beschämt zugleich. Davon hatte er noch nie etwas gehört. Auf sein Drängen hin hatte seine Mutter immer nur finanzielle Sorgen als Grund genannt. Und die Tatsache, dass Maria eine finanzielle Abhängigkeit vermeiden wollte, schließlich war Dave Dufek nicht Camerons leiblicher Vater. Mason hatte sich später ausgemalt, dass das Verhältnis zwischen Cameron und ihrem Stiefvater vielleicht nicht das beste gewesen war.

„Wer zuerst mit wem geflirtet hat, das weiß der Herrgott!" Maria legte die welken Hände in den Schoß und wiegte den Kopf hin und her. „Ich kann dir aber eines sagen: Wir Frauen in deiner Familie haben Feuer im Blut und wir kämpfen bis zum Schluss."

Die Männer nicht, die ersticken unter der Last der Liebe, dachte Mason. Er wollte gerade etwas erwidern, da hob Maria den Blick. „Und jetzt will ich in den Park, ein wenig die Sonne genießen. Auch wenn ich die Eichhörnchen genauso wenig leiden kann wie meine Pflegerin. Und dann erzählst du mir von deinem Leben, Alistair."

Nach dem Besuch bei Maria setzte sich Mason zunächst in das geparkte Auto und starrte auf einen Flecken Rasen jenseits der Windschutzscheibe. Nachdem er Maria in den Park geschoben hatte, nannte sie ihn nur noch Alistair. Es war auf einmal, als hätte jemand ihrem Aufnahmevermögen einen Dämpfer übergestülpt und ihre Gedanken verwirrt. Es erinnerte Mason an ein Puzzle, dessen Teile zunächst durcheinander im Karton liegen und darauf warten, dass jemand die Randteile und farblich passenden Stücke heraussortiert, um schließlich wieder mit viel Geduld das Gesamtbild zusammenzulegen. Mason hatte Puzzle geliebt, auch wenn es eine sonderbare Art der Beschäftigung war, ein einst vollkommenes Ganzes zu zerstückeln, um es anschließend wieder zu reparieren. In Marias Zimmer hatten sie damit begonnen, das Bild von Masons Vergangenheit zusammenzusetzen, doch kaum waren sie an der frischen Luft, warf jemand all die losen Teile wieder in die Box und schüttelte sie kräftig. Vielleicht gab es Bilder, die man niemals wieder zusammenfügen konnte. Bilder, die so kompliziert waren, dass wir an ihnen verzweifelten.

„Sie macht normalerweise einen langen Mittags-schlaf", hatte die Rothaarige als Reaktion auf Masons besorgte Fragen erklärt. „Es ist ein Auf und Ab und sie ist nicht mehr die Jüngste." Sie lächelte freundlich und zuckte mit den Schultern. „Aber ich denke, sie hat sich über Ihren Besuch gefreut."

Das hoffe ich, hatte Mason gedacht und sich verab-schiedet.

Jetzt, da er in seinem Wagen saß, blickte er über den Park hinweg auf Marias Balkon im zweiten Stock. Die grünen Vorhänge an der Balkontür waren zugezogen, vielleicht hatte sie sich hingelegt.

Mason startete gedankenverloren den Motor und hatte das Bedürfnis, in Richtung Nordwesten zu fah-ren, dorthin, wo die Großen Seen den handschuhförmi-gen unteren Teil des Staates Michigan und die Obere Halbinsel umklammerten. Er wollte weg. Weit weg. Weil die Gegenwart keinen Raum dafür zuließ, um in der Vergangenheit zu wühlen. Er würde eine Rast ein-legen, sobald seine Augenlider schwer wurden. Jetzt wählte er Karens Nummer.

„Hallo Mason, wie ist der Besuch verlaufen?" Karen klang aufgeregt.

„Er ist gut verlaufen, danke." Mason betätigte den Blinker, um auf die Zufahrt zum Highway abzubiegen. „Ich wollte dir nur Bescheid geben, dass ich in Richtung Norden und nicht in einem Stück fahren werde."

„Das ist vernünftig, lass dir ruhig Zeit."

„Ich glaube, ich brauche noch ein bisschen Ruhe, be-vor ich ..." Bevor ich was? Ich habe keine Pläne, dachte er mit einem beklemmenden Gefühl in der Brust.

„Hat sie angerufen?", fragte er, anstatt den Gedanken, der sowieso in eine Sackgasse geführt hätte, weiterzuverfolgen.

„Edna?" Karen zögerte. „Nein, es hat keiner angerufen."

Mason schwieg und fädelte sich hinter einem Lastwagen auf der rechten Spur ein. Dann wechselte er eine weitere Spur nach links und trat auf das Gaspedal. Er würde sich vom Verkehrsfluss treiben lassen, bis zu dem Punkt, an dem er keine Lust mehr dazu hatte.

„Ich habe letzte Nacht kein Auge zugekriegt", sagte Karen unverhofft. Ihre Stimme klang plötzlich zerbrechlich. „Gut, dass du anrufst."

„Was ist geschehen?" Mason drückte das Gaspedal noch ein Stück weiter durch. Er war kein Raser, aber jetzt tat es ihm gut, über die gerade Fahrbahn zu schießen.

„Es ist nichts Neues geschehen, Mason. Nur die Dinge, die vor langer Zeit passiert sind, lassen mich nicht in Ruhe."

„Das Gefühl kenne ich." Mason wechselte noch eine Spur nach links, weil der Pickup vor ihm ohne sichtlichen Grund abbremste.

„Hat Maria über Dave Dufek gesprochen?" Karen stellte diese Frage so vorsichtig, als balancierte sie gerade ein rohes Ei auf einem Löffel. Als müsste sie aufhören zu atmen, weil sie sich zu sehr konzentrieren musste.

„Nein, wir haben nicht viel über Dave gesprochen. Sie hielt mich immer wieder für Alistair." Mason musste grinsen. „Am Ende habe ich sie nicht mehr korrigiert."

„Sie plagt bestimmt ein schlechtes Gewissen." Jetzt klang ein bitterer Vorwurf in Karens Stimme mit. „Sie war keine würdige Mutter für ihre Tochter."

„Sie hat über den Tag geredet, an dem sie meine Mutter bei ihrer Mutter abgegeben hat", sagte Mason und fragte sich, worauf seine Tante hinauswollte.

„Hat sie dir auch die ganze Wahrheit erzählt?" Ein Rauschen störte die Verbindung für eine Weile und Mason wunderte sich über die Dringlichkeit, mit der Karen das Thema ansprach. Es war untypisch für sie. „Mason? Hörst du mich?" Das Rauschen ließ allmählich nach.

„Was meinst du damit, Tante Karen?" Komm bitte auf den Punkt, dachte er.

„Dein Vater hat oft versucht, die ganze Wahrheit aus Cameron herauszuholen. Ich kann dir nur sagen, dass dein Stiefgroßvater Dave Dufek an Leukämie gestorben ist."

Mason schluckte schwer.

„Ich hätte dir den Abschiedsbrief zeigen sollen." Karens Stimme klang zerbrechlicher denn je. „Es tut mir so leid, Mason. Ich weiß, dass er auch an dich gerichtet war, aber ich wollte Cameron nicht noch mehr beschmutzen. Schließlich ist sie deine Mutter."

Mason lenkte eine, dann zwei Spuren nach rechts und fuhr auf einen Lastwagenrastplatz. Er musste dringend auf die Toilette, hatte aber das Gefühl, das Telefonat an diesem Punkt nicht abbrechen zu können.

„Es gibt einen Abschiedsbrief meines Vaters?" Er fühlte sich auf einmal hintergangen. Wenn er auch an ihn gerichtet war, hätte er dann nicht spätestens mit der Volljährigkeit von ihm erfahren sollen?

„Mein Vater hat einen Brief geschrieben, bevor er sich das Leben genommen hat?"

Karen schwieg. Mason kratzte sich am Hals und legte den Kopf in den Nacken. Er war verspannt und schmerzte.

„Es tut mir so leid", sagte Karen.

„Was tut dir leid?" Mason schämte sich sofort dafür, dass er die Stimme gegen seine Tante erhoben hatte. Doch es machte ihm zunehmend zu schaffen, dass sie ein scheinbar unlösbares Rätsel aus seiner Vergangenheit machte. Dass in dieser Familie niemals offen über Wesentliches gesprochen wurde. Dass alle es für besser hielten, die Dinge unter den Teppich zu kehren. Dabei wollte er vor allem jetzt, im Angesicht seiner schweren Krankheit, klarsehen.

„Ich habe den Verdacht, Mason, dass dein Vater herausgefunden hat, dass Cameron eine Affäre mit ihrem Stiefvater Dave Dufek hatte."

Masons Atem stockte. Eine beißende Hitze stieg in seinen Kopf. Solche Zusammenhänge hatte er niemals vermutet! Und er hasste es, dass Karen seine Mutter stets beim Vornamen nannte.

„Du schaust zu viele Soaps", sagte er schließlich und merkte, dass sich seine Finger um das Lenkrad gekrallt hatten wie ein Greifvogel um seine Beute. Sein gesamter Körper war voller Anspannung.

„Es ist mir todernst, Mason." Karens Tonfall verriet, dass sie nicht zum Spaßen aufgelegt war. „Und ich möchte dich davor bewahren, auf so eine Frau, die Cameron ähnelt, hereinzufallen."

„Hör auf, dich in meine Ehe einzumischen." Mason erschrak über die Wut in seiner Stimme. Von Anfang an hatte sich Karen gegen Edna gestellt. Weil Karen immer eine Art Mutterersatz für ihn gewesen war, belastete dieser Zustand Mason sehr.

„Wann kommst du wieder, Mason? Ich denke, es wäre besser, diese Dinge persönlich zu bereden. Ich hätte nicht am Telefon ..."

„Schon gut, Karen. Ich mache dir keine Vorwürfe."

„Nein, die mache ich mir selbst. Ich habe dabei mitgemacht, alles totzuschweigen. Das war die Devise in dieser Familie: Den Mund halten und Geschehenes wird ungeschehen gemacht. Wegsehen. Sich bloß nicht einmischen. Ich bin es so leid, immer nur wegzuschauen, Mason. Ich liebe dich wie einen eigenen Sohn und ich habe die Tür zu deiner Vergangenheit verriegelt, weil ich es für besser hielt, dich vor ihrer Grässlichkeit zu bewahren. Dabei bist du kein kleiner Junge mehr. Ich habe das Ferienhaus im Norden Michigans, das deinem Vater so sehr am Herzen lag, sofort nach seinem Tod verkauft. Ich habe geglaubt, ich könnte dein Glück kaufen, indem ich dir jeden Monat Geld auf ein Konto überweise, von dem du bis vor kurzem noch gar nichts wusstest. Ich habe tatsächlich geglaubt, dir zu helfen, indem ich dich in Watte packte."

Karen hielt inne und Mason hörte, dass sie sich die Nase putzte.

„Und dann kam diese Edna in dein Leben. Sie hat mich schon bei unserer ersten Begegnung an Cameron erinnert. Dieser Typ blutsaugender Frauen, den kenne ich inzwischen nur allzu gut. Es tut mir so leid, Mason, dass ich so über deine leibliche Mutter und deine Ehefrau sprechen muss. Jetzt bist du schwer krank und bittest mich um eine Stammzellenspende und ich kann nicht einmal mit ruhigem Gewissen sagen, dass wir blutsverwandt sind. Komm zurück zu mir, Mason, und wir werden gemeinsam deine Vergangenheit entwirren."

Mason versuchte, sich zu entspannen, doch es gelang ihm nicht. Seine Kiefermuskeln waren wie Eisenschienen, die seinen Schädel umspannten. In seinem Kopf pochte ein stechender Schmerz und auf seiner Stirn stand kalter Schweiß, der ihm Angst machte. Er wusste plötzlich nur, dass er nicht mehr zurück nach Ann Arbor wollte. Das, was Karen gerade gesagt hatte, war zu viel. Nicht zu ertragen. Zu düster für einen labilen Menschen.

„Ich werde mir eine Auszeit nehmen, so, wie ich es von Anfang an geplant hatte", sagte er.

„Du kannst dich doch bei uns ausruhen!" Etwas Alarmiertes klang in Karens Worten mit. „Du solltest jetzt nicht allein sein."

„Nein, ich werde meinem Herzen folgen. Dorthin, wo ich dem Schicksal meines Vaters am nächsten sein kann." Mason legte auf, stieg aus und steuerte auf das Klohäuschen zu. In seiner Unterhose fühlte er einen warmen, feuchten Fleck.

Kapitel zwölf

Ann Arbor, im Jahr 1985

„Du wirst was tun?" Karens Stimme am Telefon klang schriller als gewöhnlich. Sie war keine Frau, die sich von Gefühlen hinreißen ließ, doch Elliot spürte sofort, dass es diesmal anders war.

„Es kommt vielleicht etwas überraschend, aber es war mir noch nie so ernst." Elliots Stimme hingegen war erstaunlich fest.

Karen hatte vor einer Woche am Abend nach Camerons Besuch nur mit Mühe in den Schlaf gefunden. Elliot hatte sie wie eine Zirkusattraktion angekündigt. Die Gesichtszüge ihrer Mutter versteinerten, als er klarstellte, sie sollen gefälligst beide nett zu Cameron sein, sonst würden sie ihn in ihrem Leben nie mehr wiedersehen. Elliot gab es nur noch mit dieser Frau an der Seite, ob man es gutheißen wollte oder nicht, es spielte keine Rolle.

Jetzt rief er zu einer Zeit, zu der er normalerweise an der Universität zu tun hatte, bei seiner Schwester an und platzte mit einer Neuigkeit heraus, mit der Karen nicht gerechnet hatte.

„Du hast zurzeit viele Neuigkeiten für uns." Sie musste sich räuspern und schritt in ihrem Wohnzimmer auf und ab, während eine nicht zu bändigende Haarsträhne ihren Nacken kitzelte. In letzter Zeit schienen ihre Sinne sich mehr zu öffnen, als ihr lieb war. Sie bevorzugte ein Leben in geregelten Bahnen und hatte den Verdacht, Elliots untypischer Lebenswandel könnte schuld daran sein, dass sie Geräusche, Gerüche und sogar die Berührungen durch das eigene Haar hundertmal deutlicher wahrnahm als zuvor. Insgeheim hoffte sie natürlich, dass sie schwanger war, aber das erwähnte sie niemandem gegenüber, nicht einmal ihrem Ehemann Christopher. Der Kinderwunsch war ein unwillkommener Schatten, der sich über ihre Bilderbuchehe gelegt hatte, und Karen wollte ihm keine Macht in ihrem Leben einräumen.

„Ich fühle mich besser denn je, Karen!" Elliots Tonfall war so beschwingt, dass sie beinahe neidisch wurde. „Manchmal passieren die Dinge im Leben eben. Und Cameron ist die einzige Frau für mich, da besteht kein Zweifel."

Karen nahm mit dem Telefon in der Hand an dem massiven, dunklen Schreibtisch Platz, an dem Christopher auch am Wochenende oft arbeitete.

„Und die Hochzeit ist wann?" Sie nahm einen Kugelschreiber und einen Zettel zur Hand, um sich das Datum zu notieren.

„Schon in vier Wochen." Etwas in Elliots Stimme war zu belebt und passte nicht zu seinem Gemüt.

Karen hatte von solchen Zuständen gehört, in denen Menschen tagelang energiegeladen waren und dann in ein seelisches Tief abglitten, bis die nächste Hochphase ohne Vorankündigung anbrach. Ein anstrengendes Leben, aber hatte man die Wahl?

„Und ihr habt schon alles geplant?"

„Es wird eine kleine Zeremonie im Familienkreis. Wir müssen nur noch das Ferienhaus herrichten."

„Ihr feiert im Norden?" Karen hielt die Idee für schlecht, zumal es dort oben im Herbst frisch werden konnte und die Anreise mühsam war. Doch hier ging es schließlich um ihren Bruder, und dass es den für solch einen bedeutenden Moment an den Lake Superior zog, war keine Überraschung. Schon als Kind hatte er den wenig bevölkerten Teil des Staates geliebt und sich später mit seinem Ferienhaus dort oben einen lang gehegten Wunsch erfüllt.

„Wir feiern im neuen Haus", sagte Elliot.

„Du hättest den Kauf erst abschließen sollen, nachdem das Haus renoviert ist." Karen biss sich auf die Lippe, weil sie ihren jüngeren Bruder im Grunde genommen nicht mehr belehren wollte. Aber was die Zeit zur Gewohnheit gemacht hatte, das war nicht mehr so leicht abzuschütteln. Elliot hatte sein erstes Haus im Norden von Michigan verkauft und vor wenigen Wochen gegen ein größeres ausgetauscht.

„Ich finde das Haus ganz fabelhaft, Schwesterherz."

„Das kann ich mir vorstellen."

„Es hat einen eigenen Steg zu einem kleinen See und in ein paar Minuten mit dem Auto sind wir am Lake Superior."

„Und Cameron, mag sie die Wildnis genauso wie du?" Karen hatte sofort das Gefühl, die falsche Frage gestellt zu haben, was Elliots anfängliches Schweigen bestätigte.

„Ich bin mir sicher, dass es ihr dort oben gefallen wird."

Karen seufzte unwillkürlich und merkte, dass sich ihre Finger um den Stift verkrampft hatten. Wann wusste man schon, was der andere mochte oder nicht? Es war eine im Kern falsche Vorstellung, in die Köpfe anderer hineinsehen zu können. Es gab Tage, an denen sie meinte, selbst Christopher nicht wirklich zu kennen.

„Die Einladung wird demnächst bei dir ankommen." Elliots Aussage war sachlich und sein Tonfall nach wie vor bestimmter als gewohnt. „Ich habe vorhin schon mit Mom gesprochen."

Wieder entfuhr Karen ein zu laut geratener Seufzer.

Die Geschwister beendeten das Gespräch mit banalen Floskeln und dem Austausch guter Wünsche. Kaum hatte Karen aufgelegt, schellte erneut das Telefon. Sie hörte schon am Klingeln, dass es ihre Mutter war, die ihrer Empörung Luft machen musste.

***

„Wann kann ich dich endlich wieder besuchen?" Daves Stimme klang heller als sonst und flehend wie die eines Kindes. Cameron stand in ihrem cremefarbenen, bodenlangen Brautkleid vor dem hohen Spiegel mit einem breiten, goldenen Rahmen, den Elliot bei einem Garagenverkauf für sie erstanden hatte, und rückte die roten Röschen in ihrem tiefschwarzen Haar zurecht, während sie das Telefon zwischen Wange und Schulter balancierte.

„Es wird jetzt nicht mehr möglich sein." Sie versuchte, so viel Bestimmtheit wie nur möglich in ihre Stimme zu legen. Niemals hätte sie gedacht, diesen Satz gegenüber ihrem Stiefvater und langjährigen Geliebten auszusprechen zu müssen.

„Du angelst dir irgendeinen verstaubten Literaturprofessor und jetzt sollen wir uns nicht mehr sehen?" Ungläubigkeit lag in Daves Stimme. „Ich vermisse dich, Cameron. Lage halte ich das nicht mehr aus."

Er fehlte ihr auch, vor allem nach seinen starken Armen und den großen Händen sehnte sie sich, deren Finger sich gern um ihre Oberschenkel und auf ihre Brüste legten. Die körperliche Nähe zu Elliot war anders als alles, was Cameron bisher erlebt hatte. Doch sie liebte seinen Intellekt. In Sachen körperliche Liebe war Elliot ihr Schüler und er lernte nicht besonders schnell.

„Ich möchte versuchen, eine treue Ehefrau zu sein." Auch diese Worte aus dem eigenen Mund hatten in Camerons Ohren einen ironischen Unterton, den Dave ebenfalls spüren musste.

„Das ist doch lächerlich!" Er war aufgebracht.

Sie hätte ihn gern in die Arme geschlossen. Sein Duft, der ihr seit ihrer Jugend vertraut war, hatte ihre Nase niemals ganz verlassen.

„Bist du fertig?", drang es an Camerons Ohr und sie legte rasch auf. Nachdem er sachte geklopft hatte, steckte der ortsansässige Pfarrer seinen Kopf durch den Türspalt. Cameron entging nicht, dass sein Blick auf eine unchristliche Weise an ihrem schlanken Körper hinunterglitt. „Die Gäste sind bereit." Er lächelte und zog die Tür wieder zu.

„Du siehst bezaubernd aus", sagte Cynthia, die bisher schweigsam in der Ecke des Raumes gesessen hatte. Die Haut an ihren Wangen und am Hals erinnerte an Dörrpflaumen. Cameron drehte sich zu ihr um und hob den Rock seitlich an, während sie den Kopf schräg legte und lächelte. Seit Corys Tod vor zwei Jahren waren die Schecks von Cynthia magerer geworden, doch ihre Großmutter war nach wie vor bemüht, sie finanziell zu unterstützen. Jetzt würde es nicht mehr nötig sein.

Marias Mutter Elizabeth, die eine Mutter für Cameron hatte ersetzen müssen, war letzten Sommer verstorben.

Um einen Gartenpavillon aus hellem Holz, den Elliot für diesen besonderen Tag hatte errichten lassen, saßen die Gäste auf blauen Klappstühlen und drehten die Köpfe in Camerons Richtung, als sie aus dem kleinen Haus trat. Hinter der Laube lag der See, in dem Cameron vor wenigen Tagen vergeblich versucht hatte, mit Elliot Liebe zu machen. Sein Glied hatte sich vor Kälte zurückgezogen wie eine Schnecke in ihr Haus, wenn sie sich bedroht fühlt. Es war vor zwei Wochen gewesen, als das Wasser schon eisig gewesen war und die Bäume bereits ihr herbstliches Kleid aus Gelb, Orange und Rot getragen hatten, das sie nun bald ablegen würden.

Als Cameron allein – denn es war nicht daran zu denken gewesen, Dave um diesen Gefallen zu bitten – den Weg in die Mitte des Pavillons antrat und den Blick durch die Gästereihen schweifen ließ, fuhr es ihr wie ein Messerstich durch die Brust, dass sie Elliot nicht genug liebte. Dass sie vielleicht niemals einen Mann so geliebt hatte, wie es für ein Eheversprechen angemessen war.

In der vordersten Reihe erblickte Cameron ihre Mutter und blieb unwillkürlich für einen Augenblick stehen. Elliot hatte darauf bestanden, sie einzuladen. Maria trug das blonde Haar immer noch lang, aber die Spitzen waren trocken und zerzaust. Sie hatte einen Teil ihrer früheren Haarpracht mit einer schlichten Spange im Nacken zusammengefasst und sah Cameron aus ihren hellblauen Augen an, als wäre sie ein Gespenst. Sie trug ein hochgeschlossenes, dunkelblaues Kleid, und ihre Hände waren brav in ihrem Schoß gefaltet.

Cameron blickte wieder geradeaus, wo der Pfarrer und Elliot auf sie warteten.

Das, was gesagt wurde, wollte Cameron nicht hören und noch weniger verinnerlichen. Dass sich eine Frau und ein Mann ein Leben lang die Treue halten sollten, war eine absurde Vorstellung. Während Elliots liebevoller Blick auf ihr ruhte, musste Cameron an Dave denken und daran, dass sie es ohne ihn nicht auf Dauer würde aushalten können. Als Elliot ihr den breiten Goldring an den Finger steckte, dachte sie an ihre Mutter, die vielleicht froh darüber war, dass ihre Tochter im sicheren Hafen der Ehe angekommen war. Denn das war alles, was für Cameron an Elliots Seite attraktiv war: Eine finanziell abgesicherte Zukunft neben einem Mann, der keine Überraschungen kannte.

Nach der Zeremonie schenkte Elliots Schwester Karen an runden Tischen, die mit weißem Stoff bedeckt und kleinen Rosen verziert waren, Champagner aus. Sie würdigte Cameron keines Blickes und plauderte ab und zu mit ihrer Mutter, die neben ihr auf einem Klappstuhl saß und hilflos wirkte. Als alle Eingeladenen mit Getränken versorgt waren, stellten sie sich in einem Halbkreis auf, um dem Brautpaar zuzuprosten. Cameron spürte Elliots Hand, die sich leicht wie eine Feder auf ihren Rücken legte. Es war die Andeutung einer Berührung eines zaghaften Professors, der glaubte, die Liebe seines Lebens gefunden zu haben. Natürlich bewunderte ihn Cameron wegen seiner Literaturkenntnisse. Ob das für eine Ehe ausreichte, wusste sie nicht.

„Herzlichen Glückwunsch und alles Gute für ein wundervolles gemeinsames Leben!", rief Andrew, ein ehemaliger Studienkollege Elliots, und hob sein Glas. Entgegen der ursprünglichen Planung, nur im engsten Kreis zu feiern, hatte Elliot drei Bekannte samt Begleitung eingeladen. Cameron hatte befürchtet, die Gruppe würde mit Cynthia, ihrer Mutter Maria, Elliots Eltern und seiner Schwester Karen und ihrem Ehemann Christopher zu mickrig wirken. Sie selbst hatte nur eine Freundin von der Universität eingeladen, die auch ihre Trauzeugin war.

Cameron zuckte zusammen, als ihre Mutter auf sie zutrat. Sie hatten sich seit Beginn ihres Studiums nicht mehr gesehen. Maria wirkte wie eine verwelkte Blume. Cameron ließ sich umarmen, doch ihr Körper blieb kalt und hart.

„Alles Gute, mein Kind." In Marias Augen sammelten sich Tränen. „Ich hoffe, du wirst glücklich werden an der Seite deines Elliot."

„Danke, Mutter." Cameron presste kurz die Lippen zusammen. Sie wusste nicht, was sie weiterhin sagen sollte, daher wandte sie sich Karen zu, die sich in der

Reihe der Gratulanten aufgestellt hatte. Sie hielt Cameron lediglich die Hand entgegen, die für eine Frau viel zu rau und groß war.

„Ich wünsche euch alles Gute." Karens Blick war ausdruckslos und wieder fehlten Cameron die passenden Worte. Camerons Blick fiel auf Karens Unterleib, der ein wenig gewölbt war. War sie etwa schwanger?

„Pass gut auf ihn auf." Karen warf Cameron einen herausfordernden Blick zu.

„Das ist nicht meine Aufgabe, liebste Karen." Cameron verengte die Augen zu Schlitzen. Vielleicht gab es zwischen manchen Menschen keine Worte, die sie miteinander hätten verbinden können.

Kapitel dreizehn

Ann Arbor, im Jahr 2018

Ednas Hand zitterte, als sie nach dem Telefonat mit dem CEO von *Top Paint* immer noch das Handy an die glühende Wange drückte. Seit Masons Verschwinden waren drei Tage vergangen. Er hatte also tatsächlich eine Kündigung hinterlassen, nachdem er seinen Schreibtisch tadellos aufgeräumt hatte. Ob er das Foto von ihr in dem grünen Holzrahmen mitgenommen hatte, das sie ihm zum ersten Hochzeitstag geschenkt hatte? War dies Masons Art, ihr Lebewohl zu sagen? Edna musste sich daran erinnern, ruhig weiterzuatmen. Sie war es nicht gewohnt, dass ihr Ehemann sie derart überrollte.

Sie wählte Madeleines Nummer.

„Du hast Glück, Edna, ich bin gerade dabei, zwischen zwei Patienten zu verschnaufen." Madeleine war eine vielbeschäftigte Psychotherapeutin und Edna schätzte sie auch wegen ihres unablässigen Fleißes. Ihre Freundschaft beruhte zwar nur auf gelegentlichen Telefonaten und gemeinsamen Abendessen, aber sie wirkte auch in der Zeit nach, in der sie nicht oft voneinander hörten, weil jede für sich im Strudel des Lebens mitgerissen wurde.

„Wie geht es dir?", fragte Edna, obwohl sie lieber als erstes mit der erschütternden Wahrheit herausgeplatzt wäre, dass ihr Mann sie vermutlich verlassen hatte. „Und wie geht es dem Baby?"

„Wie lieb von dir zu fragen. Wir gewöhnen uns aneinander, schätze ich." Madeleine lachte laut auf, dann flüsterte sie etwas, das nicht Edna galt. „Entschuldige bitte, der nächste Patient sitzt schon im Wartezimmer, wie ich eben gehört habe."

„Mason ist verschwunden." Je öfter Edna diesen Satz aussprach, desto mehr schmerzte der Dolchstoß mitten in ihr Herz. Noch nie hatte jemand sie sitzen gelassen, schon gar nicht der eigene Ehemann!

„Was sagst du da?"

„Er ist vor drei Tagen nicht von der Arbeit nach Hause gekommen." Ednas Kehle schnürte sich zu. „Er hat dort gekündigt, was ich eben erst erfahren habe. Ich weiß nicht, was ich tun soll."

„Hast du schon die Polizei benachrichtigt?"

„Meinst du nicht, ich hätte davon gehört, wenn ihm etwas zugestoßen wäre? Wir leben in einem freien Land. Ich denke, es war sein Entschluss, nicht zu mir nach Hause zurückzukehren."

„Und wenn er entführt worden ist?" Madeleine hatte eine blühende Fantasie und sah gern Kriminalfilme. Trotzdem war Edna von ihrer Aussage alarmiert.

„Ich kann mich auf nichts mehr konzentrieren. Seit Masons Verschwinden verfolgt mich der Gedanke, dass ich schuld daran bin. Dass ich zu viel falsch gemacht habe."

„Das ist verständlich, aber mach dich jetzt nicht verrückt. Ruf die Polizei an und melde Mason als vermisst."

„Ich war nie die verständnisvolle Ehefrau, die er verdient hätte."

„Du redest so, als wäre Mason tot."

„Ich meine ja nur, dass mich Schuldgefühle plagen." Auch wegen Mister Chesterfield. Aber darüber will ich jetzt nicht reden, dachte Edna. Ist es das, was ich Mason als erstes beichten werde, falls ich ihn jemals wieder in die Arme schließen darf?

„Ich muss jetzt wirklich Schluss machen", sagte Madeleine. „Lass uns heute Abend noch einmal telefonieren. Dann habe ich mehr Zeit für dich."

Nach dem Gespräch saß Edna eine Weile regungslos auf der Couch, bis sich ein ziehender Schmerz über ihre Brüste ausbreitete. War das eine Auswirkung der Unruhe der letzten Tage? Oder lag es an den schlaflosen Nächten?

Sie ging in die Küche und öffnete den Kühlschrank, doch allein bei dem Geruch nach Fleischwurst, der ihr entgegenwehte, drehte sich ihr Magen um. Sie knallte die Kühlschranktür wieder zu, ließ den Wasserkocher volllaufen, stellte ihn energisch in seinen Sockel und schaltete ihn an. Sie holte Masons Tasse aus dem Hängeschrank und las den Ratschlag *Pause and Relax*. War es so einfach? Mason konnte es. Zumindest wirkte es nach außen hin so. Ihr selbst fiel es schwer innezuhalten, weil sie es mochte, wenn das Leben voranging. War es nicht so, dass genau das Mason krank machte, dieses Treten auf der Stelle?

Das Wasser im Kocher sprudelte und Edna schaltete das Gerät aus, ließ einen Beutel Kamillentee in die Tasse gleiten und übergoss ihn. Ihr Magen fühlte sich an, als wäre er auf die Größe einer Pflaume zusammengeschrumpft, und sie hatte keinerlei Appetit auf Frühstück. Sie dachte an die Zeremonie, die Mason regelmäßig um seine Mahlzeiten veranstaltete, und fragte sich, ob er die Langsamkeit gepachtet hatte. Das Leben war für sie erträglicher, wenn sich Dinge ereigneten, wenn man nicht an jeder Kleinigkeit hängenblieb. Aber nun hielten die Umstände sie in diesen ewig kreisenden Gedankengängen fest, in denen es stets um zwei große Themen ging, die ihr einengendes Band immer fester um Ednas Körper zurrten: ihr verrücktes, unüberlegtes Sex-Abenteuer mit einem potenziellen Kunden, das sie sich immer noch nicht verzeihen konnte, und die unerbittliche Tatsache, dass Mason fort war. Einfach weg. Ohne Lebewohl zu sagen. Ohne auch nur eine Andeutung zu machen, was er vorhatte. Liebte er sie überhaupt noch? Was hatten sie nur für eine Ehe geführt, in der es niemals auch nur einen einzigen zerbrechlichen Augenblick gegeben hatte, in dem sie seelisch nackt voreinander gestanden waren, um wenigstens zu versuchen, sich gegenseitig ihre Gefühle zu vermitteln? Ihre Ehe war von Anfang an praktischer Natur. Bisher war Edna überzeugt gewesen, dass das ausreichte. Jetzt bereute sie jedes Wort, das sie nicht mit Mason gewechselt hatte.

Sie dachte an den Tag zurück, an dem ihr Mason das erste Mal aufgefallen war. Mason an der Supermarktkasse mit einem ausgeklügelten Teesortiment für jede Tageszeit, gegen Husten und Magenverstimmungen, Dinkelnudeln und Bio-Tomatensoße, in einem wollenen Sakko und mit diesen wunderschönen Händen. Edna kaufte Kekse und eine Packung Vanilleeis für einen Filmeabend mit einer guten Freundin, nachdem ihre letzte Beziehung nach wenigen Wochen in die Brüche gegangen war. Mason sah sie an und sie fragte ihn, ob er in der Nähe wohne. Einfach so. Weil etwas an ihm Ruhe ausstrahlte.

Edna nahm einen Schluck aus der Teetasse und brach plötzlich in Tränen aus. Als der Becher leer war, rannte sie auf die Toilette, kniete sich auf die weißen Fliesen und musste so lange würgen, bis nur noch zäher Schleim aus ihrem Mund floss.

Kapitel vierzehn

Auf der Oberen Halbinsel von Michigan, im Jahr 1981

Seit der Hochzeit waren vier Wochen vergangen und die Bauarbeiten im Garten des Ferienhauses auf der Oberen Halbinsel waren inzwischen abgeschlossen. Elliot wollte neben dem Gartenschuppen einen von bunt blühenden Beeten umgebenen, gepflasterten Arbeitsplatz auf der Schattenseite des Hauses haben. Dort würde er im Sommer an seinem Buch arbeiten, einer Sammlung der Gedichte von Lord Byron. Je intensiver er sich in die Werke des Dichters einlas, desto mehr fühlte sich Elliot zu dessen Worten hingezogen. Er kannte die Wucht der Liebe, seit er Cameron begegnet war, und auch die blutigen Wunden, die seine Frau ihm zufügte, wenn sie sich ihm entzog. Das tat sie schon wenige Tage nach der Hochzeit.

Während Elliot nun mit im Nacken verschränkten Fingern und einem noch von der Liebe erhitzten Körper im Bett lag, stand Cameron am Schlafzimmerfenster und zog den Vorhang ein wenig beiseite. Elliot wusste nicht, dass sie nicht den Anblick des Morgennebels genoss, der sanft über dem Wasser schwebte, sondern die muskulösen Waden und den breiten Rücken des Arbeiters bewunderte, der bereits angefangen hatte, Erde abzutragen.

Camerons Silhouette vor dem Fenster fesselte Elliots Blick. Zärtlich umschmeichelt vom noch zaghaften Licht der Morgensonne fielen ihre Schultern sanft hinab. Ihre Taille war schmal und der Bogen zu ihren Hüften harmonisch gerundet. Elliot liebte es, seine Hände auf ihren Hüftknochen ruhen zu lassen. Dort, wo die Wärme ihres Körpers durch ihre samtige Haut auf den seinen überging. Liebe mit ihr zu machen, war vollkommene Entspannung. Ein Sich-Vergessen. Ein Aufgehen in den Sinnen.

„Komm wieder ins Bett", bat Elliot jeden Morgen, doch meistens wollte Cameron nicht. Als genieße sie dieses Spiel mit ihm. Und vielleicht trug das zu dem unwiderstehlichen Reiz bei, den Cameron ausstrahlte. Nicht nur auf Elliot wirkte sie so, sondern auf alle Männer, denen sie über den Weg lief. Sie war der personifizierte Sex-Appeal. Zunächst gefiel es Elliot, doch seit der Ehe empfand er es beinahe als Bedrohung.

Als Karens Anruf kam, saßen die beiden in Morgenmäntel gehüllt an der Küchenbar und tranken ihren morgendlichen Kaffee. Vor dem Fenster tastete das Licht der aufgehenden Sonne noch zaghaft die Wasseroberfläche ab.

Elliot lauschte Karens Worten, legte das Messer kraftlos beiseite.

„Meinem Vater geht es nicht gut." Er sah Cameron ernst an. „Ich werde gleich zu ihm fahren. Aber ich komme so schnell wie möglich wieder."

So kam es, dass Cameron drei Tage allein im Ferienhaus verbrachte. Elliot hatte darauf bestanden, zumindest noch das nächste Wochenende mit ihr in Zweisamkeit dort zu verbringen. Sie würden den neuen Sitzplatz einweihen und einen Ausflug an den Lake Superior machen. Auch ein wenig Arbeit war geplant, denn Cameron hatte sich entschlossen, an der Universität zu promovieren, und Elliot hatte ihr versprochen, sie dabei fachlich zu unterstützen.

Cameron langweilte sich schnell. Sie machte ausgedehnte Spaziergänge und pflückte Wildblumen, die sie in einer kleinen Vase am Küchentisch arrangierte. Ihre Schreibversuche waren, ebenso wie ihre Lesephasen, unkonzentriert und kurz. Am dritten Tag nach Elliots Abreise stand sie am Morgen wie gewöhnlich unbekleidet am Fenster, öffnete es und reckte die Arme über dem Kopf. Ihre Brustwarzen wurden hart in der kühlen Luft. Der Blick des Arbeiters, der heute seinen letzten Tag hatte, fiel sofort auf Cameron.

Jetzt, vier Tage nach seiner Rückkehr aus dem Süden Michigans, wo sein Vater mit einer Lungenentzündung im Krankenhaus lag, ließ Elliot seine Hose zwischen die schmalen Knöchel gleiten, um Cameron von seinen Beschwerden zu erzählen.

„Sieh es dir bitte an." Er stand mit heruntergelassener Hose und in einem weißen Feinripp-Unterhemd vor Cameron im Schlafzimmer und deutete beschämt auf die dunklen Flecken in seiner Schambehaarung. „Ich bin mir nicht sicher, aber ich habe eine Vermutung, was das sein könnte."

Cameron starrte auf seine Schambehaarung und sagte zunächst nichts.

„Es juckt und ich kann mir nicht erklären, woher ich die haben sollte." Beschämt senkte er den Blick in Richtung seines schlaff hängenden Gemächts.

Cameron hob es behutsam an, um Elliots Schamgegend zu betrachten, und im selben Moment überfiel sie die Gewissheit, dass sie schuld an seiner Lage war. In den Locken seiner Schambehaarung erkannte sie das, was sie bei sich kurz nach dem Abenteuer mit dem Arbeiter festgestellt hatte.

„Es sind Filzläuse." Camerons Worte waren sachlich und gefühllos.

„Filzläuse?" Elliot zog sich schnell wieder an und rieb sich nervös den Nacken, während er im Raum auf und ab schritt. „Wo kommen die denn her?"

„Weiß der Teufel." Cameron versuchte ein besänftigendes Lächeln.

„Dann hast du auch ...?" Elliot ließ sich auf dem Bett nieder und sah Cameron besorgt an.

„Es gibt Mittel dagegen, Elliot. Keine Sorge." Sie lächelte, nahm neben ihrem Ehemann Platz und wollte das tun, was sie am besten konnte. Aber als sie begann, Elliots Hemd aufzuknöpfen, schob er sie sanft von sich. „Nicht jetzt, Cameron."

Cameron fuhr in die nächste Apotheke und dachte während der gesamten Fahrt an den Arbeiter mit den breiten Schultern, mit dem sie sich im Gartenschuppen versteckt hatte. Es war es wert gewesen, auch wenn sie sich die Filzläuse eingefangen hatte.

Kapitel fünfzehn

Michigan, im Jahr 2018

Mason saß auf der weinroten Kunstlederbank an einem schwarzen, an den Kanten abgewetzten Tisch in einem billigen Diner und hielt das zweite Glas Whiskey in der Hand. Die wasserstoffperoxidblonde Bedienung mit den tätowierten Armen lächelte ihm immer wieder zu, während sie den Tresen mit einem Lappen abputzte. Mason erwischte sich dabei, dass er immer öfter auf ihren tiefen Ausschnitt starrte. Nie zuvor hatte er sich vorstellen können, eine andere Frau neben Edna zu begehren, doch jetzt sehnte er sich nach einer Ablenkung, um all das, was Karen am Telefon gesagt hatte, zu vergessen. War es möglich, dass Elliot Hicks nicht sein leiblicher Vater war? Mason dachte kaum an seine Bitte um eine Stammzellenspende. Darum ging es hier nicht, sondern um viel mehr, das sich vor ihm aufbäumte. Für ihn war es naheliegend gewesen, eine verwandte Person zu fragen, und da hatte er sofort an Karen gedacht. Viel mehr Auswahl gab es ohnehin nicht. Und jetzt wackelte das gesamte Gerüst seiner Familie, ausgelöst durch seine Krankheit, die Karen an Daves Blutkrebs erinnert hatte und an all das, was sie Cameron von Anfang an vorgehalten hatte.

125

Mason hatte in einem schäbigen Motel übernachtet, weil es das nächste neben dem Highway war. Die Neon-Leuchtreklame für lokales Bier hatte im Dämmerlicht geflackert. Mason war auf den riesengroßen Parkplatz gefahren, auf dem fast nur rostige Pickups und ein SUV standen, dessen zerbrochenen Scheinwerfer schwarzes Klebeband zusammenhielt.

In der Eingangshalle des Motels roch es nach kalter Asche und etwas, das Mason mit Drogen in Verbindung brachte, auch wenn er selbst noch nie welche genommen hatte. Edna hatte ihm einmal von ihren Haschisch-Brownies zu Highschool-Zeiten erzählt und er hatte verständnislos den Kopf geschüttelt. Allmählich dämmerte ihm, warum es gut sein konnte, den Verstand zumindest für eine Weile auszuschalten, um sich zu entspannen.

Jetzt saß Mason im Diner und wusste nicht, was er mit sich anfangen sollte. Mit all den Gedanken und der bohrenden Angst vor den Konsequenzen. Vor der Bedeutung dieser Vermutung, die Karen anstellte. Seit wann hegte sie diesen Verdacht? Wie war es ihr gelungen, ihn so lange zu unterdrücken? Oder hatte sie es niemals getan, sondern ihn mit sich herumgetragen wie einen still wachsenden Tumor? In der naiven Hoffnung, er könnte sich eines Tages von selbst auflösen. Dabei verschwand nichts einfach so. Alles hatte Folgen.

„Noch ein Glas?" Die Weißblonde trat an Masons Tisch. Das Putztuch ragte aus dem Ärmel ihres enganliegenden Oberteils. „Scheint dir ja zu schmecken." Ihr raues Lachen erschreckte Mason.

„Ein Drink geht noch." Er wunderte sich über seinen legeren Tonfall. Diesen Satz hatte er im Fernsehen gehört. In einer der Serien, die Edna gern sah, während er im schwachen Schein der Stehlampe versuchte, sich auf ein Buch zu konzentrieren.

„Dann bring ich dir noch einen." Die Bedienung zwinkerte ihm zu und entfernte sich mit schwingenden Hüften.

Neben Mason war nur ein alter Mann mit einer roten Baseballkappe im Diner, der sein zweites Bier zum Frühstück trank. Ein Treffen der geschändeten Seelen, dachte Mason. Wer sonst trinkt um diese Uhrzeit schon Alkohol?

Das dritte Glas Whiskey schmeckte nicht mehr so gut wie die ersten beiden, denn in seinem Magen begann es zu rumoren. Er hatte lediglich ein Spiegelei auf Toast gegessen und jetzt hatte er Lust auf einen starken Kaffee.

„Ein Hoch auf die Liebe!", rief der Alte plötzlich und erhob sein Bierglas, um es sofort wieder geräuschvoll auf die Tischplatte zu stellen. „Die Liebe ist das, was zählt. Wir leben für sie und wir brauchen sie wie die Luft zum Atmen. Nichts geht über die Liebe."

Die Blonde lächelte verächtlich, während sie Masons Drink brachte. Gleichzeitig präsentierte sie ihm die überraschend hohe Rechnung.

„Der alte Knacker kommt seit einem halben Jahr jeden Morgen hierher." Die Bedienung nahm Mason gegenüber Platz, stellte die Ellenbogen auf den Tisch und legte das Kinn in die Hände. „Er hat vier Ehen in den Sand gesetzt, sieben Kinder von weiß nicht wie vielen

Frauen und heult immer noch seiner ersten Liebe hinterher. Glaubst du das?"

„Schwer vorzustellen." Mason hatte auf einmal Lust, mit jemandem zu reden. Vielleicht war eine Person, die ihm fremd war, genau richtig. „Ich meine das mit den vielen Frauen und Kindern."

„Es gibt alles, das kann ich dir sagen." Die Blonde musterte Mason. „Du siehst auch nicht gerade glücklich aus, ganz nebenbei bemerkt."

„Ich war schon glücklicher." Er fragte sich, ob er jemals so glücklich gewesen war, wie er es hätte sein können. Vielleicht waren manche Menschen nicht dazu in der Lage, anhaltende Freude zu empfinden. Glückliche Momente waren vergänglich, aber Freude war ein ersehnenswerter Zustand. In den Zeiten, in denen er die Vergangenheit noch nicht in Frage gestellt hatte und sich sicher gewesen war, dass seine Ehe eine Zukunft hatte, war er glücklich gewesen. Doch es war ein flüchtiges, unberechenbares Gefühl, ein ermüdendes sich Aufbäumen und Abebben. Heute konnte er sich nicht mehr vorstellen, dass Edna seine Gegenwart lange würde ertragen können. Davon abgesehen, dass ihr zunehmendes Unverständnis eine lähmende Leere in ihm verursacht hatte. Er sehnte sich danach, dass Edna seine Zwänge verstand. Sie gewannen immer häufiger die Oberhand und Edna wurde von Tag zu Tag gereizter. Er war ein Klotz an ihrem Bein. Der Grund für jeden Streit lag bei ihm. Er konnte ihr nicht einmal unterstellen, dass sie unsensibel war, schließlich war sie völlig anders als er selbst. Sie war nicht in der Lage, sich in seine Haut zu versetzen. Sie hatte ihren Vater nicht mit gerade einmal zehn Jahren verloren. War nicht mit dieser verzehrenden Sehnsucht und ohne eine richtige Mutter zurückgelassen worden. Sie kannte dieses Bangen nicht. Diese Angst vor der Vergangenheit und vor der Zukunft. Diese Gedankenstürme, wenn er allein war, die nicht einmal aufhörten, wenn er sich ablenkte. Edna war zuversichtlich und genoss das Jetzt. Er wusste von keinen allzu schlechten Erfahrungen in ihrem Leben.

Genau dieser Gegensatz hatte sie einst zueinander gezogen. Ein kräftiger Magnet war er gewesen, damals, in dem Café und danach, als sie immer öfter miteinander ausgegangen waren.

„Soll ich dich glücklich machen?" Die Blonde riss Mason aus den Gedanken. Sie kniff die Augen zusammen. Ihre Lider glitzerten grün, die Wimperntusche war verklumpt.

Edna sagte immer, nur billige Tusche bilde diese Knötchen. Ständig musste Mason an Edna denken, ob er es wollte oder nicht.

„Ich kenne da etwas, das dich glücklich macht. Für ein paar Minuten." Wieder entfloh ihrer Kehle dieses rauchige Lachen. „Du weißt doch, was ich meine, oder?"

Mason konnte es sich vorstellen, wollte aber nichts dazu sagen. Er sah Ednas schlanke Figur vor seinem inneren Auge, ihr wallendes Haar, die einladende Wärme ihres Körpers. Er begehrte sie immer noch, doch sie hatte schon lange kein sichtbares Interesse an körperlicher Intimität mit ihm gezeigt. Womöglich war er nicht in der Lage, eine Frau zu befriedigen. Vor nicht allzu langer Zeit hatte sie sich ihm ein einziges Mal genähert. Sie lagen danach lange Zeit Arm in Arm auf dem Bett, wie zwei frisch Verliebte, die es nicht lassen können, einander zu berühren. Es war eine Illusion gewesen, die schnell verflogen war.

„Oder willst du lieber gleich zahlen und weiterfahren?" Die Blonde zerrte ihn erneut in die Gegenwart. „Wohin geht die Reise überhaupt?"

„Auf die Obere Halbinsel." In Mason breitete sich Vorfreude auf einen Spaziergang an der Küste aus, den Blick auf den spiegelglatten Lake Superior gerichtet, den Moment aufsaugend, der ihn erahnen ließ, dass die Weite der Welt für uns nicht greifbar war. Nur der Blick auf das unendlich erscheinende Wasser bescherte ihm manchmal diesen magischen Moment.

„Ich zahle." Mason las Enttäuschung in den Augen der Bedienung. Was hatte sie erwartet? Dass er sich ihr in der Toilette des Diners hingab? Solche Dinge tat er nicht einmal nach drei Gläsern Whiskey oder im Traum, selbst wenn sie ihm reizvoll erschienen.

„Du bist ein komischer Kauz." Die Blonde erhob sich und stemmte die Hände in die schmalen Hüften. „Jeder andere hätte sich jetzt einen blasen lassen."

Mason spürte, wie seine Gesichtszüge erstarrten und die Peinlichkeit ihm rote Pusteln aufs Gesicht zauberte. Er war nicht wie jeder andere, das wusste er schon seit seiner frühen Kindheit.

Er leerte eilig das Glas, legte Bargeld auf das silberne Tablett mit der Rechnung, damit es schneller gehen würde, den schwarzen Trenchcoat über den Arm und verließ mit zügigen Schritten das Restaurant. Auf dem Parkplatz drehte er sich noch einmal um, um sicherzustellen, dass die Blonde ihm nicht folgte. Erst, als er auf dem Highway dahinflog, merkte er, dass er Mühe hatte, das Lenkrad gerade zu halten. Seine Lider waren auf einmal schwer und es war eine Kraftanstrengung, sich auf das Fahren zu konzentrieren. Nach weiteren fünfzig Meilen dämmerte ihm, dass es keine gute Idee war, in seinem angetrunkenen Zustand weiterzufahren. Er hatte vorgehabt, heute mindestens bis zur Mackinac Bridge zu fahren, welche die Überfahrt auf die Obere Halbinsel von Michigan ermöglichte. Sein Vater hatte sie das *Tor zur Freiheit* genannt.

Jetzt bog Mason auf die Interstate 75 ab, auf der er nur noch in Richtung Norden donnern musste. Doch selbst dieses Vorhaben erschien ihm nicht machbar. Er hatte drei Tage eingeplant, um von Maryland auf die Obere Halbinsel von Michigan zu gelangen. Drei bequeme Etappen, die er gut würde bewältigen können. Aber sein momentaner Zustand würde es nicht zulassen. Oder war sowieso alles einerlei, weil er ohnehin schon dem Tode geweiht war? Die Vorstellung erfüllte Mason plötzlich mit Erleichterung.

Er schaltete den Blinker nach rechts ein und nahm die Abfahrtrampe zu einem Gebäudekomplex, in dem sich neben zwei Fastfood-Restaurants, einem Waschsalon und einem Friseur auch ein kleines Business-Hotel befand. Er wollte diesmal in einer normalen Hotelkette einkehren und in einem Bett schlafen, dessen Matratze in der Mitte keine Kuhle hatte, die noch vom vorigen Gast warm war.

Er checkte ein und trug das wenige Gepäck in das ihm zugewiesene Zimmer im ersten Stock. Dort ließ er sich auf einen harten Sessel fallen und holte sein Handy hervor. Er wählte sich in das WLAN des Hotels ein und prüfte seine Textnachrichten.

Bitte ruf mich an, schrieb Karen.

Dann waren da noch einige Nachrichten von seinem Internet-Anbieter, Coupons von drei verschiedenen Baumärkten, in denen er ab und zu einkaufte, und drei verpasste Anrufe von Edna. Für einen Augenblick war Mason versucht, ihre Nummer zu wählen. Aber was sollte er ihr sagen? Dass er auf dem Weg auf die Obere Halbinsel war? Dorthin, wo sich einst seine Mutter Cameron und sein Vater Elliot das Jawort gegeben hatten. Dass er den Zauber des Nordens von Michigan erleben und in sich kehren wolle. Dass er vielleicht mit einer unerhörten Lüge aufgewachsen sei. Dass nämlich sein Stief-Großvater auch sein leiblicher Vater war und dass diese Wahrheit zur Konsequenz hatte, dass Elliot Hicks nicht einmal sein Vater war. Ja, dass er gar kein Hicks war, sondern ein Dufek. Der Abkömmling eines charismatischen, blonden Handwerkers, der womöglich die große Liebe seiner Mutter gewesen war. Hatte Elliot das geahnt oder gar davon gewusst? Hatte ihn das in den Tod getrieben? Stand es in dem Abschiedsbrief, den Karen am Telefon erwähnt hatte?

Mason legte das Handy beiseite und rieb sich die Stirn. Es war noch nicht einmal dunkel draußen, doch er streckte sich angekleidet auf dem hohen Bett aus, überkreuzte die Knöchel, verschränkte die Finger im Nacken und starrte an die weiße Decke, auf der sich eine Fliege bedächtig putzte.

Mason konnte nicht erfassen, was genau es war, das ihn am meisten störte. Dass seine Herkunft unsicher war, dass seine Mutter niemals die Karten offen auf den Tisch gelegt hatte – falls sie überhaupt wusste und es sie kümmerte, wessen Sohn er war –, dass sein geliebter Vater, Elliot Hicks, derart hinters Licht geführt worden war oder dass er an seiner eigenen Ehe zweifelte. Es schien ihm, dass alles um ihn herum ein endloses Versteckspiel war, von dem er selbst jetzt erst erfahren hatte. Sicherlich hatte man sich die Mäuler hinter vorgehaltener Hand zerrissen und seine Mutter war als Flittchen verrufen, während er nach einer Normalität suchte, die das Leben für ihn erst erträglich machte. Seine Vergangenheit war plötzlich in eine Unschärfe getaucht, die ihm Angst machte. Solche Szenarien gehörten in einen Roman oder einen Film, aber nicht in die Realität. Die Menschen wollten nicht, dass sich die spannungsgeladene Fiktion bewahrheitete. Es war unterhaltsam, darüber zu lesen. Das Buch konnte man zuschlagen und wieder im echten Leben ankommen. Masons Leben war aus den Fugen gerissen worden. Alles, was er bisher durchgemacht hatte, erschien in einem fremden, kalten und verräterischen Licht. Er vertraute auf einmal niemandem mehr.

Edna hatte sich nie für seine Familie interessiert. Ihr Fokus lag auf ihrer Karriere, der neuesten Mode, der besten Gesichtscreme, die Falten verhindern konnte, den vielen kleinen häuslichen, praktischen Pflichten und darauf, dass das Leben reibungslos weiterging. Dass Menschen funktionierten wie Maschinen. Dass alles vorhersehbar war. Kontrollierbar.

Masons Mund war auf einen Schlag trocken und seine Zunge lag wie ein ausgedorrter Fremdkörper in seiner Mundhöhle. Plötzlich glaubte er, schmerzlich zu begreifen, was seinen Vater – oder Ziehvater – in den Tod getrieben hatte. Dieser Kontrollverlust über alles, was sein Leben ausgemacht hatte, und die Unfähigkeit, die Liebe der Frau zu gewinnen, der er sein Herz für immer geschenkt hatte.

Mason legte die Knöchel parallel, drehte sich auf die rechte Seite und betrachtete das Karomuster der bodentiefen Vorhänge. Er dachte wieder an Edna und daran, dass er sich seit Jahren Kinder mit ihr wünschte. Dass er das dringende Bedürfnis hatte, eine Familie mit ihr zu gründen. Es war ihm nicht genug, ein Paar zu sein, da fehlte etwas. Zu zweit war er mit Edna nicht vollkommen. Am meisten verlangte es ihn vielleicht nach eigenen Kindern, weil er ihnen eine geborgene Kindheit schenken wollte. Eine pure, aufopfernde Elternliebe, die ihm selbst niemals zuteilgeworden war. Elliot Hicks hatte ihn geliebt, das schon. Aus Unwissenheit vielleicht. Oder weil er Camerons Sohn war.

Mason wechselte auf die linke Körperseite und stopfte sich ein Kissen unter den Kopf. Erst jetzt merkte er, dass ihm Tränen über die Wangen liefen.

Mehr denn je sehnte er sich nach eigenen Kindern. Aber war das, was er mit Edna teilte, eine gute Voraussetzung dafür? Seit vielen Monaten hatte er das Gefühl, dass sich Edna ihm entzog, sowohl körperlich, als auch geistig. Konnte man es ihr vorwerfen? Er war ein sonderbarer, bemitleidenswerter Mensch. Die blonde Bedienung hatte vollkommen recht gehabt, sie hatte ihn durchschaut. Inmitten dieser absurden Szene, in der er sich keinen von ihr hatte blasen lassen – hätte sie es wirklich getan? Mason war immer noch ungläubig – hatte ihn diese fremde Frau besser durchschaut als er sich selbst in all den Jahren, die er schon am Leben war.

Mason legte sich wieder auf den Rücken. Sein Magen brannte und ein beißender Kopfschmerz kroch allmählich über den Nacken in seinen Schädel empor.

Er erinnerte sich an seinen Vater. Je älter Mason wurde, desto mehr schien er Elliot Hicks zu ähneln. Zumindest wenn es stimmte, was ihm Karen über seinen Vater erzählt hatte. Er hatte ihn viel zu früh verloren. War das auf eine genetische Verwandtschaft zurückzuführen oder lediglich auf den Einfluss von Elliots Wesen? Doch dazu hatten sie nicht genügend Jahre miteinander verbracht, gerade einmal zehn.

Mason seufzte und fühlte sich von der Wucht seiner Gedanken und Gefühle erschlagen. Als er sich schließlich auf den Bauch gedreht hatte, raffte ihn ein tiefer, von wirren Träumen gespickter Schlaf hinweg.

Kapitel sechzehn

Michigan, im Jahr 1984

Kaum hatte Elliot nach dem Telefonat mit seiner Schwester Karen aufgelegt, suchte ihn wieder dieses belastende Gefühl heim, das sich in seinem Körper ausbreitete wie ein giftiges Gas. Schon seit zwei Jahren fühlte er sich phasenweise schwächer als zuvor und wusste nicht, woran es lag: an der ernüchternden Tatsache, dass die Ehe mit Cameron nicht so harmonisch verlief wie ersehnt, oder daran, dass ihn diese kurzen, dunklen Anrufe von Karen in regelmäßigen Abständen erreichten. Es war eine Sache, die eigene Seele zu pflegen, und eine andere, sich um den Zustand einer geliebten Person zu sorgen. Wenn sich beides im trüben, beschwerenden Bereich bewegte, dann befiel Elliot das, was sein Therapeut eine bipolare Störung nannte. Karen hatte Elliot dazu überredet, sich einer Therapie zu unterziehen, doch deren Erfolg spürte er nicht. Die kleinen Pillen, die ihm bald verschrieben wurden, lagen noch unberührt in seiner Nachttischschublade. Die Gespräche empfand er als angenehm, aber er zweifelte daran, dass es gut war, in die subtilen Vorgänge im menschlichen Körper mit Chemikalien einzugreifen.

Jetzt stand Elliot mit hängenden Schultern neben dem Wohnzimmerfenster mit den zu bunten Vorhängen, die Cameron ausgesucht hatte, und starrte vor sich hin.

„Wer hat angerufen?" Cameron stand im Negligé im Türrahmen. Es reichte ihr nur bis knapp über den Po.

Elliot betrachtet ihre von der Sonne gebräunten, langen Beine und versuchte, sich daran zu erinnern, wann sie das letzte Mal Sex gehabt hatten.

„Es war Karen." Er ging auf Cameron zu und küsste ihren Hals. Früher hatte er sich nicht ausmalen können, was es bedeutet, sich derart von einer Frau angezogen zu fühlen. Aber es gab Tage, an denen erstickten seine Stimmungen die Lust.

Sie schmiegte den Kopf an seine Schulter und legte die Arme um seinen Körper. „Was will sie schon wieder?" Cameron ließ die Arme sinken und trat einen Schritt zurück. Sie machte keinen Hehl daraus, dass sie Karen nicht mochte. Dass sie ihre Art für verstockt hielt, ihr ganzes Leben für langweilig und vertrocknet.

„Sie hat …" Elliot zögerte. Es fühlte sich beinahe wie Verrat an, Karens Probleme vor der eigenen Ehefrau offenzulegen, zumal es untypisch für seine Schwester war, über ihr Seelenleben zu sprechen. Wenn sie es tat, dann hatte sie schwerwiegende Probleme.

„Sie hat eine Fehlgeburt erlitten. Schon die dritte binnen drei Jahren." Beschämt senkte Elliot den Blick und musste daran denken, dass er selbst gern Kinder hätte. Da Karen und er in einer Familie aufgewachsen waren, die nicht viel über die wichtigen Dinge redete, fiel es ihm schwer, solche Themen auszusprechen. Es war leicht, sich über das Wetter oder ein Footballspiel zu unterhalten, doch alles, was in die Seele schnitt, wurde besser totgeschwiegen.

„Das tut mir leid." Cameron klang teilnahmslos. Langsam schlenderte sie zum Sofa und ließ sich im Schneidersitz nieder. Sie trug keinen Schlüpfer.

Elliot schluckte schwer.

„Und was denkst du über dieses Thema?" Elliot war erstaunt, dass er diese Worte über die Lippen brachte, aber irgendwann musste es gesagt werden. Bisher hatte Cameron erfolgreich verhütet, weswegen er davon ausging, dass sie keine Kinder wollte.

„Über das Kinderkriegen?" Sie hob die Augenbrauen und pickte ein Haar von ihrem Dekolleté. Für Elliot war sie immer noch die bezauberndste Frau auf der ganzen Welt und es tat ihm weh zu sehen, wie sie jedem Mann, der in ihre Nähe kam, den Kopf verdrehte. Neulich, als er ein Buch gesucht hatte, das er Cameron ausgeliehen hatte, fand er in ihrer Nachttischschublade neben Cremes und Heften mit Notizen zu ihrer Doktorarbeit, die immer noch nicht fertiggestellt war, einen Brief von ihrem Stiefvater Dave Dufek. Entgegen seinem Naturell öffnete Elliot ihn und hielt unwillkürlich die Luft an. Er schrieb ähnlich schlüpfrig wie Cameron. Das Dokument legte den Verdacht nah, dass das Verhältnis der beiden weitaus intimer war, als er angenommen hatte. Doch auch dies war ein Thema, das Elliot strategisch nicht anschnitt. Vieles, was im Dunklen schlummerte, konnte man ertragen. Außerdem mied er es, sich mit Cameron zu streiten. Meistens führte es zu nichts, außer zu verletzenden Tiraden auf Camerons Seite, nach denen sie sich rauchend auf die Terrasse stellte und tagelang kaum ansprechbar war. Trotzdem lastete an manchen Tagen gerade die Ungewissheit, was seine Ehe und einen Kinderwunsch betraf, bleischwer auf Elliots Schultern.

„Ich weiß noch nicht, ob ich Kinder haben möchte." Camerons Ton war unbekümmert, als wäre dies eine Entscheidung, die sie allein treffen konnte und die Elliot nicht berührte.

„Ich verstehe", sagte er nur. Kälte strömte in seinen Körper. Ein Blick auf die Wanduhr verriet, dass es Zeit war, sich auf den Weg zur Universität zu machen. Elliot stellte sich in der Eingangshalle vor den bodentiefen Spiegel und rückte den Krawattenknoten zurecht. Cameron lehnte gegen den Türrahmen und beobachtete ihn stumm. Mit diesem festen Blick, der durch die Haut ging. Bis in Elliots Herz. Mit diesem Blick, den er nicht deuten konnte.

„Bis heute Abend." Er kontrollierte, ob er seinen Geldbeutel und die Unterlagen für das Seminar über Lord Byron in der Aktentasche hatte. Dann trat er auf Cameron zu, drückte ihr einen Kuss auf den Mund und verließ das Haus.

Während der Fahrt dachte er an das Gespräch, das er mit Karen geführt hatte. Als nächstes erinnerte er sich daran, dass er den Professor von der Temple University in Philadelphia anrufen sollte. Auf die Stelle als Professor für Kreatives Schreiben war er in der Zeitung aufmerksam geworden und obwohl er nicht vorhatte, Michigan zu verlassen, drängten die Umstände zu einem Wohnortwechsel. Es hatte mit den mysteriösen Filzläusen angefangen und gipfelte an einem Abend vor zwei Wochen in der Entdeckung, dass ein benachbarter Bankier mit offenem Hosenschlitz Elliots Zuhause verließ, als dieser gerade von der Arbeit kam. Elliot hielt es immer noch für besser, das Thema der Untreue nicht zum Gesprächsthema werden zu lassen – denn es änderte nichts daran, dass Cameron wie ein Magnet auf die Männerwelt wirkte – und stattdessen umzuziehen. Oder daran, dass ihre Lust auf fremde Männer unbändig war. Es war etwas, das er ihr niemals würde austreiben können. Sie könnten sich aber ein ländliches Zuhause in Pennsylvania suchen, weit außerhalb der Stadt. Dort, wo weniger Menschen wohnten und die Winter nicht so lang waren wie hier in Michigan und wo Cameron womöglich in heimatlichen Gefilden zu innerer Ruhe finden würde. Elliot stellte sich vor, dass sie sich mit ihrer Mutter Maria versöhnen und das wiederum mütterliche Gefühle in Cameron wecken könnte. Er hatte unzählige Bildbände über Pennsylvania gewälzt und fand die hügelige Landschaft mit den weißgetünchten Pferdezäunen sehr attraktiv. Vielleicht brauchte Cameron nur ein heimeliges Nest, um Sehnsucht nach einer eigenen Familie zu bekommen. Er würde die tägliche Autofahrt zur Universität in Philadelphia auf sich nehmen.

Als Elliot am Abend nach dem Vorstellungsgespräch an der Temple University, das positiv verlaufen war, nach Hause kam, war er bereit, seine Entscheidung mit Cameron zu teilen. Obwohl er davon überzeugt war, dass Veränderungen in einer Ehe gemeinsam geplant werden sollten, hatte er diesen Schritt allein beschlossen.

„Wir werden was?" Cameron schleckte sich genüsslich ein wenig Bratensoße vom Zeigefinger, der vor

Überraschung in ihrem Teller gelandet war. „Wir ziehen zurück in meinen Heimatstaat?"

„Freut es dich?"

„Ich bin überrascht."

„Positiv überrascht?"

Cameron sah Elliot wieder auf eine Art an, die er nicht einordnen konnte. Als entfachte diese Ankündigung ein Feuer in ihrem Inneren.

„Ich wundere mich. Gefällt es dir denn nicht an der Universität von Michigan?" Cameron lächelte ihr bezauberndstes Lächeln. „Und was wird aus meiner Doktorarbeit?"

„Die werden wir natürlich gemeinsam fertigstellen, das verspreche ich dir." Elliot hatte auf einmal Lust, mit Cameron nach oben zu gehen. Ihre Wärme in sich aufzusaugen. Ihre Schenkel zu streicheln, bis ganz nach oben.

„Die Stelle zahlt viel mehr als mein bisheriger Job und wir suchen uns ein Haus, das unsere Träume erfüllt", sagte er.

Cameron erwiderte nichts, sondern steckte sich ein Stück Fleisch in den Mund. Sie hatte die sinnlichsten Lippen dieser Welt.

„Und du kannst deine Mutter wieder besuchen."

„Darauf kann ich verzichten." Cameron sprach mit vollem Mund.

„Cynthia wird sich freuen."

„Das ja."

„Und vielleicht ..." Elliot hielt inne, weil er den Satz doch nicht zu Ende sprechen wollte. Vielleicht bekommst du dann Lust auf ein Baby, dachte er ihn weiter. Und vergisst deine Abenteuer mit den Männern.

Ich kann dem Bankier von nebenan nicht mehr in die Augen sehen. Und es macht mich krank, wenn ich mir vorstelle, dass ein anderer Mann dich berührt.

Kapitel siebzehn

Ann Arbor, im Jahr 2018

Dreizehn Tage nach Masons Verschwinden saß Edna mit zerzaustem Haar auf dem zugeklappten Klodeckel und hielt das weiß-blaue Stück Plastik mit dem Wort *schwanger* auf dem Display in der Hand. Seit zwei Tagen übergab sie sich jeden Morgen und fühlte sich wie eine ausgemergelte Hülle ihrer selbst.

Jetzt griff sie nach ihrem Handy, das neben dem Waschbecken lag. Der Pfefferminzgeschmack der Zahnpasta kribbelte noch in ihrem Mund und sie fuhr sich ungläubig mit den Fingern durch das Haar. Wenn man wissen wollte, was Ironie des Schicksals war, dann musste man sie nur in diesem Augenblick anschauen.

Edna wählte Madeleines Nummer. Ihre Freundin antwortete erst nach fünfmaligem Klingeln.

„Ich bin schwanger." Edna sagte es geradeheraus, weil die Worte aus ihr herausdrängten.

Madeleine erwiderte zunächst nichts, was untypisch für sie war. „Gib mir eine Sekunde, ich muss nur kurz in ein anderes Zimmer gehen."

Madeleine hielt den Hörer vom Mund weg und rief etwas, das Edna nicht verstehen konnte. Dann vernahm sie Schritte, das Knallen einer Tür und zuletzt einen Seufzer ihrer besten Freundin.

„Du bist was?"

„Hör zu, Madeleine, ich weiß nicht, was ich tun soll." Edna sprang mit dem Handy in der einen Hand auf und schleuderte mit der anderen den Test in den Kosmetikmülleimer. Sie war wütend auf sich selbst.

„Ich auch nicht." Madeleines Antwort überraschte Edna. Ihre Freundin wusste immer, was zu tun war. War das nicht die Aufgabe einer routinierten Psychotherapeutin, Lösungen zu präsentieren? Für alles gab es einen Ausweg, man musste nichts ertragen.

„Ich meine, ich bin zurzeit auch nicht gerade unbekümmert glücklich, falls du das nicht bemerkt hast." Der Vorwurf in Madeleines Stimme war nicht zu überhören. „Ich habe verdammte Eheprobleme und die Sorgen meiner Patienten wachsen mir langsam, aber sicher über den Kopf."

Edna fühlte sich schuldig. Dafür, dass sie ihrer Freundin die eigenen Probleme aufbürdete. Dafür, dass sie zu selten zuhörte, und auch dafür, dass sie immer wieder glaubte, ihre eigenen Probleme seien zurzeit größer als die der anderen. Was wusste man schon über die anderen?

„Was soll ich sagen, Edna. Du musst dich entscheiden, ob du das Baby behalten willst oder nicht."

Etwas in Edna hatte sofort akzeptiert, dass sie Mutter werden würde. Viel mehr Chancen würde sie in ihrem Alter im Leben vielleicht nicht mehr bekommen.

Gleichzeitig kam die Schwangerschaft zu einem höchst ungünstigen Zeitpunkt.

„Ich weiß nicht einmal, wer der Vater ist", platzte es aus ihr heraus. Madeleine schwieg natürlich, wie sollte sie es auch auf Anhieb verstehen?

„Du weißt nicht, wer das Kind gezeugt hat?" Madeleine klang aufrichtig überrascht, was auch nicht oft vorkam. Sie war einiges gewohnt. „Ich dachte immer, du bist Mason treu."

„Das dachte ich auch."

„Und wie kam es dazu?"

„Es war ein einziges Mal und es hat überhaupt keine Bedeutung. Ich kenne den Typen nicht einmal." Dass Mister Chesterfield ein Kunde war, erwähnte Edna lieber nicht.

„Das macht die Sache einfacher." Madeleine hielt kurz inne, bevor sie Edna die Lösung präsentierte: „Du sagst einfach kein Wort darüber und Mason ist glücklich und zufrieden."

Eine Weile schwiegen beide Frauen nachdenklich, bevor Madeleine hinzufügte: „Aber dazu muss er erst einmal wieder auftauchen, nicht wahr?"

„Bingo!" Edna trat aus dem Badezimmer ins Schlafzimmer und ließ sich auf das ungemachte Bett fallen. Sie strich mit der Hand über Masons Seite des Lakens und spürte, wie sich ihre Kehle zuschnürte.

„Ich bin mir sicher, dass er bald wiederkommen wird." Edna liebte es, wenn in Madeleines Stimme die gewohnte Zuversicht mitschwang. „Du kannst mich jederzeit anrufen."

Die beiden Freundinnen verabschiedeten sich und beendeten das Telefonat.

Nachdem sich Edna geduscht und angezogen hatte, googelte sie auf ihrem Laptop nach Herrn Chesterfield. Sie wusste, dass er leitender Angestellter in einer Bank in der nächstgrößten Stadt war, und tatsächlich, wenn Edna auf *Bilder* drückte, lächelte er sie frech an. Kein Wunder, dass sie sich von ihm hatte verführen lassen! Die Versuchung wurde auf einmal in ihr wach, Mister Chesterfield anzurufen. Doch dafür musste sie erst sicher sein, dass er es war, der seinen Samen in ihren Körper gepflanzt hatte. Was, wenn es doch Mason gewesen war? Sie erinnerte sich an das letzte Mal, als sie Sex gehabt hatten. Es könnte passen. Zwar knapp, aber es war möglich.

Genervt klappte sie ihren Laptop zu und sah auf ihrem Handy nach, ob es Anrufe gegeben und welche Termine sie hatte, bevor sie vor dem Badezimmerspiegel Eyeliner und Wimperntusche auftrug. Sie umrandete ihre Lippen mit einem altrosafarbenen Lipliner und trug schließlich den farblich passenden Lippenstift auf. Während sie ihr Make-up mit einem Schwämmchen auf den hohen Wangenknochen verteilte, dachte sie an Mason und daran, dass es an der Zeit sein könnte, Karen anzurufen. Wenn es jemanden gab, der Masons Handlungen nachvollziehen konnte, dann war es seine Tante. Stolz oder Verachtung waren hier fehl am Platz, schließlich ging es um Mason. Sie würde sich überwinden und das schlechte Verhältnis zu Karen in den Hintergrund schieben müssen.

Mason hatte keinen ihrer Anrufe erwidert und Edna machte sich zunehmend Sorgen um ihn. Ihre innere Anspannung war ein Indiz dafür, dass sie mehr für ihren Mann empfand, als sie in den vergangenen Jahren hatte durchsickern lassen. Sie hatte ihn stets zu harsch behandelt. Vielleicht hatte sie dadurch etwas in ihm zerbrochen?

Edna tauchte in ihre Routine ab, holte ihre Jacke aus der Garderobe und ließ das Handy, ihr rotes Lederportemonnaie und ihren Schlüsselbund mit einem Bündel von Kundenkarten von annähernd dreißig Geschäften in ihre Handtasche gleiten. Sie ließ das Garagentor hochfahren und setzte sich ins Auto. Ihre Hände wanderten instinktiv auf ihren Unterbauch. Dort schlummerte ein Geheimnis, das sie bisher nur mit Madeleine teilte. Ihre Augen wurden feucht. Verdammt, was hatte sie nur getan! So oder so wäre es ein großer Schritt, ein Baby in die Welt zu setzten. Und jetzt konnte sie nicht einmal mit Sicherheit sagen, wer der Vater war! Der Fehler stand vor ihr. Unauslöschlich. Unverzeihlich.

Während sie den Wagen viel zu vorsichtig aus der Garage manövrierte, denn sie mochte es nicht, rückwärts zu fahren, überwältigte sie die Gewissheit, dass sie dieses Baby auf jeden Fall behalten wollte.

Kapitel achtzehn

Ländliches Pennsylvania, im Jahr 1988

„Ich liebe dich, Cameron." Dave legte seine Pranke auf Camerons nackten Bauch. Sie lag auf dem Rücken, den verklärten Blick in Richtung Decke gewandt. Die weißen Laken ihres Ehebettes waren seit zwei Tagen warm, feucht und zerwühlt, so, wie es Elliot niemals zugelassen hätte. Er hatte am Vorabend angerufen, ahnungslos wie immer, und von der Konferenz der Literaturkritiker und Professoren in Chicago berichtet, während Daves Finger zärtlich auf Camerons Rücken gespielt hatten.

„Wann verlässt du ihn endlich?" Nun legte Dave die Hand auf Camerons Seite und drehte sie zu sich, um ihre Lippen mit den Fingern zu berühren. Er fuhr den Schwung ihrer Oberlippe nach, streichelte über ihren Rücken, ihre Schulter, ihre Brust.

„Ich kann nicht." Camerons Augen wurden feucht.

„Das sagst du immer."

„Und es ist immer die Wahrheit. Heute mehr denn je."

Natürlich verstand Dave nicht, was sie damit meinte, und Cameron wusste, dass er nicht nachfragen würde. Weil es ein weibliches Attribut war, Gespräche endlos weiterzuspinnen. Dave hatte keine Ahnung, dass in ihrem Bauch ein Baby heranwuchs, dem sie später mit Elliot ein sicheres Zuhause bieten wollte. Warum auch nicht? Sie war im richtigen Alter und noch dazu würde es ihren Ehemann milde stimmen. In letzter Zeit stritten sie häufig. Über die Pläne für die Zukunft, die Cameron langweilten. Ein Baby würde vieles verändern. Ihre Vorliebe für wechselnde Liebhaber würde sich dadurch zwar nicht ersticken lassen, doch ihre Ehe würde an Seriosität gewinnen, auch in Karens Augen. Es ärgerte Cameron, dass es ihr etwas bedeutete, Karen zu gefallen. Dass sie es als persönliche Niederlage empfand, dass es ihr nicht gelang.

„Er kommt heute Nachmittag wieder nach Hause", sagte Cameron. Mit Dave und auch Elliot war es Cameron jederzeit möglich, Themen fallenzulassen. Sie brauchte sie nicht zu vertiefen. „Du musst deine Sachen packen."

Während Dave seine Tweed-Jacke zusammenlegte und seine Wäsche einsammelte, die wie herabgefallenes Laub auf dem Boden verteilt war, beobachtete Cameron ihn. Er war gealtert, aber seine Schultern waren immer noch breit, seine Waden kräftig und sein Rücken war muskulös. Das goldene Haar war nach wie vor bubenhaft und sein Lächeln das, was Cameron als Teenager einst verzaubert hatte.

„Ich werde wiederkommen." Dave beugte sich zu ihr herunter, küsste sie zärtlich und lange. „Daran wird sich nie etwas ändern."

Als Cameron am Abend mit Elliot vor dem Kamin saß und den züngelnden Flammen zusah, durchzuckte sie das Gefühl, in eine Sackgasse geraten zu sein. Trotz ihrer Bemühungen, ein neues Leben hier in Pennsylvania aufzubauen, fühlte sie sich einsamer denn je. Die Arme der Männer, die sie mit ihrem Sirenengesang binnen weniger Minuten bezirzte, waren kein Ersatz für das, wonach sie sich eigentlich sehnte: innere Ruhe. Beschämt musste Cameron seit Jahren eingestehen, dass die einzige Person, die diese beneidenswerte, von innen kommende Kraft zu haben schien, Elliots Schwester Karen war. Sie machte den Eindruck, sich mit ihrem Schicksal, niemals Mutter werden zu können, versöhnt zu haben. Christophers staubtrockene Art war manchmal ein Aufhänger für Anekdoten und harmlose Witzeleien, aber insgesamt wirkte Karen stabiler, als es in Camerons Augen menschlich war.

„Du siehst heute Abend so anders aus." Elliot nippte an seinem Drink.

Ob er spürte, dass sie drei leidenschaftliche Tage mit ihrem Stiefvater verbracht hatte? Dass jede Faser ihres Körpers immer noch nach seiner Nähe schrie?

„Glücklicher als sonst. Ist etwas Schönes geschehen?" Elliot lächelte.

Es war der perfekte Moment, um ihm zu eröffnen, dass sie schwanger war. War es tatsächlich so, dass die Haut einer Schwangeren rosiger war, ihre Augen verräterisch glänzten?

„Ich bin schwanger." Sie nahm einen Schluck aus ihrem Glas, als sich Elliot plötzlich erhob und es ihr entriss. Er wusste nichts davon, dass sie ab und zu auch rauchte.

„Endlich." Über Elliots Gesicht legte sich ein Schleier aus Glückseligkeit, den er sonst nur trug, wenn er Lord

Byron zitierte. Jene veralteten Gedichte, in denen sich ein Mann der Liebe wegen verzehrte und keinen klaren Gedanken mehr fassen konnte. Cameron fand es albern, erwähnte es aber nie.

Elliot stellte beide Cocktailgläser auf den Kaminsims und trat vor den Sessel seiner Frau. „Freust du dich?" Sein Gesichtsausdruck war auf einmal ernst.

Cameron erhob sich, weil sie es nicht mochte, wenn Elliot auf sie herabblickte. Sie legte die Unterarme auf seine schmächtigen Schultern und verflocht die Finger hinter seinem Nacken.

„Natürlich freue ich mich." Ihre Stimme war schwächer als gewohnt, obwohl ihre Worte zumindest ansatzweise der Wahrheit entsprachen.

„Möchtest du nicht deine Mutter anrufen?" Elliot deutete auf das Telefon, das auf einem Beistelltisch stand.

„Es ist das Letzte, was ich jetzt tun möchte."

„Und wenn ich dich darum bitte?" Elliot senkte den Blick, als schämte er sich für seine unterwürfigen Worte.

„Ich hasse meine Mutter." Mit diesen Worten verließ Cameron den Raum.

Als Mason Hicks neun Monate später das Licht der Welt erblickte, bat Cameron die Hebamme bereits im Kreißsaal und noch bevor sich die Nachgeburt ankündigte um eine Zigarette, die diese ihr aber verweigerte.

„Legen Sie das Baby lieber an ihre Brust", riet sie stattdessen und reinigte die Liege, auf der sich Cameron stundenlang unter höllischen Schmerzen gewunden hatte.

Als Cameron umständlich versuchte, das schreiende Bündel mit dem purpurroten Gesicht an ihren nackten

Busen zu pressen, kam eine Krankenschwester zur Hilfe. Sie zeigte ihr, wie sie ihrem Sohn helfen konnte, an der Brustwarze anzudocken. Zwar habe Cameron noch keine Milch, aber es sei eine gute Idee, um die Bindung zwischen Mutter und Kind zu fördern, und das bisschen Vormilch sei besonders reichhaltig. Cameron sah zu, wie die Schwester das Neugeborene mit ihren plumpen Fingern und geübten Griffen so hindrehte, dass es mit seinem Bauch eng gegen den ihren gepresst war. Sie positionierte Camerons Arme so, dass sie Mason bequem und sicher halten konnte, und platzierte den Nippel direkt vor den suchenden Mund. Cameron sah auf Mason hinab, der seine Lippen endlich um ihren Nippel legte und nun wenigstens ruhig war. Es war erstaunlich, wie vehement er schon saugen konnte. Als er mit der kleinen Faust rhythmisch gegen ihr Dekolleté schlug, machte es einen wütenden Eindruck.

Elliot, der auf Camerons Wunsch hin draußen gewartet hatte, saß im Flur auf einem Plastikstuhl und wippte nervös mit den Knien.

„Darf ich Sie einen Augenblick sprechen?" Die Ärztin, die Cameron nach ihrer Ankunft im Krankenhaus untersucht hatte, stand vor Elliot. Er erkannte sie an den hellblauen Augen und dem blonden Pagenschnitt.

„Ist etwas nicht in Ordnung?" Elliot sprang sofort auf und rieb sich die feuchten Handteller an den Hosenbeinen ab.

Die Ärztin führte ihn in einen kleinen, steril wirkenden Raum und bat ihn, Platz zu nehmen. Die Wände waren mit Geburtsbenachrichtigungen und Babyfotos gepflastert. Ruhig las die Frau auf dem Computerbild-schirm und tippte anschließend etwas ein, was Elliot zunehmend nervös machte.

„Ist alles gut verlaufen?", fragte er noch einmal und erst jetzt richtete die Ärztin ihren wachen Blick auf El-liot. In ihm las er Wohlwollen und einen Hauch von Be-sorgnis zugleich.

„Sie haben einen gesunden Sohn, Herr Hicks." Nun lä-chelte sie auf eine vor dem Spiegel einstudierte Art, die Mason nicht ausstehen konnte. „Es geht mir um Sie."

Elliot verstand nicht, beschloss aber, sich mit weite-ren Fragen zurückzuhalten. Vielleicht war es besser, geduldig zuzuhören.

„Das Scheidenmilieu Ihrer Frau ist ..." Sie stockte und sah zur Seite, als könnte sie dort irgendwo die richtigen Worte auflesen. „Es ist suboptimal, um es milde auszu-drücken."

Elliot verstand immer noch nicht.

„Als Ärztin möchte ich Ihnen raten, sich einer Unter-suchung zu unterziehen. Denn ich gehe davon aus, dass Sie sich bei ihr angesteckt haben."

Elliot schluckte den Kloß hinunter, der sich in seinem Hals gebildet hatte. Cameron hatte die Vorsorgeunter-suchungen nachlässig besucht, das wusste er, aber sie hatte niemals etwas von einer suboptimalen Scheiden-flora erwähnt.

„Wir werden Ihre Frau natürlich ebenfalls unterrich-ten und sie mit entsprechenden Medikamenten versor-gen." Die Ärztin wandte sich vom Computerbildschirm ab, was Elliot als sicheres Zeichen verstand, dass das Gespräch beendet war.

Er sprang auf, denn er konnte es kaum erwarten, sein Baby zu sehen.

Die Blonde streckte ihm die Hand entgegen, die er zurückhaltend schüttelte.

„Ich wünsche Ihnen alles Gute, Herr Hicks." Wieder das eingeübte Lächeln. „Und bleiben Sie gesund."

Während ihn eine rundliche Krankenschwester zum Kreißsaal führte, versuchte sich Elliot zu erinnern, wann er das letzte Mal mit Cameron Geschlechtsverkehr gehabt hatte. Seit der Hochzeit waren die innigen Stunden Monat um Monat rarer geworden und Elliot hatte sich gefragt, ob er etwas falsch gemacht hatte. Doch Cameron gegenüber hatte er das Thema nicht angesprochen, sie war ohnehin gereizter denn je. Er hatte entschieden, dass es besser war, solch eine heikle Angelegenheit ruhen zu lassen und abzuwarten. Wahrscheinlich war es normal, dass Schwangeren die Lust am Sex verging.

Als Elliot das Zimmer betrat, hatte das Baby wieder angefangen zu weinen. Eine Krankenschwester, die noch einige Untersuchungen durchführen musste, hielt in ihrer Tätigkeit inne und kam mit einem blauen Bündel auf Elliot zu. „Darf ich vorstellen, das ist Ihr Sohn."

Elliot zögerte, nahm aber schließlich das Neugeborene etwas ungeschickt entgegen, als hätte er Angst, es zu zerdrücken. Sein Gesicht war gut durchblutet und die Haut runzlig, was kein Wunder war, nach so vielen Monaten im Fruchtwasser. Elliot ließ seinen Griff etwas fester werden und trat auf Cameron zu, die sichtlich erschöpft war. Ihr Haar klebte feucht an den Schläfen und ihre Augen waren beinahe ausdruckslos.

„Mason." Elliot sah zuerst seinen Sohn, dann seine Frau an, die seinen Blick nur flüchtig erwiderte. „Mason Hicks." Er beugte sich nach vorn und küsste Camerons Stirn, weil er das Bedürfnis hatte. Als sie nichts sagte, wandte sich Elliot wieder seinem Sohn zu. Es war ein Wunder. Masons Augen waren geschlossen, wahrscheinlich war er erschöpft

„Ich werde immer für dich da sein, Mason", sagte Elliot und streichelte seinem Sohn sanft mit dem Fingerrücken über die Wange.

Kapitel neunzehn

Michigan, im Jahr 2018

Nach einer unruhigen ersten Hälfte der Nacht im Hotel wurde Mason um drei Uhr morgens wach, weil draußen ein Krankenwagen mit Blaulicht vorbeifuhr. Er streckte die eingerosteten Gelenke, ging auf die Toilette und trank ein Glas Wasser, bevor er sich wieder wie ein Embryo unter der zu warmen Decke zusammenkringelte. Wenig später stand er wieder auf und stellte die Klimaanlage auf kälter und dann, endlich, holte ihn ein erholsamer Schlaf ab, aus dem er gegen neun Uhr hochschreckte, weil er Stimmen aus dem Nebenzimmer vernahm.

Er hatte früher aufstehen wollen, um zeitig wieder auf der Straße zu sein, also entschied er sich, das Frühstück im Hotel auszulassen und stattdessen seine wenigen Sachen zusammenzupacken und sich auf die weitere Reise zu machen. Unterwegs konnte er ein Drive-Through-Frühstück erwerben, sollte er hungrig werden. Nachdem er ausgecheckt hatte, holte er sich im Frühstückssaal noch einen Kaffee-to-go, drückte den Plastikdeckel fest auf, kontrollierte den Sitz zweimal, ging über den Parkplatz vor der Strip-Mall. Die Luft war noch kühl und es wehte ein rauer Wind, der den

Geruch nach Frühling mit sich brachte. Mason stieg in seinen Wagen. Er fuhr auf den Highway, wo er den Tempomaten einschaltete und den Fuß neben dem Pedal ausruhte. In weniger als einer Stunde erreichte er die Mackinac Bridge und überquerte das weite Blau. Sein Blick schweifte nach links auf den Lake Michigan ab. Dann drehte er den Kopf nach rechts zum Lake Huron, während die beiden Brückenpfeiler der Hängebrücke an ihm vorbeizogen. Bis nach Copper Harbor, einem kleinen Ort am Ufer des Lake Superior, waren es gute dreihundert Meilen, er könnte es in etwa fünfeinhalb Stunden schaffen, mit einer kleinen Mittagspause und wenn der Verkehr es zuließ. Plötzlich durzuckte ihn eine unerwartete Wut, dass Karen das Ferienhaus seines Vaters auf der Oberen Halbinsel verkauft hatte, kurz nachdem sie die Leiche ihres Bruders im Schuppen hängend gefunden hatte. Ein verständlicher Entschluss, wenn man die Tragik des Ganzen betrachtete, doch Mason hätte es als angenehm empfunden, jetzt in dem Haus wohnen zu können. Es könnten mehr als nur ein paar Tage daraus werden. Hier oben zu wohnen, rückte in seinen Gedanken in den Bereich des Möglichen, und das, obwohl er mit Veränderungen nie gut umgehen konnte. Mit jeder Meile, die er zurücklegte, zweifelte er zunehmend daran, dass er in den Süden Michigans zurückkehren wollte. Sein früheres Leben mit all den Rätseln widerte ihn an. Um neu anzufangen, brauchte er einen Ortswechsel. Aber hatte er überhaupt die Energie für einen Neustart? Lohnte er sich noch?

Im ersten Ort auf der Oberen Halbinsel hielt Mason bei einem Drogeriemarkt und kaufte eine Familienpackung Schlaftabletten. In den vergangenen Monaten und vor allem seit der Krebsdiagnose hatte sich eine Gereiztheit in ihm ausgebreitet, die ihm Sorgen machte. Er hatte das dringende Bedürfnis, endlich wieder erholsame Nächte zu verbringen. Zur Ruhe zu finden. Klar denken zu können.

Die Umgebung veränderte sich. Die Landschaft neben der Straße wurde weiter und waldiger. Mason holte tief Luft und dehnte den Rücken, während seine Hände oben auf dem Lenkrad auflagen. Als Kind hatte er hier einen Elch gesehen, der neben der Fahrbahn geweidet hatte. Auch jetzt hielt er Ausschau, entdeckte aber nichts. Der Himmel war ein blassblaues Zelt über Wäldern, die erahnen ließen, dass es unendlich viele Schattierungen von Grün gab. Die Straße war meistens kerzengerade und führte durch Ortschaften, die aus wenigen renovierungsbedürftigen Holzhäusern und einem Tante-Emma-Laden bestanden. Die Abstände zwischen den Tankstellen wurden immer größer, sodass Mason immer wieder verunsichert auf seinen Tankfüllstand schielte. Das Auto hatte kein Navigationssystem und sein Handy nur schlechten Empfang, doch Mason wusste ungefähr, wohin er fahren musste. Nur nicht von der Hauptstraße abkommen. Aus dem Labyrinth von Waldwegen würde er niemals herausfinden.

Nach einer halbstündigen Pause, in der er ein erstaunlich wohlschmeckendes Mittagessen in einer Kneipe zu sich genommen hatte, fuhr er am Nachmittag schließlich eine holprige, etwas schmalere Straße entlang, die zu einem ausgeschilderten Restaurant mit

Gästezimmern führte. Neben dem Eingang, zu dem wenige Holzstufen hinaufführten, ragte ein hoher Smoker empor, aus dem es verlockend duftete. Mason lief das Wasser im Mund zusammen, als er das Restaurant betrat. Im Eingangsbereich befand sich die Rezeption. Hinter einem Tisch stand eine junge, ungeschminkte Frau mit langem, blondem Haar. Sie trug ein T-Shirt mit dem Namen des Gasthauses und hieß Mason herzlich willkommen.

„Ich habe online reserviert." Mason merkte, dass er dem festen Blick der Frau nicht standhalten konnte. Diese befragte ihren Computer und hackte eine Weile auf der Tastatur herum, bevor sie Mason einen Zimmerschlüssel reichte.

„Wie lange wollen Sie bleiben? Ich habe hier nur eine Nacht notiert." Die Frau neigte fragend den Kopf.

„Das weiß ich noch nicht."

Die Blonde runzelte die Stirn. „Wir sind ziemlich ausgebucht. Sie könnten höchstens noch eine Nacht verlängern."

Mason ließ sich auf das Angebot ein und erklomm die steilen Stufen, die vom schmalen Gang in den ersten Stock führten. Am ersten der vier Fenster zu seiner Linken blinkte nervös ein WLAN-Router und Mason hatte die Befürchtung, hier keinen besonders guten Empfang zu haben. Sein Zimmer lag auch noch am Ende des Flurs. Dabei hatte er Karen anrufen wollen.

Kaum hatte er die Tür zu dem kleinen Gästezimmer aufgeschoben, blieb er ehrfürchtig von dem Anblick stehen. Das große Fenster an der gegenüberliegenden Wand eröffnete den Blick auf ein winziges Stück Dachvorsprung und dahinter auf den unendlich erscheinenden, glatten Spiegel des Lake Superior, der heute ruhig dalag. Der Fensterausschnitt war wie ein Bild, das jemand aufgehängt hatte. Es strahlte die unbekümmerte Ruhe aus, nach der sich Mason so sehr sehnte.

Der Raum war klein und spartanisch eingerichtet. An der rechten Wand stand ein einfaches Doppelbett, daneben ein kleiner Tisch mit zwei Stühlen und in der linken hinteren Ecke befand sich ein schmaler Einbauschrank. Gleich hinter dem Eingang links führte eine Tür in ein einfaches, aber sehr sauberes Badezimmer. Die Wände waren hell, der Boden ein lackiertes Ahornparkett. Mason stellte seinen Koffer neben dem Bett ab und ging ins Bad, um sich die Hände und das Gesicht zu waschen. Die Handtücher waren ungewöhnlich flauschig.

Mason streifte die Schuhe ab und legte sich auf das Bett, dessen Laken fremdartig rochen. Er kramte eine Handcreme aus seiner Aktentasche hervor und rieb sie nachdenklich in die vom häufigen Händewaschen trockene Haut ein. Der Rosenduft stieg ihm in die Nase. Er mochte es, wenn die Dinge, die ihn umgaben, Vertrautheit und Zuverlässigkeit ausstrahlten. Nichts von alledem, was er in den vergangenen Tagen getan hatte, spiegelte sein Wesen wider und Mason fragte sich, ob er sich selbst untreu geworden war. Er hatte seinen Job gekündigt und sich aus dem Staub gemacht, ohne Edna einen Hinweis zu geben, was er vorhatte. Was hatte er überhaupt vor? Es war eine Flucht und wenn man floh, brauchte man das Ziel nicht zu kennen. Wegzukommen bedeutete alles.

Er war nun dort, wo er hoffte, sein Herz könne freier schlagen. Alles Belastende sollte im Süden zurückbleiben. Wahrscheinlich war es eine lächerliche Vorstellung, Edna würde ihn auslachen. Vielleicht war er einem Trugschluss erlegen, dass er sich auf der Oberen Halbinsel entspannen könnte. Er wollte sich von der Vergangenheit erholen, hatte gehofft, dass die Erinnerung eines Tages verblassen würde. Doch das Gegenteil war eingetreten. Jetzt, da Karens Worte vieles aufgewühlt hatten, würde es ihm kaum gelingen.

Nach dem Suizid seines Vaters hatte für Mason die beschwerlichste Zeit in seinem Leben begonnen. Die Kindheit hatte ein jähes Ende genommen. Der Tag, an dem seine Mutter ihm eröffnete, sein Vater sei tot, hatte sich in Masons Gedächtnis eingebrannt. Sie stand neben seinem Bett und ihr Blick suchte etwas, woran er sich festhalten konnte. Sie sah Mason nicht in die Augen, sagte, sein Vater sei schwer krank gewesen. Mason konnte sich mit dem Tod seines Vaters nicht abfinden. In der Schule bekam er einen Wutausbruch, schlug mit geballten Fäusten auf die dunkelblaue Tür seines Schließfaches ein, bis Blut in roten Fäden an ihr hinunterrann. Seine Mutter schickte ihn zu einer Therapeutin. Sie wollte, dass er über seinen Vater erzählte, doch es gelang Mason nicht. Jedes Mal, wenn er damit begann, brach er in Schluchzer aus. Als er mit vierzehn Jahren erfuhr, dass sich Elliot Hicks freiwillig dem Tod hingegeben hatte, verwirrte es Mason nur noch mehr. Heute machte er allen Beteiligten Vorwürfe. Seinem Vater, dass er seinen einzigen Sohn im Stich gelassen hatte, und seiner Familie, dass sie ihn so lange in Unwissenheit gelassen hatten. Mason hielt es für besser, der hässlichen Wahrheit gleich ins Gesicht zu sehen. Ihr später zu begegnen und Lügen akzeptieren zu müssen, schmerzte weitaus mehr.

Mason setzte sich auf und schlüpfte wieder in seine Schuhe. Er trug die gleichen braunen Lederschuhe wie sein Vater. Die Hicks-Schuhe nannte sie Karen. Weil er die eigenen Gedanken kaum ertragen konnte, wollte er nach unten gehen. Oft half es, sich unter Menschen zu mischen, um den Kopf zumindest für eine Weile zu beruhigen. Er verließ das Zimmer, schloss ab, machte noch einmal kehrt, um zu kontrollieren, dass die Tür auch wirklich verriegelt war, und begab sich in das Restaurant, das bereits gut gefüllt war. In der Luft hing der betörende Duft von geräuchertem Rindfleisch. Mason ließ sich zu einem Tisch am Fenster führen, wo die Frau von vorhin seine Bestellung aufnahm. Er starrte bedrückt auf den leeren Stuhl auf der anderen Seite, während er auf die Spezialität des Hauses wartete. Der absurde Gedanke durchzuckte ihn, dies könnte sein letztes Mahl sein. Wie konnte man sie nur ausschalten, diese Hirngespinste und Ängste? Edna mochte recht haben mit ihren Pillen, die sie gegen alles nahm, was ihren Alltag auf irgendeine Weise beeinträchtigte, und Doktor Wise hätte sicherlich die passenden Pillen gehabt, um Masons Hirn lahmzulegen. Doch dafür war es nun zu spät. Er würde nie wieder in sein früheres Leben zurückkehren. Er war todkrank, hatte eine Frau, die nichts davon wusste und ihn nicht verstand, einen Job, den er hasste und ohnehin aufgegeben hatte, war in allerlei quälenden Zwängen gefangen und wusste nicht einmal mehr, wer sein leiblicher Vater war. Die Ver-

gangenheit war wie das Blut aus einer ständig aufrei-
ßenden Wunde, das durch den Verband sickerte. Immer wieder und unablässig, egal, wie oft man die Ban-
dage wechselte.

Gerade als Mason schon aufstehen wollte, um sich ein
wenig auf die Holzterrasse vor dem Restaurant zu setzen, die direkt am See lag, kam die Bedienung mit einem enormen Teller voller Rinderfilet, Pommes Frites
und Krautsalat.

„Guten Appetit!", sagte sie unbekümmert, beneidenswert locker und freundlich.

Vielleicht war der Kern seines Problems, dass er
selbst keine freundliche Einstellung zum Leben hatte.
Doch er konnte sein Wesen nicht umkrempeln, um
Edna zu gefallen. Um der Welt zu gefallen. Mason
wurde mit einem Mal bewusst, dass er auf eine Behandlung seiner Leukämie genauso wenig Lust hatte wie auf
die Therapie bei Doktor Wise. Sein Lebenswille war
durch die komplexen Umstände wie gelähmt.

Er schnitt ein Stück Fleisch ab, dessen Mitte zartrosa
und saftig schimmerte. Er ließ sich jeden Bissen auf der
Zunge zergehen. Das hier war seine Henkersmahlzeit.
Diese Vorahnung machte ihm Angst.

Nachdem er ein großzügiges Trinkgeld auf der Rechnung ausgewiesen und bezahlt hatte, betrat er durch
die Glastür des Restaurants die weitläufige Terrasse.
Hier und dort saßen Paare oder Familien mit Kindern.
Es wurde geredet, gelacht, es wurden Fotos gemacht,
mit der atemberaubenden Szenerie der untergehenden
Sonne über dem Lake Superior. Ein glühender Ball versank in dem spiegelglatten Wasser, inmitten eines
Aquarells aus Gelb, Orange, Violett und Blau. Mason

stand wie angewurzelt an dem Holzgeländer und sah dem Schauspiel zu, bevor er sich für einen Spaziergang am Kieselstrand entschied. Dort rannten Kinder und Hunde umher, eine Gruppe junger Menschen machte ein Lagerfeuer und Mason fragte sich, ob er jemals wahrhaftig jung gewesen war. Er war gefangen im Käfig seines eigenen Wesens.

Eine gefühlte Ewigkeit und mit immer schnelleren Schritten entfernte er sich von dem Gästehaus, bis seine Lungen vor Anstrengung brannten und seine Beine Tonnen wogen. Er zog den Reißverschluss seiner Windjacke zu und setzte sich auf eine Parkbank, die weiter oben am Strand unter einem vereinzelten Baum angebracht war. Mit dem Blick auf den See gerichtet dachte er an Edna. Dass es nicht fair war, sie so im Stich zu lassen. Dass es aber wahrscheinlich für sie besser war ohne ihn. Dass er nicht nur das eigene Leben, sondern das aller um ihn herum erschwerte. Dass er nie zu Leichtigkeit und Frohsinn in der Lage gewesen war.

Erschöpft starrte er auf das inzwischen dunkle Wasser hinaus und es war, als riefe es ihn verheißungsvoll.

Kapitel zwanzig

Pennsylvania, im Jahr 1996

„Ich versuche ja, eine gute Mutter zu sein!" Cameron war überrascht, wie weinerlich ihre Stimme klang. Noch erstaunter war sie, dass sie mit ihrer Mutter telefonierte, mit der sie seit Jahren trotz der geringeren räumlichen Distanz immer noch wenig Kontakt hatte. Dafür war der Austausch mit Karen enger geworden, obwohl sie nun in verschiedenen Staaten wohnten. Cynthia hatte sich neu verliebt und war nach Florida gezogen, um mit ihrem Freund die Zehen in den warmen Sand zu stecken und den vermutlich letzten Lebensabschnitt anzutreten.

„Das tut doch jede Mutter, mein Herz." Marias Stimme klang müde und ein wenig rau.

Cameron war sich nicht sicher, ob diese Aussage auch auf ihre Mutter zutraf, erwiderte aber nichts.

„Dein Mason ist ein kluges Kind, er wird seinen Weg gehen." Dieser Satz schlich sich bei jedem Gespräch ein und hieß so viel wie: Lass uns jetzt auflegen, es ist ohnehin alles gesagt.

Cameron seufzte und legte sich, mit dem Handy ans Ohr gepresst, auf die andere Seite im Ehebett. Sie würde die Laken noch heute wechseln, denn an ihnen hing noch der süßliche Duft ihres Psychotherapeuten. Er hatte sie einfach so hier aufgesucht. Nachdem Cameron die Therapie für erfolglos beendet erklärt hatte, wollte er diese Tatsache nicht hinnehmen. Seine Aufgabe war es gewesen, sie von ihrer Sexsucht zu heilen, damit sie sich ganz ihrer Familie widmen konnte. Doch dann tat er den letzten, falschen Schritt. Elliot wusste nichts von ihrem Versuch, sich von ihrer Krankheit zu befreien.

„Mason ist ein sonderbares Kind." Camerons Atem ging schnell und geräuschvoll. Im Schlafzimmer hing der schwere, feuchte Duft des Spätherbstes und die Bäume im Vorgarten waren bereits kahl. „Er spricht kaum und verbringt viele Stunden in seinem Zimmer."

„Jeder ist auf seine Weise sonderbar", sagte Maria.

Cameron war es leid, dass ihre Mutter immerzu ihre Lebensweisheiten in unkommentierte Stakkato-Sätze packte, um bald darauf das Gespräch zu beenden. Sie glaubte nicht, dass Maria viel mehr vom Leben wusste als sie selbst. Trotzdem hatte sie an solchen trüben Morgen wie heute das fremdartige Bedürfnis, sie anzurufen. Vielleicht, weil sie nun seit sieben Jahren auch eine Mutter war. Sie erinnerte sich bei diesen Telefonaten an die Zeit in ihrer Kindheit, als sie begriff, dass die Erwachsenen auch nicht alle Antworten wussten. Weder Cynthia, noch ihre Mutter. Weder Elliot, noch irgendein anderer Mann, mit dem sie sich vergnügt hatte. Nicht einmal Dave, der immer noch ab und zu für wenige Stunden zu Besuch kam, sich aber mit der Tatsache abgefunden hatte, dass Cameron keine Frau war, die sich an nur einen Mann binden konnte.

„Ich werde jetzt einen Spaziergang machen, mein Herz. Solange ich es noch kann." Maria verabschiedete sich und versprach, bald wieder vorbeizukommen. Sie brachte jedes Mal Streuselkuchen mit und ihre eigenen Kaffee-Pads, weil sie Camerons nicht mochte. Sie betrachtete ihre Tochter manchmal wie ein ungewöhnliches Wesen, das sie erst studieren musste, bevor sie es anfasste. Sie tätschelte Masons dunkles Haar und half ihm bei den Schulaufgaben. Sie sprach oft von Alistair und davon, dass sie heute vieles anders machen würde.

„Ist es so, dass man im Leben irgendwann die eigenen Fehler bereut?", wollte Cameron bei einem der Besuche wissen und nahm einen großen Schluck Kaffee. Sie hatte das dringende Bedürfnis, ihrer Mutter etwas zu entlocken, doch sie wusste selbst nicht, was genau es war. Vielleicht störte es sie, dass Maria kein erfülltes Leben zu haben schien. Ihre Beziehung zu Dave war nur noch eine praktische Einrichtung und Cameron spürte, dass es ihrer Mutter zusetzte, mit den Jahren immer weiter zu verwelken. Oder aber sie wühlte in Marias Schwachstellen, um die eigenen zu relativieren.

„Man kann viele Dinge im Leben bereuen", sagte Maria, „aber rückgängig machen kann man sie dadurch nicht." Sie lehnte sich mit einem süffisanten Lächeln in dem Flechtstuhl zurück und kniff die Augen zusammen. „Das wirst du auch noch lernen."

Es war zur Routine geworden, dass Tante Karen einmal im Monat die Fahrt von Michigan nach Pennsylvania auf sich nahm, um ihren Neffen und ihren Bruder zu sehen. Zwar war sie ihrem Gemüt entsprechend freundlich und sehr höflich, doch Cameron spürte, dass sie selbst nur zu erduldendes Beiwerk war. Karen fuhr am Samstagmorgen los, noch bevor die Sonne über den Horizont lugte, damit sie zum Nachmittagskaffee ankam. Ihr Mann Christopher verbrachte diese Wochenenden beim Golfen oder er machte es sich in einem der ursprünglich als Kinderzimmer geplanten Räume gemütlich und las Geschichtsbücher. Eines der Zimmer war zu einer imposanten Bibliothek umgewandelt worden. Elliot zeigte Cameron die Fotos, mit denen seine Schwester ihn regelmäßig bombardierte. Die anderen beiden Zimmer, die ebenfalls für den Nachwuchs bestimmt gewesen waren, fungierten nun als Fitnessraum und als zusätzliches Ankleidezimmer. Cameron fragte sich, wie viele Anzüge Christopher besaß, denn Karen trug immerzu das annähernd Gleiche: einen biederen, knöchellangen Rock, mit dem man sie ins Kloster hätte stecken können, eine in Schlammfarben gehaltene Bluse und eine Strickjacke, die nicht einmal ein Second-Hand-Laden gekauft hätte. Ihr Haar trug sie seit vielen Jahren langweilig schulterlang und dunkelbraun gefärbt, wobei die grauen Ansätze allzu oft hervorblitzten.

„Karen, wie schön, dich zu sehen." Elliot umarmte seine ältere Schwester und benahm sich jedes Mal so, als hätte er sie ein halbes Jahrhundert nicht mehr gesehen. Er nahm ihr den dunklen Wollmantel ab, in dessen Ärmel sie ihren geblümten Schal steckte. Die Szene spielte sich jedes Mal identisch und ohne unnötige Worte ab. Wenn Karen eintraf, stand Mason schon ungeduldig im Türrahmen seines Kinderzimmers und kaute an seinen Nägeln. Seine Augen waren weit aufgerissen und sein Mund verzog sich sofort zu einem Lächeln voller Vorfreude.

Cameron war eifersüchtig, obwohl sie ein akzeptables Verhältnis zu ihrem Sohn hatte und täglich bemüht war, es besser zu machen, als es ihr von Natur aus gegeben war. Sie arbeitete seit Schulbeginn nur wenige Stunden pro Woche in der Bücherei im Nachbarort und war den Rest der Zeit für ihren Sohn da. Ihre Anstrengungen bezüglich der Doktorarbeit waren schon wenige Wochen nach ihrem Umzug im Sande verlaufen. Jetzt begleitete sie Mason zu seinem Geigenunterricht, spielte mit ihm Ball, ließ ihn auf ihren Knien reiten. Aber so vorlesen und zeichnen wie Tante Karen konnte sie nicht. Es schien, als könnten die beiden zusammen in einer anderen Welt verschmelzen, die nichts mit der echten zu tun hatte. Sie beugten sich, mit Buntstiften bewaffnet, über ein noch weißes Papier und Masons Zunge verankerte sich vor Konzentration im linken Mundwinkel. Seine Finger führten die Stifte so gekonnt über das Papier, als hinge sein Leben davon ab, eine perfekte Zeichnung abzuliefern. Karen zeichnete Blumen und hübsche Kleider, während Mason meist sonderbare Kreuzwesen und Werwölfe auf das Papier zauberte. Karen hatte ihm eine für sein Alter unpassende Geschichte über die unglücklichen Menschen vorgelesen, die sich bei Vollmond um Mitternacht zu Bestien verwandelten. Cameron war wütend gewesen, doch Elliot hatte seine Schwester wie immer verteidigt.

„Es regt seine Fantasie an." Elliot versuchte, seine Hand beschwichtigend auf Camerons Schulter zu legen, doch sie entzog sich ihm.

„Du bist immer auf ihrer Seite, als wäre sie deine Ehefrau."

„Sie tut dem Jungen gut, siehst du das nicht?"

„Und ich, tue ich ihm nicht gut?" Cameron stieg die Hitze ins Gesicht und sie hatte auf einmal Lust, sich im Schlafzimmer einzusperren und sich zu befriedigen.

„Du bist eine wunderbare Mutter, Cameron." Karen war am Vorabend abgereist und Elliot stand bereits mit seiner Arbeitsmappe unter dem Arm im Eingangsbereich. Mit seinem Mittelscheitel und dem braven Anzug sah er aus, als wäre er ein Zeitreisender aus der fernen Vergangenheit.

„Mason ist ihr Ersatzsohn, gib es einfach zu." Wieder durchflutete Cameron der Drang, sich zurückzuziehen, die Tür zuzuknallen und sich zu vergessen.

„Es ist ein bedauernswerter Zustand, dass meine Schwester keine Kinder gebären konnte." Elliot zückte ein Stofftaschentuch und putzte sich die Nase. „Wir sollten es ihr gönnen, Zeit mit ihrem einzigen Neffen zu verbringen."

„Und was ist mit mir? Was ist, wenn ich ihre Nähe nicht so sehr schätze wie du und Mason?" Camerons Hände hatten sich zu Fäusten geballt. Etwas an Karen war in all den Jahren immer beängstigender geworden. Sie schien unerschütterlich, beinahe abgebrüht, und genau das störte Cameron am meisten.

„Ich bitte dich, ihre Besuche zu dulden." Elliot trat einige Schritte nach vorn.

Cameron hielt die Hände vor ihre Brüste, die ihr Ehemann seit vielen Jahren nur noch selten berührte.

„So, wie deine Familie mich immer nur geduldet hat?" Cameron mochte es nicht zu streiten, doch jetzt war der Damm gebrochen. Die Flut der Empörung war nicht mehr aufzuhalten.

„Hör bitte auf damit, Cameron."

„Warum? Warum soll ich damit aufhören?" Tränen drängten sich in ihre Augen und sie sackte in sich zusammen. Sie lehnte sich gegen die Wand, zog die Knie an und umklammerte sie. „Ich versuche jeden Tag, eine gute Mutter für Mason zu sein. Und du denkst nur an deine Schwester."

Elliot hob seinen Hut von der Garderobe, platzierte ihn auf dem Kopf und drehte Cameron den Rücken zu. Als die Tür hinter ihm ins Schloss fiel, begann Cameron zu schluchzen.

Kapitel einundzwanzig

Ann Arbor, Michigan, im Jahr 2018

Nach einem anstrengenden Arbeitstag mit acht Hausvorführungen wollte sich Edna gerade ein heißes Bad einlaufen lassen, als ihr Handy klingelte. Sie erkannte sofort den Klingelton. Sie hatte einen für ihre Kundschaft und inzwischen sogar einen eigenen für Herrn Chesterfield, obwohl der wohl kaum anrufen würde. Einen für Mason, der seit Tagen stumm war, einen für Madeleine und diesen klassischen für eine Person, die im falschen Jahrtausend geboren worden war: Karen Hemenway.

„Edna?" Karen klang überrascht, als hätte sie nicht gewusst, wessen Nummer sie gewählt hatte. „Ich muss mit dir reden."

„Das tust du gerade." Edna ließ sich auf das Sofa fallen und legte die in Seidenstrümpfen steckenden Füße auf den Couchtisch.

Karen erwiderte zunächst nichts, vielleicht hatte sich Edna im Ton vergriffen. Edna war es so leid, sich in dieser Familie verstecken zu müssen. Immerzu achteten alle darauf, ja alles richtig zu machen, und machten dabei alles falsch.

„Es geht um Mason." Karen sprach wieder in diesem gedämpften Ton, als wäre sie sich nicht sicher, ob sie die Worte tatsächlich aussprechen sollte. Oder ob sie dazu in der Lage war, nach all dem Schweigen über Wesentliches. „Er war bei mir."

„Wie bitte?" Edna nahm die Füße vom Tisch und setzte sich kerzengerade hin.

„Es ist schon ein paar Tage her."

In Ednas Brust begann Wut zu kochen. Mason war bei seiner Tante gewesen und sie sagte erst jetzt etwas? Während sie sich das Hirn zermarterte, wo ihr Mann stecken könnte?

„Warum hast du mich nicht sofort angerufen?"

„Mason wollte es so."

„Und du tust alles, was Mason will? Verdammt, Karen, Mason ist ein labiler Mensch, wie kannst du nur so unvorsichtig sein?"

Wieder schwieg Karen eine Weile, bevor sie vorsichtig fortfuhr: „Er wollte Zeit für sich. Dann hat er Maria besucht und ich glaube, es war eine schlechte Idee. Und dann habe ich ihn auch noch angerufen und meine Zweifel geäußert. Überhaupt war es nicht gut, Mason so lange im Dunkeln zu lassen."

„Wovon sprichst du?" Edna schritt nun im Wohnzimmer auf und ab. In ihrem Unterleib breitete sich ein Ziehen aus, das sie noch unruhiger machte.

„Mason hadert mit seiner Vergangenheit. Er ist nie über den Tod seines Vaters hinweggekommen. Ich mache mir große Sorgen", sagte Karen.

„Mason hadert mit allem. Seit ich ihn kenne und mit jedem Tag mehr. Das ist nichts Neues. Ich hätte dafür sorgen sollen, dass er zur Therapie geht."

„Das ist nicht der Punkt, Edna."

„Vielleicht doch."

„Mason mag ein labiler Mann sein, aber er ist auch ein freier Mensch, der eigene Entscheidungen treffen darf." Jetzt klang Karen wieder so oberlehrerinnenhaft wie immer.

„Wo ist er jetzt?" Sie bemerkte erst jetzt, dass sie das Handy an die Wange gepresst hatte.

„Er ist abgereist, ich weiß nicht wohin."

„Du hast ihn einfach gehenlassen?" Ednas Atem wurde schneller.

„Was hätte ich denn tun sollen? Ihn anbinden?"

„Und wohin wollte er? Weißt du wenigstens das?"

„Er hat gesagt, er müsse seinem Herzen folgen. Dorthin, wo er dem Schicksal seines Vaters am nächsten sein kann. Ja, ich glaube, so hat er es formuliert."

Edna hielt sich mit weiteren Vorwürfen zurück, denn es war klar, dass Karen angerufen hatte, weil ihr Gewissen sie nicht in Ruhe ließ. Sie wusste selbst, dass es unverantwortlich gewesen war, Mason fortzulassen.

„Was sollen wir nur tun?" Karen war den Tränen nahe. „Ich kann ihn nicht auf seinem Handy erreichen."

Edna dachte nach. Sie hatte am Vorabend in Masons Tagebüchern gelesen, auch wenn es sich falsch angefühlt hatte. Er schrieb nicht regelmäßig, aber das, was in dem Büchlein stand, entblößte seine gequälte Seele. Es verriet, dass ihm ein Leben lang ein Vater gefehlt hatte. Mason hatte Gedichte über den Norden Michigans geschrieben. Über die Wälder und die Seen, die uns die Weite der Welt erahnen ließen. Darüber, dass man nur dort die Seele baumeln lassen könne, und dass sich sein Vater dort oben das Leben genommen hatte. Das Gelesene und Karens Anruf zusammen waren eine aufreibende Mischung.

„Weiß du von Masons Krankheit?" Karens Frage, die aus dem Nichts kam, überraschte Edna.

„Mason ist krank?"

„Er hat Leukämie, Edna."

Eine Faust drückte in ihre Magengrube. Hatten sie sich als Ehepartner so weit voneinander entfremdet, dass Mason ihr diese wichtige Tatsache verschwiegen hatte? Oder war ihre Beziehung niemals eng genug gewesen?

„Ist er in Behandlung?" Sie hatte plötzlich die schmerzhafte Ahnung, dass er sich seinem Schicksal kampflos ergeben würde.

„Er hat mich vor einiger Zeit um eine Stammzellenspende gebeten und ich habe zugesagt."

Edna atmete erleichtert auf.

„Aber ich bin mir nicht einmal sicher, ob ich tatsächlich mit Mason blutsverwandt bin."

Ednas Herz galoppierte in ihrer Brust, während Karen schluchzte. Es dauerte eine Weile, bis sie sich gefangen hatte.

„Wie kann ich mir sicher sein, dass mein Bruder überhaupt Masons leiblicher Vater war?" Karen putzte sich die Nase. „Cameron war untreu, das weiß jeder. Und jetzt will ich Mason helfen und weiß nicht einmal mehr, ob ich das kann."

Edna legte die freie Hand auf ihren Unterbauch. „Ich werde ihm hinterherreisen." Sie hoffte, Karen mit diesem Entschluss beruhigen zu können. „Ich werde ihn finden, Karen, da bin ich mir sicher."

Nachdem sich die beiden Frauen voneinander verabschiedet hatten, ließ Edna überwältigt das Handy in den Schoß sinken. Sie hatte gewusst, dass Masons Familie eine zumindest interessante Geschichte hatte. Doch dass es solch ein Durcheinander mit möglicherweise schwerwiegenden Folgen war, hatte sie nicht gedacht. Und warum um Himmels Willen hatte bisher noch niemand prüfen lassen, wessen Sohn Mason war? Eine simple DNA-Analyse könnte das Rätselraten beenden und Klarheit für alle schaffen.

Edna schüttelte den Kopf und ging ins Schlafzimmer, um die Koffer zu packen. Währenddessen spukte ihr die Frage durch den Kopf, wessen Baby sie eigentlich in sich trug, und der Gedanke, dass sie es überprüfen lassen sollte. Um die Zukunft wenigstens ansatzweise zu kontrollieren.

Kapitel zweiundzwanzig

Pennsylvania, im Jahr 1997

Nachdem er den gesamten November kaum an der Universität gewesen war und sich schließlich hatte krankschreiben lassen, war es Cameron, die zu einer Behandlung drängte.

Schon Anfang November fielen die ersten, zaghaften Schneeflocken und der graue Himmel hing tief wie eine Decke aus Blei. Es fing mit einem Ziehen in der Brust an, einem Gefühl, als könne sein Kopf jeden Augenblick zerplatzen, und der Müdigkeit, die wie ein treuer Begleiter nicht von Elliots Seite wich.

„Lass uns einen Spaziergang machen." Cameron saß auf der Bettkante, während Elliot noch lag und unbeteiligt an die Decke starrte. Er hatte in der vergangenen Nacht kaum geschlafen. Nachdem er zwei Wochen zuvor den mit einem Samtband zusammengebundenen Briefstapel von Dave Dufek in Camerons Wäscheschublade gefunden hatte, war er nach draußen gegangen, obwohl ein beißender Wind fegte. Er war eine Stunde lang so schnell gegangen, dass seine Waden danach schmerzten. Es waren allesamt schlüpfrige Zeilen, die keinen Zweifel daran ließen, dass Cameron und ihr

Stiefvater seit vielen Jahren eine lodernde Affäre hatten. In einem der Briefe ging er auf eine Scheidung ein, die Cameron scheinbar bald einreichen wolle.

„Hörst du mich, Elliot?" Sie legte eine Hand auf die Bettdecke über Elliots Oberschenkel. „Ein bisschen frische Luft wird dir guttun."

Elliot hörte zwar die Worte seiner Frau, wollte aber nichts erwidern. Weder wollte er aus dem warmen Bett steigen, noch mit Cameron nach draußen gehen. Wenn er ehrlich war, wollte er gar nichts. Nur in dieser Schwere versinken, die ihn umgab.

Er hasste sich dafür, dass er in Camerons Sachen geschnüffelt hatte. Die Eifersucht hatte ihn dazu getrieben. Ebenso eine zähnefletschende Wut, weil Cameron sich ihm seit Monaten verweigerte. Der inzwischen zehnjährige Mason war der Einzige, der Elliot ab und zu die dünnen Arme um den Hals schlang und die Wange gegen seine Brust drückte. Diese kurzen Augenblicke des Glücks waren das Einzige, was Elliot noch am Leben hielt.

„Elliot, so geht es nicht weiter." Cameron stand auf, ging im Schlafzimmer auf und ab, wühlte in den Haaren.

Vor zwei Wochen hatte Elliot die erste Sitzung beim Psychiater hinter sich gebracht. Die Diagnose schien auf der Hand zu liegen: Depression. Der Arzt stellte allerlei intime Fragen, denen Elliot, soweit es möglich war, auswich.

„Es ist keine Foltermethode", erklärte der Arzt zum dritten Mal, nachdem Elliot Zweifel geäußert hatte. „Sie werden kaum etwas davon merken."

So war es auch, doch wenn Elliot gewusst hätte, wie er sich nach der Behandlung fühlen würde, hätte er sich ihr niemals unterzogen. Die Assistentin rasierte seine Schläfen mit ruhigen Bewegungen und versuchte, Smalltalk zu führen, gab es aber bald auf. Elliot bekam zwei Tabletten und wurde in einem sterilen Zimmer auf ein Bett gelegt. Nachdem sie das Deckenlicht auf dämmrig gedimmt hatte, verließ die Gehilfin für einige Minuten den Raum. Als sie zurückkehrte, war Elliots Kopf bereits mit Watte ausgestopft. Sie platzierte die Elektroden an seiner Schläfe. Elliot konnte ruhig liegen, obwohl er wusste, dass Strom durch sein Hirn floss, um all das, was dort verkehrt war, wieder in Ordnung zu bringen. Cameron glaubte daran. Sonst wusste niemand davon.

Als Elliot nach der ersten Behandlung auf dem Beifahrersitz neben seiner Frau gesessen hatte, umhüllte ihn zunächst eine angenehme Leere. In ihr war er gar nicht in der Lage, auch nur einen einzigen klaren Gedanken zu fassen.

„Das sind die Tabletten." Cameron drehte den Kopf kurz zur Seite und lächelte.

Zu Hause angekommen entkleidete sich Elliot und legte sich mit einer Wolldecke auf die Couch, um sich auszuruhen. Die Müdigkeit umklammerte ihn wie eine riesengroße, erbarmungslose Hand. Er schlief den Rest des Tages, sodass er nachts vor sich hin starrte und nachdachte. Seine Gedanken wanderten zu Dave Dufek und zu einer Szene, in der Dave seine Pranken um Camerons Körper legte. Zu all den Männern, die dies schon getan hatten. Zu Männern, die Elliot nicht kannte. Die er niemals kennenlernen würde. Er hatte daran denken müssen, dass er so unmöglich seine Professur wiederaufnehmen konnte. Die Frau, die ihm auf dieser Welt alles bedeutete, verletzte ihn ohne Rücksicht. Nie zuvor hatte ihm das jemand angetan. Aus dieser Liebe schöpfte er Kraft. Gleichzeitig war sie Gift für ihn.

Plötzlich fragte er sich ernsthaft, ob es nicht besser war, einen leeren Kopf zu haben. Ob die Last der quälenden Gedanken nicht irgendwann zu gewaltig war. Nicht mehr auszuhalten.

Er würde sich, wie geplant, der gesamten Elektroschock-Therapie unterziehen. Es konnte nur besser werden. Sechsmal, so hatte es der Psychiater vorgeschlagen. Zusätzlich verschrieb er ihm kleine blaue Pillen, die unschuldig aussahen, bisher jedoch in der Nachttischschublade ruhten.

In den folgenden Tagen spülte Elliot jeden Morgen nach dem Zähneputzen eine Tablette die Toilette hinunter, denn er wusste, dass Cameron die Pillendose im Auge behalten würde. Es reichte, sich einer Folter zu unterziehen.

Als Karen kurz vor Weihnachten zu Besuch kam, trug Elliot die olivgrüne Wollmütze tief über die Ohren gezogen, damit sie seine kahlrasierten Schläfen nicht sah.

Kapitel dreiundzwanzig

Am Lake Superior, Michigan, im Jahr 2018

Das Fenster des Gästezimmers schmückten keine Vorhänge, weswegen das Licht der aufgehenden Sonne Mason aufweckte. Seine Glieder fühlten sich schwer an, als wäre er einen Marathon gelaufen, und auf seinem Schädel lag ein dumpfer, unangenehmer Druck. Er setzte sich langsam auf, denn oft brauchte sein Kreislauf eine Weile, um sich dem Wachsein anzupassen. Sein Blick fiel sofort nach draußen, wo der Lake Superior heute etwas rauer dalag, durchzogen von weißen Linien, die der Wind unablässig vor sich hertrieb. Mason musste an Edna denken und daran, dass sie immer nach vorn schaute. So kannte er sie, sie war voller Pläne und Vorfreude. Er fragte sich, was sein Verschwinden wohl in ihr ausgelöst hatte. Ihm wurde auf einmal schmerzlich bewusst, dass er ihr niemals die berühmten drei Worte gesagt hatte. Vielleicht, weil sie ihn verletzlich machten. Oder weil er nicht recht wusste, ob das, was er für seine Frau empfand, wahre Liebe war. Weil er sich oft nicht sicher war, ob sein Empfinden mit dem normaler Menschen vergleichbar war.

Es war seltsam, dass er sich eine Zukunft mit Edna inzwischen nicht mehr vorstellen konnte. Anfangs war sie seine Rettung gewesen, damit die Ängste und Zwänge ihn nicht davontrieben. Doch sie hatte ihm auf Dauer keinen Halt geben können. Wahrscheinlich spielte es auch eine Rolle, dass er sich selbst immer mehr aufgab. Dass ihm seine Krankheit das Ende schonungslos vor Augen geführt hatte. Jeder Mensch war im Grunde genommen zum Tode verurteilt. Früher oder später.

Mason rieb sich die Augen und streckte die Arme über den schweren Kopf. Anschließend fischte er den Gedichtband von Lord Byron, der einst seinem Vater gehört hatte, aus der Aktentasche und las einige der Gedichte. Er überlegte, warum ihn diese Art der romantischen Dichtung ansprach. Die Worte durchtränkten ihn und er fühlte sich verstanden. Vielleicht, weil er genauso verletzlich und am Ende unglücklich war. Ihm selbst waren nie solche geistreichen Aphorismen gelungen, auch wenn er sich an einigen Gedichten versucht hatte. Es hatte für ihn etwas Beängstigendes, sein Inneres in der Kunst nach außen zu kehren, denn dann war es für alle sichtbar. Er mochte das Zitat „Alle Tragödien beendet der Tod, alle Komödien die Ehe" von Lord Byron. Es erklärte auch das selbstbestimmte Schicksal seines Vaters. Und war es nicht tatsächlich die einfachste Lösung für ein hoffnungsloses Leben? Jeder bestimmte selbst, für wie trostlos er die Umstände im eigenen Leben hielt. Für Elliot Hicks hatte es ausgereicht, diese eine, unermessliche Liebe zu Cameron nicht leben zu können. Er hatte am Ende das eigene Leben gehasst.

Mason duschte, deprimiert von seinen Gedanken, und putzte sich ausgiebig die Zähne. Mit dem Gedichtband unter dem Arm trat er aus dem Zimmer und atmete im Flur sofort den würzigen Duft von geräuchertem Fleisch. Seine Kleidung und sein Haar würden den penetranten Geruch annehmen. Ednas Bild blitzte vor seinem inneren Auge auf. Der WLAN-Router auf dem Fenstersims blinkte gequält.

Unten im Restaurant fand Mason nicht die junge Blondhaarige vor, sondern eine ältere, leicht untersetzte Frau, deren Arme über und über mit Fabelwesen tätowiert waren.

„Guten Morgen", sagte sie. „Das Frühstücksbuffet ist hinten rechts aufgebaut." Sie zwinkerte Mason freundschaftlich zu, bevor sie vier Keramiktassen und einen irdenen Krug zu einem am Fenster stehenden Tisch trug. Dort saß eine junge Familie.

Mason nahm am selben Tisch wie am Vorabend Platz und freute sich, dass er frei war, denn er eröffnete den atemberaubenden Blick auf den See. Doch die Familie mit den beiden Kindern und neue Gäste, die allmählich eintrafen, lenkten Mason immer wieder ab. Die beiden Jungen unterhielten sich lauthals und machten Motorengeräusche zu den beiden Spielzeugfliegern, mit denen sie über dem Rührei kreisten. Ein junges Paar reichte sich über die Tischplatte hinweg die Hände und sprach im Flüsterton. Ein älteres Paar stellte sich ans Fenster und er legte den Arm um ihre Taille.

Es war beinahe unerträglich, Zeuge dieser allgegenwärtigen Geselligkeit sein zu müssen. Mason schlug den Gedichtband vor sich auf und tauchte für wenige Minuten in eine andere Welt ab. Dann erst wurde ihm klar, dass er auf sein Essen nicht würde warten müssen, schließlich war es ein Buffet. Er erhob sich und begutachtete die großzügige Auswahl: In einer Pfanne war Rührei, auf einem Teller lagen von Fettblasen überzogene Speckstreifen, es gab einfache Bagels, welche mit Zwiebeln oder Blaubeeren, Frischkäse mit und ohne Kräuter und drei verschiedene, einzeln abgepackte Konfitüren. Glaskrüge waren mit verschiedenen Säften befüllt. Mason hatte keinen großen Appetit und musste an die ersten gemeinsamen Frühstücke mit Edna zurückdenken. An den Wochenenden war das Zubereiten fast schon eine Zeremonie gewesen. Edna war verblüfft gewesen, wie liebevoll Mason die Teller, Tassen und das Besteck platziert hatte. Dass er einige Teelichte anzündete und nichts dagegen hatte, dass Edna ein Tischgebet sprach. Sie sagte es hastig und so leise auf, dass Mason kaum etwas davon verstand. Er saß bloß mit über dem Teller gefalteten Händen da, schloss die Augen, senkte den Kopf und fragte sich, ob Edna aufrichtig gläubig war oder aber nur eine Familientradition fortführte. War es nicht so, dass man sich an gewisse Dinge gewöhnte und nur ungern aus diesen Mustern ausbrach? Mason selbst wünschte sich, er könnte eine Verbindung zu Gott aufbauen, doch bisher war es ihm nicht gelungen. Es wäre tröstlich, an ein Weiterleben nach dem Tod zu glauben. Sowohl in Hinblick auf seinen eigenen Vater als auch in Anbetracht der Tatsache, dass Mason diesem Leben nicht mehr viel abgewinnen konnte.

Gedankenversunken nahm er zwei Bagel-Hälften aus dem Toaster, dann ein Plastikmesser und ein Päckchen Frischkäse und trottete etwas steif zu seinem einsamen

Tisch. Bei der freundlichen Bedienung bestellte er einen Kaffee. Während er den Bagel gewissenhaft bestrich, überlegte er, ob er Edna anrufen sollte. Er könnte sie klipp und klar fragen, wie sie sich die Zukunft vorstellte. Vielleicht würde ihre Bestimmtheit ihn wieder einrenken. So wie früher. Mason nahm einen Bissen und lehnte sich auf dem unbequemen Stuhl zurück. Der Bagel schmeckte frisch und er fragte sich, wo man hier am Ende der Welt schon am Morgen solche frischen Backwaren herbekam. Vielleicht buk das Gästehaus selbst. Er würde Edna sagen, dass er sich viele Gedanken gemacht habe. Vielleicht brauchte er das auch nicht zu betonen, schließlich kannte sie ihn fast so gut wie seine Tante Karen. Tat sie das wirklich? Mason schluckte den Essenbrei hinunter und es war, als müsse er eine sehr enge Stelle passieren. Kannte ihn überhaupt jemand oder war er genauso introvertiert wie sein Vater? Ein Problemfall wie sein Vater. Ein sozusagen lebensunfähiger Mensch. Ein Mann, der die Lasten des Lebens nicht hatte ertragen können. Die Schattenseiten der Liebe. Beim Gedanken an seinen Vater drängten Tränen in Masons Augen. War Elliot Hicks überhaupt sein Vater?

Nach dem Frühstück blieb Mason eine Weile in seinem kleinen Zimmer auf dem Bett sitzen und las ein Buch, das er mitgebracht hatte. Es war ein Geschenk von Edna gewesen, doch es fesselte ihn nicht. Die Charaktere waren allesamt oberflächlich und Mason konnte ihre Handlungen nicht nachvollziehen. Er klappte es zu und legte es neben sich. In der Nachttischschublade lag ein Neues Testament, das er nun hervorholte. Er fragte sich, wie viele Gäste es schon in der

185

Hand gehabt hatten und ob es eine bessere Lektüre wäre. Er ließ die lächerlich dünnen Seiten über die Fingerkuppen gleiten und empfand plötzlich eine Art Scham, dass er das meistgelesene Buch der Welt noch nie freiwillig studiert hatte. Er tat es auch jetzt nicht, sondern wusch sich stattdessen die Hände im Badezimmer und putzte ein zweites Mal die Zähne. Der Blick aus dem Fenster verriet, dass es ein schöner Frühlingstag werden würde. Ein perfekter Vormittag für einen langen Spaziergang am Strand, auch wenn Mason wenig Lust dazu verspürte. Er könnte einen Flecken in dem Gebäude suchen, wo der WLAN-Empfang passabel war, um Edna anzurufen. Doch wenn er ehrlich war, hatte er Angst davor, mit ihr zu reden. Sie würde ihm zu Recht vorwerfen, dass er einfach abgehauen war. Sie würde kein bisschen nachvollziehen können, was ihn getrieben hatte. Er würde von seiner Krankheit berichten müssen. Von der Frage nach seiner Herkunft. Dabei verstand er sich selbst nicht. War es sein nahender Tod, der ihn trieb? Der ihn veranlasst hatte, aus dem gewohnten Leben auszubrechen? Mason war sich sicher, dass er bald sterben würde. Er würde sich keinen schmerzhaften Behandlungen unterziehen. Er würde der Krankheit zuvorkommen. Endlich einmal in seinem Leben etwas in die Hand nehmen. Selbst entscheiden. Den nächsten Schritt ohne Angst gehen.

Er stellte sich an die große Glasscheibe und starrte auf das endlose Wasser hinaus. Vereinzelte Schleierwolken durchzogen den klaren, blauen Himmel. Eine davon hatte die Form eines Hasen.

Er hätte sich von Edna verabschieden, hätte sie von Anfang an einweihen sollen. Erneut erfüllt ihn dieses

Gefühl der Ohnmacht. Aus all seinen Poren trat Schweiß aus. Es war, als zöge sich alles in ihm zusammen. Aus Scham, er selbst zu sein. Mason legte die langen, schmalen Finger vor das Gesicht und weinte, während er allmählich immer mehr in sich zusammensackte. Schließlich hockte er auf dem Parkettboden und hielt sich an den knochigen Knien fest. Tränen strömten über seine Wangen. Er heulte unkontrolliert. Um seinen Vater. Um Edna. Um sich selbst.

Das erste Mal war er so in sich zusammengebrochen, als er vom Tod seines Vaters erfahren hatte. Später immer wieder, wenn er in der Schule gehänselt wurde, oder zu Beginn seines unvollendeten Studiums, als ihn die Einsamkeit mit Eisenhänden zu zerdrücken drohte.

In Masons Kopf drängelten zu viele Gedanken auf einmal. Sie zu sortieren war unmöglich. Sie zum Schweigen zu bringen ebenso.

Er stand auf, ließ im Badezimmer ein Glas mit Wasser volllaufen und stürzte es hinunter. Erst jetzt dämmerte ihm, was ihn am meisten bewegte. Es war die Liebe zu Edna. Er liebt sie noch immer, auch wenn er es sich auszureden versuchte. Ihn hatte dasselbe Schicksal ereilt wie seinen Vater. Eine Frau hatte ihm den Verstand geraubt. Falls er jemals einen besessen hatte. Er war nicht in der Lage, sie so zu lieben, dass es ausreichte. Denn sie erwiderte seine Gefühle nicht zur Genüge. Sonst hätte sie ihm mehr Verständnis entgegengebracht.

Mason ließ sich auf das Bett fallen und schloss die Augen. Der Wunsch, alles zu beenden, wuchs mit jedem Atemzug in ihm. Nach alledem, was geschehen war, würde Edna ihn verachten.

Er rollte auf die Seite, schob die zitternden Hände unter den Kopf. Er dachte an Ednas Worte, damals bei einem Streit über die Frage, ob er sich in psychologische Behandlung begeben solle. Sie hatte gesagt, er solle endlich lernen, sich selbst zu lieben. Sie hatte recht gehabt. Wie immer.

Kapitel vierundzwanzig

Pennsylvania, 31. Dezember 1998

Cameron hatte das Haus für die Silvesterfeier mit Girlanden geschmückt und trug ein schwarzes Kleid mit Glitzerpailletten an den Ärmeln, das gerade noch ihren Schlüpfer bedeckte. Ihre Beine steckten in schwarzen Netzstrumpfhosen und um ihren Hals hing eine Kette, die Elliot noch nie zuvor gesehen hatte. Karen hatte Mason zwei Tage zuvor abgeholt und war mit ihm nach Ann Arbor gefahren, denn die Feier war ohne Kinder geplant und Mason ohnehin aufgeregt, wieder ein wenig Zeit bei seiner Tante zu verbringen. Sie würden ins *Hands-On Museum* gehen, im *Kensington Metropark* in Novi Steine auf den zugefrorenen See werfen, den Künstler-Weihnachtsmarkt besuchen und bei *Starbucks* Masons liebste heiße Schokolade mit einem Berg aus Sahne trinken. Abends würden sie zusammen lesen und über all das reden, was ihnen gerade in den Sinn kam. Elliot wusste, dass Mason diese Tage immer wieder genoss und dass er die Harmonie in sich aufsog, die Karens und Christophers Zuhause ausstrahlte. Es war nicht zu bestreiten, dass Mason die Spannungen zu Hause spürte. Wenn sich Cameron und Elliot stritten, zog er sich in sein Zimmer zurück, erwähnte seine Gefühle aber nie.

„Lass uns tanzen!" Cameron zog Elliot an sich, als die ersten Takte eines langsamen Liebesliedes aus der Anlage zu plätschern begannen. Sie roch nach kalter Asche, Alkohol und dem fruchtigen Parfüm, das Elliot ihr zu Weihnachten geschenkt hatte. Während sie sich aneinanderschmiegten, ließ Elliot den Blick durch das Wohnzimmer gleiten. Sie hatten nur vier Paare eingeladen, allesamt Camerons Bekanntschaften aus dem Nagelstudio, Fitnesscenter oder Supermarkt. Zwei davon tanzten, die anderen lehnten gegen die blassgelb gestreifte Tapete, die Cameron und Elliot nie ausgewechselt hatten. Überhaupt hatten sie wenig an dem Haus geändert. Vielleicht war das der Grund dafür, dass es sich immer noch nicht wie ein Zuhause anfühlte.

„Ich werde nach einer neuen Stelle suchen." Elliot war überrascht, wie leicht diese Worte über seine Lippen kamen. Es musste an den inzwischen drei Gläsern Rotwein liegen, die er wie Wasser hinuntergeschüttet hatte.

„Als Professor?" Cameron hob den Kopf von Elliots Schulter. Sie strich eine ungehorsame Haarsträhne aus seiner Stirn, die ein kalter Schweißfilm überzog. Cameron musterte ihn und Elliot meinte, einen Hauch von Besorgnis in ihrem Blick zu lesen.

„Geht es dir gut, Elliot? Vielleicht ist es keine gute Idee mit dem Alkohol zu den Tabletten und dem Rest."

Sie konnte diese Frage unmöglich ernst meinen, es musste eine Art schlechter Scherz sein.

„Elliot?" Sie schob ihn vorsichtig von sich, während sie sich weiterhin zu der melodischen Musik bewegte. Lustvolle Wellen wogten durch ihren bezaubernden Körper.

„Ich glaube, dass wir wieder einmal neu anfangen müssen." Elliot trat einen Schritt zurück und torkelte zur Wand des Wohnzimmers, wo er sich erschöpft abstützte. Warum diese Feier? Es war ein Jahreswechsel wie jeder andere und die Zahl, die danach im Kalender stand, war unerheblich. Alles schien seit vielen Wochen und sehr oft unbedeutend zu sein.

Cameron gesellte sich nicht zu Mason, sondern mixte sich einen weiteren Drink in der offenen Küche mit den veralteten, rotbraunen Fronten. Elliot folgte ihr mit dem Blick und musste an ihr erstes Date in dem Straßencafé unter dem warmen Licht, das durch den Sonnenschirm drang, denken. Warum nur hatte Cameron seine Nähe gesucht? Er hatte es nie verstanden. Sie war Gift für ihn. Sein Verstand wusste das und trotzdem konnte er nicht von ihr ablassen.

Elliot machte sich auf den Weg zur Toilette. Bei jedem Schritt musste er seinen Körper an der Wand stabilisieren. Dort hingen Fotos von Mason auf dem Boot im See, Mason auf Elliots Schulter, mit diesem engelsgleichen Lächeln und den Augen der Mutter, oder Mason auf einem Baumstumpf auf der Oberen Halbinsel von Michigan. Er hatte viel zu selten das Ferienhaus besucht, weil Cameron es nicht mochte. Sie sagte, es sei heruntergekommen und der einsamste Ort, den sie sich vorstellen könne. Elliot vermisste seine Schreibhöhle mit dem weißen Schafsfell auf dem Schaukelstuhl, die Stehlampe mit dem grünen Schirm und den Ausblick auf den See, auf den sich morgens der zaghafte Nebel legte wie eine beschützende Hand.

Elliot betrat den kleinen Raum mit den weinroten Wänden und schloss hinter sich ab. Während er den Hosenladen aufmachte, suchten ihn Bilder früherer Zeiten heim, als er noch ein Einsiedler sein durfte. Ein kräftiger Urinstrahl traf das Klobecken und Elliot überlegte, ob er nicht dann am meisten er selbst war, wenn er allein war. Als er abschüttelte, klopfte jemand vehement an die Tür.

„Komme gleich." Elliot spülte und wusch sich die Hände mit der Seife im Giraffen-Spender, die Mason ausgesucht hatte.

Er öffnete die Tür und traf mit ihr beinahe Patricia, die mit einem verkniffenen Lächeln an ihm vorbeidrängte und nicht hinter sich absperrte. Elliot holte sich ein Glas Wasser vom Kühlschrank und betrachtete die Szene im eigenen Wohnzimmer. Alles kam ihm auf einmal fremd vor. Die Sehnsucht nach dem Norden Michigans schmerzte. Vielleicht war es ein Trugschluss, dass man sich selbst entfliehen konnte. Dass die Veränderung der Umstände eine dauerhafte Wirkung hatte.

Ein Wirrwarr aus Worten untermalte die Musik, die inzwischen etwas lebhafter geworden war. In der hintersten Ecke saßen Patricias Ehemann Logan und Cameron, die an seinem Hemdkragen herumzupfte. Sie lächelte verführerisch und legte die schlanken Beine übereinander. Ihr Fuß wippte auf und ab, sie strich sich mit der Hand durch das Haar. Sie legte sie auf Logans Schulter, lächelte erneut, bis er sich nach vorn beugte und ihr einen Kuss auf die Wange drückte, während seine Hand auf ihrem Oberschenkel lag. Elliot wandte sich angewidert ab, holte seinen Wollmantel aus der Garderobe, wickelte sich einen Cashmere-Schal um den Hals, schlüpfte in seine Winterstiefel und ließ die Haustür geräuschvoll hinter sich ins Schloss fallen. Er ging so schnell und so lange, bis die eisige Luft in seinen Lungen brannte.

Kapitel fünfundzwanzig

Ann Arbor, Michigan, im Jahr 2018

Edna stand mit einem roten Trolley neben sich und in einem knielangen, gelben Regenmantel vor Karens Tür. Es hatte schon am Morgen angefangen zu regnen und ihre Glieder schmerzten. Sie hatte sich dreimal übergeben und fühlte sich kaum in der Lage, die lange Reise anzutreten. Trotzdem war es einen Versuch wert. Sie würde Mason nicht einfach so abhauen lassen. Sie trug bunte Regenschuhe, über die Mason einst gelacht hatte, weil er sie für zu mädchenhaft hielt.

„Edna?" Karen stand mit Lockenwicklern im Haar und in einen Hausmantel gehüllt im Türrahmen und blinzelte verwirrt ins Licht des anbrechenden Tages. „Hast du von Mason gehört?"

„Ich mache mich auf die Suche nach ihm." Kaum hatte Edna diesen Satz ausgesprochen, war sie über die eigenen, törichten Worte entsetzt. Sie hatte diese Reise nicht durchdacht.

„Du weißt doch gar nicht, wo er ist? Amerika ist groß." Karen runzelte die Stirn. „Möchtest du nicht hereinkommen?" Sie trat einen Schritt beiseite, doch Edna stellte sich lediglich auf den Fußabtreter.

Sie wollte sich nicht unnötig aufhalten lassen, nur jemandem Bescheid geben, der in der Mission Mason genauso involviert war wie sie selbst. Sie wusste schließlich, was man anrichtete, wenn man einfach fortging. Nicht, dass Karen sie vermisst hätte, aber trotzdem.

„Ich bin mir sicher, dass er in Richtung Norden gefahren ist, wenn er seinem Herzen folgen und seinem Vater nahe sein möchte." Ihre Stimme klang fest.

Karens Gesichtsausdruck entspannte sich. „Kann ich dir irgendwie helfen?" In ihren Blick mischten sich Unverständnis und Sorge.

„Wo lag das Ferienhaus deines Bruders?"

Wieder verzerrten sich Karens Gesichtszüge und sie schwieg, als müsste sie darüber nachdenken. „Ganz im Norden, in der Nähe von Copper Harbor", sagte sie schließlich und sah Edna traurig an. „Du glaubst doch nicht ..."

„Ich fahre einfach in Richtung Norden und versuche immer wieder, ihn anzurufen."

„Viel Glück, Edna." Karen zog ihre Schwägerin unverhofft in eine etwas ungeschickte Umarmung, bei der sich ihre Wangen kurz berührten.

Edna verabschiedete sich und setzte sich in ihren BMW. Der Geruch der Ledersitze war seit einigen Tagen unerträglich und der Vanille-Duftbaum ließ Ednas Magen verkrampfen. Sie stopfte ihn in das Handschuhfach und trat aufs Gaspedal.

Die Straßen waren voller als erwartet und Edna musste sich zwischen all den Lastwagen und SUVs auf die freien Räume auf der Fahrbahn konzentrieren. Immer wieder wählte sie Masons Nummer, doch keiner antwortete. Sie machte sich schwere Vorwürfe, dass sie ihrem Mann gegenüber nicht sensibel genug gewesen war. Erst jetzt dämmerte ihr, dass es mühsam für Mason gewesen sein musste, sein zartes Wesen in dieser schnellen, oft rücksichtslosen Welt zu behaupten. Wahrscheinlich war auch sein Job ein unüberwindbar erscheinendes Hindernis, jede alltägliche Aufgabe wegen seiner Zwangserkrankung ein nicht erklimmbarer Berg. Edna hatte am Vorabend noch einmal mit Madeleine telefoniert und sich die Sicht einer Psychologin angehört. Edna selbst hatte große Probleme, sich mit den Feinheiten in Masons Wesen zu identifizieren, doch sie begriff nun, dass sie nicht davon ausgehen konnte, dass jeder das Spiel des Lebens mit Leichtigkeit durchziehen konnte.

Der Regen prasselte so stark nieder, dass die Scheibenwischer des BMWs hektisch über das Glas zuckten. Die Fahrbahn wurde zu einer rutschigen, glänzenden Fläche. Die Scheinwerfer der Autos streuten vor Ednas müden Augen, die sie vergangene Nacht kaum zubekommen hatte. Was, wenn Mason etwas Unüberlegtes tat?

Ihr Handy klingelte. Es war Karens Nummer.

„Hast du ihn erreicht?" Sie klang nervös.

„Ich habe den Verdacht, dass er keinen Empfang hat. Oder aber er geht nicht dran." Edna überlegte nicht, bevor sie das Thema wechselte und weitersprach. Wenn ihr etwas auf der Zunge lag, dann ließ sie es sofort heraus: „Ich frage mich, wie ihr mit dieser Unsicherheit leben könnt." Im selben Augenblick dachte sie wieder an ihre Schwangerschaft und daran, dass auch sie sich nicht sicher sein konnte. Nur würde sie diesen Umstand nicht weitere Generationen vergiften lassen, sondern rechtzeitig für Klarheit sorgen. „Ich meine, so etwas kann man heutzutage doch testen lassen."

„Ich halte es nicht für angemessen, im Leben anderer herumzuschnuppern, Edna." Jetzt zog sich Karen wieder in ihr Schneckenhaus zurück.

„Aber es ist wichtig."

„Es ist vorbei", sagte Karen trocken. „An der Vergangenheit kannst du sowieso nichts mehr ändern."

„Ich verstehe dich nicht, Karen. Wie kannst du das nur ignorieren? Es betrifft doch auch dich. Du hast Mason jahrelang wie ein eigenes Kind behandelt. Und jetzt geht es vielleicht um sein Leben." Edna wechselte nervös eine Spur nach links, hinter einen Porsche, der so vehement bremste, dass sie ihm trotz der eingeschalteten Abstandsregelung beinahe hinten auffuhr. Sie fluchte.

„Ist alles in Ordnung, Edna?"

„Der Verkehr ... und dieser Regen!"

„Bitte ruf mich gleich an, wenn du mit Mason gesprochen hast."

Edna versprach es, verabschiedete sich und beendete das Telefonat.

Ihr Unterleib spannte, als bliese jemand einen Luftballon in ihm auf. Ihre Brüste fühlten sich an, als steckten abertausende Nadeln in ihnen.

Edna biss von einem Müsliriegel ab, nahm einen Schluck aus einer Wasserflasche, dachte ständig an Mason. So wie damals, als sie sich in ihn verliebt hatte. Nur tat es diesmal weh.

Sie überholte einen Chevrolet und stellte den Tempomaten an. Wenn sie es sich recht überlegte, war es ihr egal, wer Masons Vater war. Es machte keinen Unterschied mehr. Für sie sowieso nicht. Mason sah es bestimmt anders. Für ihn brach wahrscheinlich bereits bei dem Gedanken eine Welt zusammen. Er hatte seinen Vater vergöttert und war nicht in der Lage, die Sache rational zu betrachten.

Edna legte eine Hand auf ihren Unterbauch. Sie wusste auf einmal mit einer schmerzlichen Gewissheit, dass es lebenswichtig war, dass Mason der Vater dieses Babys war.

Kapitel sechsundzwanzig

Pennsylvania, im Jahr 1999

Als Cameron an jenem Wintermorgen des 9. Januar 1999 allein im Bett lag, war Elliot drei Tage zuvor abgereist. Nach einem heftigen Streit hatte sie ein ungutes Gefühl, auch wenn sie sich vorstellen konnte, wohin es ihren Mann gezogen hatte.

„Wir können nicht jedes Mal von vorn anfangen!" Cameron war wütend gewesen. Sie wusste, dass sie behutsam mit ihrem Mann umgehen musste. Gleichzeitig war sie es leid, dass sein Gemüt so zerbrechlich war wie eine Porzellanvase. Es war anstrengend, ständig darauf Rücksicht nehmen zu müssen. „Das können wir Mason nicht antun. Er hat hier seine Freunde, seine Schule, sein Football."

„Seit wann interessierst du dich für Mason?" Elliot stand mit zu Fäusten geballten Händen in der Einfahrt und warf Cameron einen vorwurfsvollen Blick zu. „Du hast dich noch nie für irgendwen interessiert. Es geht immer nur um dich."

So kannte sie Elliot gar nicht. Seine Gesichtshaut war hochrot, er erhob die Stimme gegen sie. Vielleicht lag es an der Therapie? Oder den Tabletten? Wutentbrannt stieg er in den Jeep und knallte die Fahrertür zu. Cameron wusste nicht, was sie sagen sollte. Sie wollte nicht schon wieder umziehen. Es würde nichts verändern.

Zaghaft winkte sie Elliot zu. Die Reifen auf der mit Salz gestreuten Zufahrt knirschten. Im Rückwärtsgang kroch der Wagen die Einfahrt hinunter, immer weiter weg. Wie in Zeitlupe ereignete sich diese Szene. Ihr haftete etwas Unwirkliches an. Beklemmung breitete sich in Camerons Brust aus, während sie zusah, wie Elliot davonfuhr. Er blickte nicht zu ihr zurück.

Cameron warf einen Blick auf die Uhr, weil sie Mason heute von der Schule abholen musste. Er hatte einen Termin beim Zahnarzt.

Dann starrte sie wieder auf die Straße. Trostlos standen die drei Ahornbäume neben der Abzweigung auf die breite Straße, die sich durch die Nachbarschaft schlängelte. Ihre Äste waren kahl. Sie waren stumme Zeugen dieser absurden Szene. Es gab keinen Grund für solch einen plötzlichen Aufbruch. Sie hätten reden sollen. Warum um alles in der Welt war es nicht möglich, vernünftig über die Zukunft zu sprechen? Elliot hatte abgeblockt wie ein trotziges Kind. Vielleicht waren sie nie in der Lage gewesen, vernünftig über Entscheidungen zu sprechen.

Ohne etwas zu unternehmen hatte sie ihn wegfahren lassen. Seit seinem fluchtartigen Verschwinden hatte sich Elliot nicht mehr gemeldet. Cameron hatte versucht, Dave zu erreichen, jedoch ohne Erfolg. Die Welt um sie herum erschien ihr stiller als sonst. Als hätte jemand einen Dämpfer über sie gestülpt. An jenem Sonntagmorgen stellte sie sich unter die Dusche und ließ den Schaum an ihrem ausgehungerten Körper hinuntergleiten. Sie legte die Finger an ihre Brüste, spürte die harten Nippel, die sich nach Liebe sehnten. Das dampfende Wasser aus der Dusche prasselte auf sie nieder. Gerade, als sie sich auf den Boden der Dusche gesetzt hatte und ihre Hand an der Innenseite ihres Oberschenkels hochwanderte, klingelte das Telefon. Cameron zuckte zusammen und erhob sich. War es Dave, der endlich anrief? Sie wusch sich den Schaum vom Körper, trocknete sich rasch ab und wickelte ein Handtuch um ihre Taille. Das Klingeln hielt hartnäckig an. Als sie aus dem Badezimmer trat, um ans Telefon zu gehen, hörte es auf zu schellen. Cameron machte kehrt, trocknete sich im Badezimmer die Haare ab und putzte sich die Zähne. Nachdem sie sich angezogen hatte, schob sie die angelehnte Tür zu Masons Zimmer auf. Er lag in seinem Bett, umgeben von einer gutmütigen Armee aus Kuscheltieren, die Arme und Beine von sich gestreckt, als hätte ihn jemand achtlos auf die Matratze geworfen. Cameron streichelte ihm über den Kopf, als das Klingeln wieder einsetzte.

Rasch ging sie zu dem Beistelltisch im Flur, auf dem das Telefon stand.

„Hallo?" Ihr Herz hämmerte in ihrer Brust. Es rief selten jemand an.

„Karen Hemenway am Apparat." Karens Stimme klang kühl und trocken, noch distanzierter als sonst.

„Hallo, Karen, wie schön von dir zu hören." Cameron konnte gut lügen.

Schweigen in der Leitung. Dann ein geräuschvolles Atmen, als wäre es eine Qual, Luft in die Lunge zu saugen.

„Hallo?" Cameron presste den Hörer ans Ohr, ging ins Schlafzimmer und setzte sich auf die Kante des ungemachten Bettes. Im Nachbarzimmer stöhnte Mason im Schlaf.

„Es ist etwas Schreckliches passiert." Karen presste die Worte aus sich heraus. Anschließend schluchzte sie unkontrolliert. Cameron zog die Schultern hoch. Ihr erster Gedanke war der an Elliot.

Während Karen nicht in der Lage war zu sprechen, ließ sich Cameron auf den Rücken fallen und starrte an die weiße Decke. Sie traute sich nicht, Fragen zu stellen. Es war besser, schlechte Nachrichten gar nicht erst zu bekommen. Wenn man von etwas nicht wusste, war es erträglicher.

„Hör zu, Cameron ..." Wieder war Karen den Tränen nah.

Cameron hatte sie noch nie so aufgelöst erlebt. Die Frau, die ein so geregeltes Leben führte und sich mit der Tatsache, dass sie nie eigene Kinder haben konnte, so heroisch arrangiert hatte, war plötzlich nicht in der Lage, ihre Fassung wiederzugewinnen. Es musste etwas Furchtbares geschehen sein.

„Wir müssen reden, Cameron." Karen bemühte sich, Nüchternheit in ihre Stimme zu legen.

„Das tun wir."

„Persönlich."

„Ich bin in Pennsylvania, Karen, und du in Ann Arbor."

„Ich bin nicht in Ann Arbor." Wieder kämpfte Karen damit, ihren Atem unter Kontrolle zu halten.

„Was ist los, Karen? Kannst du bitte aufhören, in Rätseln zu sprechen?" Cameron merkte, dass sie wütend auf ihre Schwägerin wurde. Warum konnte sie nicht einfach sagen, was los war?

„Ich bin auf der Oberen Halbinsel." Karen hielt inne, um dann nur hinzuzufügen: „Es ist wegen Elliot."

„Hör auf, mich auf die Folter zu spannen." Kaum hatte Cameron die Worte einen Hauch zu laut ausgesprochen, schämte sie sich für ihre Unruhe. Außerdem wollte sie Mason nicht aufwecken. „Es tut mir leid, Karen", sagte sie. „Ich bin gerade aus der Dusche gekommen und muss bald mit Mason los ..."

„Elliot ist tot."

Die Stille nach Karens Worten war kaum auszuhalten. Sie wog so schwer, als presste eine Hand mit Nachdruck auf Camerons Brustkorb.

Cameron musste daran denken, wie erbost er in den Jeep gestiegen war. Und sie hatte nicht einmal gewusst, dass sie ihn niemals wiedersehen würde. Wir wussten nie, wann es das letzte Mal war. Sie schob den Gedanken beiseite.

„Was ist geschehen, Karen?" Sie setzte sich wieder auf. Ihr Körper fühlte sich leer an. Ihre Finger hatten sich um den Hörer gekrallt.

„Er hat vorgestern bei mir angerufen, von hier oben." Karen atmete sehr geräuschvoll. „Ich habe gleich gehört, dass es ihm nicht gutgeht."

Cameron holte tief Luft, nachdem sie den Atem unwillkürlich angehalten hatte. Sie lauschte Karens Worten, während sich ihre Kehle immer weiter zuschnürte. Tränen stürzten ihre Wangen hinunter.

Karen sprach in abgehackten, knappen Sätzen. Sie war nach dem Telefonat verunsichert gewesen. Aber

Elliot sagte, er habe nur ihre Stimme hören wollen, weiter nichts. Er befand sich in seinem Ferienhaus, zurückgezogen inmitten eines eisigen Winters. Karen konnte sich nicht vorstellen, was er dort oben vorhatte. Deshalb gab sie Christopher Bescheid und setzte sich am frühen Samstagmorgen in ihr Auto, um hochzufahren.

Als sie ankam, lag das Häuschen mit einer Mütze aus Puderzuckerschnee trügerisch friedlich zwischen den Bäumen. Das Wasser des Sees war zugefroren und das Licht der Sonne ließ es silbrig glänzen. Karen stieg ruhelos aus dem Wagen, ließ die Fahrertür zuknallen und ging zum Hauseingang. Er war unverschlossen. Im Flur brannte Licht und in der Diele standen Elliots Schneeschuhe. Daneben lagen seine Wollsocken als erbärmliche Knäuel. Karen rief den Namen ihres Bruders, doch es kam keine Reaktion. Sie suchte im Wohnzimmer, in der Schreibhöhle, im Schlafzimmer, aber er war nirgends zu finden. Das ganze Haus war auffällig ordentlich und hatte den leicht chaotischen Charme von damals verloren. Karen rannte in den Garten, wo ihr Blick sofort auf den großen Geräteschuppen fiel. Die Tür war nur angelehnt. Karen schob sie vorsichtig auf. Dort fand sie ihn. Ihren geliebten Bruder Elliot Hicks. Mit dem blauen Seil der Kinderschaukel um den Hals, die sie Mason zu seinem fünften Geburtstag geschenkt hatten. Er baumelte vom Dachbalken. Eine leere, kalte Hülle. Karen erschrak von ihrem eigenen, schrillen Schrei, der die Stille des Winternachmittags durchschnitt wie ein kaltes, scharfes Messer.

Kapitel siebenundzwanzig

Am Lake Superior, Michigan, im Jahr 2018

Die Fahrt vom Gästehaus zum früheren Ferienhaus seiner Familie würde etwa eine halbe Stunde dauern. Mason stand mit dem Handy im Flur, direkt neben dem WLAN-Router, als eine schlanke Frau mittleren Alters mit Ohrringen so groß wie Unterteller aus ihrem Zimmer kam und im Vorbeigehen bemerkte: „Schrecklicher Empfang hier, nicht wahr?"

Er erwiderte nichts, sondern sog das blinkende Licht des Routers in sich auf, als könnte es ihn beruhigen. Die Anspannung der vergangenen Tage hatte sich in Masons Gemüt festgebissen. Es gab nur noch einen Ausweg.

Der heutige Tag war verplant. Er würde den Abschiedsbrief noch hier im Gästezimmer schreiben und seine Sachen packen. Eine weitere Nacht würde von seiner VISA-Karte abgebucht werden, doch wen kümmerten jetzt noch solche Details? Jede weitere Stunde seines Lebens war eine vergeudete.

Mason hatte lähmende Angst vor seiner Krebstherapie und auch vor dem Zerfall seiner Ehe. Gleichzeitig fürchtete er einen schleichenden Tod. Viele Wochen oder gar Monate voller Unwohlsein und Schmerzen und überhaupt, worauf sollte er sich im Leben noch freuen? Worauf hatte er sich jemals gefreut? Höchstens auf eine eigene Familie.

Auch die Hoffnung, dass Edna ihn so akzeptieren würde, wie er nun einmal war, hatte ihn am Leben gehalten. Doch inzwischen war ihm klar, dass sie ihn verändern wollte. Dass ein Therapeut oder Tabletten ihn zu einem Menschen machen sollten, der umgänglicher war. Am letzten Morgen in ihrem gemeinsamen Zuhause hatte Edna eine Behandlung als einzige Chance für ihre Ehe genannt. Sie hatte es ihm direkt ins Gesicht gesagt. Ihre Worte hatten an ihm genagt, taten es noch immer.

Mason begann, seine T-Shirts auf dem makellos gemachten Bett zusammenzulegen. Anschließend waren seine Strickjacke und ein Extra-Hemd an der Reihe. Er wusste, bis zu welcher Stelle er die Ärmel falten musste, damit all die Oberteile exakt in den Lederkoffer passten, ohne zu verknittern. Er machte sich die Mühe, weil er seine kleine Welt ordentlich hinterlassen wollte. Bei dem Gedanken wurde er nicht einmal traurig. Dieses eine, schwere Gefühl, dass im Grunde genommen alles egal war, hatte sich in seinem Inneren ergossen. Dass jeder Einzelne von uns unbedeutend war. Dass das Leben an sich wertlos war.

Er musste an Edna denken, als er seine sechs Paar Unterhosen und Socken in den Spalt beim Deckelrand stopfte. Wieso nur hatte er so viele eingepackt? Edna trug immer schwarze, zeitlose Markenunterwäsche. Für sie kam nichts anderes infrage. Sie hatte selbst bei der Wäsche genaue Vorstellungen. Als sie einmal in

Masons Anwesenheit mit Madeleine darüber gesprochen hatte, hatte er so getan, als hörte er peinlich berührt weg. Edna sagte allen Ernstes: „Ich lege großen Wert auf meine Unterwäsche. Stell dir vor, ich habe einen Unfall oder einen anderen Notfall und werde mit dem Krankenwagen ins Hospital gefahren. Ich bin bewusstlos und die entkleiden mich dort ohne mein Wissen und sehen mich in einem verschlissenen Oma-Schlüpfer!"

Madeleine hatte damals herzhaft gelacht. Jetzt erwischte sich Mason dabei, wie ihm ein leises Lächeln über die Lippen huschte. Dann noch eins, das für wenige Atemzüge auf seinen Lippen gefror. Ja, er liebte Edna wahrhaftig und immer noch. Doch es reichte nicht aus, um in diesem Leben zurechtzukommen.

Nachdem er seine Route geplant und sie sich eingeprägt hatte, denn die Obere Halbinsel schien wenig Kontakt zu irgendwelchen Satelliten zu haben, schloss sich Mason im Gästezimmer ein. Er setzte sich an den Tisch und sah durch das Fenster auf einen verhangenen, graublauen Himmel.

Meine liebste Edna,

schrieb er mit zitternden Fingern auf einen Notizblock des Gästehauses. Er hatte ursprünglich nicht geplant, sich das Leben zu nehmen, sonst hätte er einen Briefbogen von zu Hause mitgenommen. Jetzt war Mason erleichtert, dass er den Abschiedsbrief seines Vaters nicht gelesen hatte, denn er hätte ihn, wenn auch nur unterbewusst, beeinflusst. Eine unerwartete, morbide Freude überfiel Mason, als hätte er zu viel Alkohol getrunken. Es war beinahe eine Befreiung, endlich zu wissen, was er tun wollte. Hier zu sitzen und einen Abschiedsbrief zu verfassen hatte etwas Poetisches. Masons Gedanken schweiften ab. Er würde das Ferienhaus aufsuchen und hoffte, dass dort gerade niemand zugegen sein würde. Wie dem auch sei, er würde die letzte Gegenwart seines Vaters atmen und anschließend die Schlaftabletten einnehmen, die er auf der Reise gekauft hatte. Am besten die ganze Packung auf einmal. Auch der Gedanke, auf das unendliche, eisige Wasser des Lake Superior hinauszuschreiten, war verlockend, doch Mason hatte Angst vor einem qualvollen Tod im kalten Wasser, nachdem er eingebrochen war. Es war besser, einzuschlafen. Wenn es denn so einfach war.

Ich sitze hier und denke an dich und sehe nicht, wohin mein Leben noch führen soll.

Mason strich den Satz wieder aus, zerknüllte anschließend das Blatt und fing von vorn an. Gab es so etwas wie eine Vorlage für einen Abschiedsbrief? Sollte man überhaupt einen hinterlassen? Oder machte man es dadurch den Hinterbliebenen nur noch schwerer? Mason fühlte sich ausgehöhlt, als hätte jemand seine Seele aus seinem Inneren gerissen. Er dachte auf eine erschreckend nüchterne Art über den Tod nach. Vielleicht war er tatsächlich nicht ganz bei Verstand.

Liebe Edna,

Seine Finger zitterten nun nicht mehr. Die Vorfreude, endlich nichts mehr ertragen zu müssen, vor allem nicht sich selbst, hatte etwas Verlockendes. Beinahe besänftigend rief ihn der Tod.

Aber was sollte er schreiben? Es hatte nichts Heroisches, sich umzubringen. Im Grunde genommen war es feige und passte zu seinem Wesen. Sollte er sich entschuldigen? Oder würde Edna erleichtert aufatmen, weil sie endlich für einen anderen, normaleren Mann frei war? Mason riss auch dieses Papier vom Block, erhob sich und beförderte alles in den Mülleimer in der hintersten Zimmerecke. Es würde keinen Abschiedsbrief geben, Punkt. Es gab nichts, was er Edna noch hätte mitteilen können. Doch, eine Sache gab es, doch die würde seinen Freitod für Edna nur unnötig schmerzhaft machen. Er könnte ihr seine Liebe gestehen. Das hatte er all die Jahre versäumt. Aber wem würde das etwas nützen? Es war einfacher, jemanden zu verlieren, der nicht einmal dazu in der Lage gewesen war, offen zu seinen Gefühlen zu stehen. Mason legte den Stift parallel neben den Block, zog seine Windjacke an, warf einen letzten Blick durch das Fenster, griff nach seinem Gepäck und machte sich auf seine letzte Reise.

Kapitel achtundzwanzig

Ann Arbor, Michigan, im Jahr 2008

Mason Hicks war am Morgen in das Zimmer in dem zweistöckigen, gelben Haus mit der weißgetünchten Veranda eingezogen. Das Gebäude gehörte der renommierten Universität von Michigan und Mason schätzte sich glücklich, dass er an ihr aufgenommen worden war. Er verdankte es ohne Zweifel hauptsächlich seiner Tante Karen, dass er sich auf das Studium an dieser Universität freuen durfte, denn ohne ihre Schecks, die regelmäßig in seinem Briefkasten lagen, wäre es für ihn undenkbar gewesen, sich diese Ausbildung zu leisten.

„Pack mal mit an, Hicks!" Es war Patrick Powell mit dem roten Haar, der versuchte, eine dunkelbraune, sperrige Kommode über die zwei Stufen zu hieven, die auf die Holzveranda führten.

Mason hatte sich gerade auf die zu weichen Kissen der Hollywoodschaukel gesetzt und wollte dem Verkehr zusehen, der bedächtig an der Ampel vor seiner Nase hielt. Die Lage des Hauses war nicht ideal, denn die Straße direkt davor führte ins Stadtzentrum, doch Mason wusste, dass man nicht alles im Leben haben konnte. Das war ihm schon längst klargeworden.

„Auf, Mason! Beweg deinen Arsch!" Patricks Kopf war schon hochrot angelaufen und der hagere Simon Schuster kam von dem U-Haul-Anhänger angerannt, um ihn beim Tragen zu unterstützen. „Mann, mit so einem verträumten Arsch kann ich nicht lange zusammenleben." Die Worte kamen zischend und gerade so laut aus Patricks Mund, dass Mason sie hören musste.

Er erhob sich und hielt die Windfangtür auf, damit die beiden Mitbewohner das Möbelstück durch den Eingang manövrieren konnten. Die Haustür hatten sie bereits mit einem Karton voller Bücher aufgestemmt.

Mason konnte sich nicht auf diesen Umzug konzentrieren. Seit Tagen schon litt er unter Kopfschmerzen an der Schläfe und am Hinterkopf und konnte die Anspannung nicht abschütteln. Tante Karen hatte ihn vor einer Woche in Pennsylvania abgeholt und es fertiggebracht, kein einziges Wort mit seiner Mutter zu wechseln. Nur ihre Blicke hatten sich kurz gekreuzt und es war, als müsste sich die Luft zwischen ihnen gleich entzünden.

„Hey, Hicks!" Patricks kräftige Stimme riss Mason aus den Gedanken. „Wir stecken fest."

Tatsächlich hatte sich das Möbelstück im Türrahmen verhakt, aber wer war Mason denn, dass er hier hätte helfen können?

„Hintereingang", schlug Simon vor und machte einen ersten Schritt rückwärts. Zu weit, denn sein Fuß landete unverhofft auf der ersten Stufe, sodass er das Gleichgewicht verlor und die Kommode fallenließ. Sie krachte laut auf die Veranda.

„Verdammte Scheiße!" Patricks Kopf war nun dunkelrot.

Mason sah besorgt zu Simon hinüber, der so dürr war, dass Mason um seine Knochen besorgt war. „Alles okay, Simon?"

Simon antwortete nicht, sondern erhob sich nur kopfschüttelnd und rieb sich die Handflächen an seiner Skinny-Jeans ab. „Alles okay mit dem Erbstück deiner Tante?", wollte er wissen.

Patrick bejahte und warf Mason einen giftigen Blick zu. „Mach die Hintertür auf, Hicks! Aber dalli!"

So fing es am Einzugstag an und es wurde nicht besser für Mason. Als er am ersten Abend allein in seinem fast leeren Zimmer in sich zusammengesackt auf dem Bett hockte, war er in Versuchung, seine Mutter anzurufen, hielt sich aber zurück. Schließlich war er kein kleiner Junge mehr. Seine Tante Karen könnte er kontaktieren. Noch dazu wohnte sie nur zehn Autominuten von hier entfernt. Trotzdem wollte Mason sie nicht belästigen. Sie hatte in ihrem Leben schon mehr als genug für ihn getan.

Um den bedrückenden Gedanken und dem sich langsam einschleichenden Gefühl der Einsamkeit zu entfliehen, begann Mason, die wenigen Kartons auszupacken, die er mitgebracht hatte. Das weiche Licht der untergehenden Herbstsonne schien durch das Fenster, das noch ohne Vorhänge war. Draußen hupte jemand wild.

Mason legte seine T-Shirts und Hosen behutsam in den Einbauschrank. Es hingen weiße Drahtbügel an der Kleiderstange, an denen er sorgfältig seine fünf Hemden und zwei Poloshirts anbrachte. Immer wieder musste er an seine Mutter denken. Wie sie mit der verwischten Wimperntusche im Türrahmen gestanden hatte, ihre Augen in Falten gebettet, ihr Blick müde. Sie hatte nur eine Hand zum Abschied gehoben, als wäre es nicht ein bedeutsamer Tag. Einerseits war Mason froh, endlich einen neuen Lebensabschnitt zu beginnen. Andererseits lähmte ihn die Angst, aus der ihm vertrauten Umgebung auszubrechen. Seine Rituale an einem fremden Ort durchführen zu müssen. Neue Leute kennenzulernen. An der Universität zur Schau stellen zu müssen, dass er jemand war und sich allmählich ein fundiertes Wissen aneignen würde.

„Mason!" Patrick klopfte kräftig an die Zimmertür. „Bist du da?"

Wo sollte er denn sonst sein? Mason steckte den Kopf durch den Türspalt. Patrick trug ein weißes Hemd zu seiner schwarzen Jeans und einen in Masons Augen femininen Schal um den kräftigen Hals.

„Wir gehen was essen und dann was trinken." Patrick sprach diese Worte wie selbstverständlich aus. Mason war noch nie mit Kumpels etwas trinken gewesen. „Willst du mitkommen?" In Patricks Augen glaubte Mason zu lesen: Lass es bloß bleiben, dich will eh keiner dabeihaben. Wir sind nur höflich.

„Ist schon okay." Mason senkte den Blick. „Ich bleibe lieber hier."

Nachdem die Tür unten geräuschvoll zugefallen war, sah Mason aus dem Fenster Patrick und Simon hinterher, die sich laut redend und lachend in Richtung Innenstadt entfernten. Er versuchte, sich wieder auf das Auspacken zu konzentrieren, stellte seinen Zahnputzbecher und den Mehrweg-Seifenspender in das Badezimmer, das er zu seinem Leidwesen mit den beiden teilen musste. Neben der Dusche hing schon ein ihm unbekannter, gestreifter Bademantel. In dem beigen Stehregal lagen neben einem Rasierer und einer Packung Kondome allerlei Badutensilien durcheinander. Mason sprühte Desinfektionsmittel auf das unterste Regal und stellte sein Duschgel, Anti-Schuppen-Shampoo und die Gesichtscreme für empfindliche Haut hinein. Dann füllte er Seife in seinen Spender, pinkelte und wusch sich die Hände. Auf der anderen Seite des Waschbeckens stand eine Billigseife im Einwegspender, die würde er niemals benutzen. Seinen eigenen grünen Spender gab es seit seiner Kindheit und seine Mutter hatte nichts dagegen gehabt, dass er ihn mitnahm. Ein mickriges Erbe, aber immerhin; es war nicht viel zu holen bei Cameron Hicks.

Zurück in seinem Zimmer bezog Mason sein Bett mit der blau-grün karierten Bettwäsche, die Karen ihm einst zum Geburtstag geschenkt hatte. Es war eine feine Qualität, das spürte er jedes Mal, wenn er mit den Fingern über die seidige Oberfläche des Stoffes strich.

In dem letzten Karton hatte Mason einige Bücher mitgebracht. Neben der Bibel, die er zur Konfirmation bekommen hatte, waren einige aktuelle Bestseller zum Zeitvertreib und ein Gedichtband von Lord Byron, der seinem Vater gehört hatte, mitgekommen. Seitlich im Karton steckte gut eingewickelt das einzige Foto, das Mason in seinem Zimmer aufstellen wollte. Behutsam wickelte er es aus dem Seidenpapier und betrachtete es, wie immer, länger als geplant. Dort saß er auf den Schultern seines Vaters, der seine dünnen Knöchel mit seinen langen Fingern umklammerte, damit Mason nicht rückwärts hinunterkippte. Das Lächeln war auf ihren beiden Gesichtern eingefroren, auch wenn Mason sich nicht daran erinnern konnte, dass sein Vater jemals gelacht hatte. Dieses Foto hatte seine Mutter geschossen, als sie einige Tage in ihrem Ferienhaus im Norden Michigans verbracht hatten. Im Hintergrund war die damals rostbraun gestrichene Fassade des Geräteschuppens zu sehen, in dem Mason mit seinem Vater ein Boot und einen Flugdrachen mit buntem Schwanz gebastelt hatte. Mason ließ das Bild sinken und schluckte schwer. In seinem Kopf begannen sich die Gedanken so wild zu jagen, dass er ihnen am liebsten entflohen wäre, aber wie? Er musste an seinen vierzehnten Geburtstag denken, an dem ihm Cameron offenbart hatte, dass sein Vater nicht an Krebs gestorben war. Damals änderte sich nicht nur seine Stimme von glockenhell zu männlich rau, sondern sein gesamtes Lebensbild. Auf einmal machte es Sinn, dass immer nur selten und wenn, dann im Flüsterton über Elliot Hicks gesprochen worden war. Von heute auf morgen schien ein anderes, bedrückendes Licht auf Masons Familiengeschichte und er machte seiner Mutter schwere Vorwürfe, dass sie ihn belogen hatte. Zwar nur wenige Jahre, aber trotzdem. Eine verschwiegene Wahrheit wurde mit der Zeit nur immer bitterer.

Mason stellte den Bilderrahmen auf den Schreibtisch, der Teil des spärlich möblierten Zimmers war. Wie viele Menschen hatten hier schon gesessen und sich die Köpfe mit Wissen gefüllt? Mason ging zum Bett, dessen Matratze neu war, und vermisste seinen Vater. Er schloss die Augen und versuchte, an nichts zu denken. Nicht einmal an sein bevorstehendes Studium, denn auch davor fürchtete er sich. Sein ganzes Leben war ein

Versteckspiel. Er selbst war der Gejagte, doch es gab nirgends einen Ort, an dem er unsichtbar war, vor allem nicht in seiner Gedankenwelt.

Schon nach dem ersten Semester dämmerte es Mason, dass das Studium der Mathematik nicht das war, was er sich erhofft hatte. Die Materie war trocken, ging zu sehr ins Detail, und seine Kommilitonen waren Wesen aus einer fremden Galaxie. Er hatte sich nur deswegen für die Beschäftigung mit Zahlen entschieden, weil er in der Schule immer die besten Noten in Mathematik gehabt hatte. Weil dort alles einen Sinn ergab und man meistens genau eine richtige Lösung fand. Diese Tatsache beruhigte Mason, denn im lauten Strudel des Lebens war es nicht so. Seine Nebenfächer, Philosophie und Psychologie, hielten ihn über Wasser, wobei er das letztere in der Hoffnung gewählt hatte, seine eigene Psyche heilen zu können. Doch das Gegenteil war der Fall: Das Wissen, das er sich Woche für Woche aneignete, hielt ihm rücksichtslos einen Spiegel entgegen, in dem er zwangsläufig die Hässlichkeit seiner eigenen Persönlichkeit erkannte. Er litt unter der Zwangserkrankung, gepaart mit einer selbstdiagnostizierten manischen Depression und chronischer Angst. Sein Schicksal schien vorbestimmt zu sein, denn er wollte keine bunten Pillen schlucken, um sein eigenes Seelenleben ertragen zu können und im schlimmsten Fall am Ende jemand zu sein, der er nicht war.

Ein lauer Frühlingsmorgen in einem Innenstadtcafé von Ann Arbor veränderte alles. Mason verließ gerade einen Second-Hand-Buchladen, um den Weg zum Uni-Campus anzutreten. Der Winter war lang und eisig gewesen und es war eine Freude, die sonnendurchflutete

Welt zu genießen. Mason hatte noch nie eine Freundin gehabt, nur nach jungen Frauen geschielt, die ihm attraktiv erschienen. Er lauschte peinlich berührt den Lauten, die oftmals am Wochenende aus Patricks und Simons Zimmern drangen, und fragte sich, was genau dort vor sich ging. Zwar hatte er als Jugendlicher erlebt, dass seine Mutter einen Mann vor seinen Augen küsste und ihm verführerisch die Hand auf den Oberschenkel legte, aber er selbst hatte keinerlei Erfahrung. Er empfand einen unterschwelligen Ekel, wenn er den Geräuschen lauschen musste.

„Hey, Mason!" Es war Madeleine, eine Kommilitonin aus einem Psychologiekurs, die ihm quer über die Straße hinweg zurief. Sie winkte aufgeregt wie ein vierjähriges Kind mit ihren Hasenzähnen und den abstehenden Ohren und Mason schaute erst nach links, dann nach rechts, obwohl er die Straße lieber an der Ampel bei der nächsten Kreuzung überquert hätte. Seine innere Stimme flüsterte ihm jedoch zu, dass das uncool gewesen wäre. Noch dazu hatte er bereits die ihm unbekannte Frau gesehen, die neben Madeleine an einem runden Tisch saß, beide mit ihren weißen Tassen vor sich und in bunte, modische Jacken gehüllt. Mit eiligen Schritten näherte sich Mason den beiden Freundinnen und nickte leicht mit dem Kopf, während ihm Madeleine zuerst die Hand entgegenhielt. Anschließend zog sie ihn zu seiner Überraschung an sich heran und umarmte ihn, als kannten sie sich schon seit der Kindheit.

„Das ist meine beste Freundin Edna." Madeleine hatte eine hohe, feste Stimme und einen Blick, der Mason unangenehm durchbohrte.

Er war sich sicher, sie würde eines Tages eine gute Psychologin werden und die Seelen ihrer Patienten aus ihren Körpern herausreißen, um sie rücksichtslos auf ihrem Schreibtisch zu sezieren.

Edna reichte Mason nur die Hand, deren Fingernägel hellrot lackiert waren. Sie hatte ein längliches Gesicht, wunderschön welliges, langes Haar und einen herzförmigen Mund.

„Schön, euch zu sehen." Mason wusste, dass er etwas sagen musste. Dabei wäre er am liebsten stumm in dem Anblick dieser Edna mit den dunkelbraunen Augen versunken.

„Möchtest du mit uns einen Kaffee trinken, Mason?" Madeleine deutete auf den freien Stuhl und Mason hatte das erste Mal in seinem Leben den Eindruck, eine Frau könnte an ihm interessiert sein. Aber leider war es die falsche, denn Mason hatte nur noch Augen für Edna.

Die drei plauderten über dies und das und die Zeit verging wie im Flug. Mason warf immer wieder einen Blick auf seine Armbanduhr, die einst seinem Vater gehört hatte, obwohl er wusste, dass die Frauen ihn ständig beobachteten. Er konnte allmählich nachvollziehen, dass es einen verbotenen Reiz hatte, stundenlang in einem Café zu sitzen und im Grunde genommen über nichts und wieder nichts zu reden. Denn das taten die beiden Frauen und so, als wäre Mason gar nicht anwesend. Trotzdem warfen sie ihm immer wieder diese warmen Blicke zu, vor allem Madeleine.

„Ich muss zur nächsten Vorlesung." Mason wollte nicht unhöflich sein, aber schließlich gab es die Zeit und man musste sich an Termine halten.

„Lass sie doch ausfallen und wir gehen lieber ins Arboretum", schlug Madeleine augenzwinkernd vor.

Mason wollte sich nicht von den Dingen im Leben, die ihm wesentlich erschienen, ablenken lassen. Hätte er gewusst, dass auch Edna an jenem Vormittag ein Auge auf ihn geworfen hatte, wäre er auf Madeleines Vorschlag eingegangen. So erhob er sich, bezahlte für alle drei Cappuccinos und verabschiedete sich mit einem scheuen Lächeln auf den Lippen. Während des zehnminütigen, strammen Fußmarsches zum Uni-Campus musste er immer wieder an Edna denken. Er musste sie näher kennenlernen.

Kapitel neunundzwanzig

Am Lake Superior, Michigan, im Jahr 2018

Kaum hatte sich Mason in seinen Wagen gesetzt und den Schlüssel ins Zündschloss gesteckt, kam jemand aus dem Restaurant auf ihn zu gerannt. Es war die Frau mit den tätowierten Armen, die wild in der Luft herumgestikulierte. Mason ließ das Fenster hinunter.

„Du hast was vergessen!" Keuchend hielt sie Mason den Gedichtband von Lord Byron entgegen. „Ich habe dich an der Glastür zum Restaurant vorbeigehen sehen und da dachte ich, ich gebe es dir gleich."

Mason war überrascht, hatte er tatsächlich das Buch liegenlassen? Es war untypisch für ihn, denn er kontrollierte normalerweise vor dem Verlassen eines Ortes immer mehrmals, ob er auch alles wieder mitnahm, womit er angekommen war. Vielleicht waren seine Gedanken schon zu sehr mit dem nahenden Rendezvous mit dem Tod beschäftigt.

Erste jetzt bemerkte Mason, dass die Frau mit ausgestreckter Hand dastand und ihn anlächelte. Ihre Wangen waren sehr rund, als hätte jemand sie ausgestopft, und ihre Augen ungewöhnlich grün.

„Danke." Mason nahm das Buch an. Ob man es ihm ansah, dass er sein Leben bald beenden würde? Stand ihm die Hoffnungslosigkeit ins Gesicht geschrieben?

Er haderte immer noch mit dem Gedanken, es in der Nähe des ehemaligen Ferienhauses zu tun. Einerseits wollte er nicht, dass man seinen Leichnam hier im Gästezimmer fand, andererseits aber auch nicht, dass man ihn sonst wo leblos entdeckte. Das Wasser wäre eventuell doch die bessere Lösung.

„Ich liebe Lord Byron." Die Frau riss Mason mit ihren Worten aus seiner geistigen Versunkenheit. „Hab das Zeugs studiert."

Mason glaubte, nicht recht zu hören.

„Meint man nicht, was?" Sie schien seine Gedanken lesen zu können. „Ich hab tatsächlich Literatur studiert."

„Das Buch hat meinem Vater gehört", hörte sich Mason sagen. Seine Arme und Beine fühlten sich auf einmal schwer an. Ein dumpfer Schmerz kroch seinen Hinterkopf empor.

„Geht es dir nicht gut? Du siehst so blass aus." Die Frau betrachtete Mason mit gerunzelter Stirn.

War dies das letzte Gespräch in seinem Leben? Es hatte auf einmal etwas Beängstigendes, bestimmte Dinge bewusst zum letztem Mal zu tun. Davor hatte Mason schon als Kind Angst gehabt. Er konnte sich nicht einmal daran erinnern, wie es gewesen war, seinen Vater zum letzten Mal gesehen zu haben.

„Steig lieber mal aus und schnauf durch." Die Frau riss ungefragt die Fahrertür auf. „Du siehst aus, als könntest du gleich zusammenbrechen." Sie legte ihre kräftigen Finger um Masons Oberarm und zog ihn vorsichtig aus dem Auto.

Mason atmete langsam und bewusst die kühle, klare Morgenluft.

„Soll ich dir einen Kaffee machen? Ich heiße übrigens Ellen."

Jetzt erst fiel Mason auf, dass Ellen ihn immer noch festhielt.

„Oder hast du es eilig?"

Hatte er es eilig? War es dringend, sich das Leben zu nehmen? Ein Vorteil, möglichst bald zu sterben? Mason wusste es nicht.

„Ein Kaffee wäre gut", sagte er schließlich und ließ sich wie ein kleines Kind abführen.

Die Gruppe der Frühstückenden hatte sich gelichtet. Es saßen nur noch fünf Personen im Speisezimmer und hinter dem Tresen hantierte ein hagerer, blonder Mann, den Mason zuvor noch nicht gesehen hatte, mit Gläsern und Tellern. Er sah für Mason aus wie ein kerniger Holzfäller.

„Das ist Rodney." Ellen hob kurz das Kinn in die Richtung des Holzfällers. Sie schien eine sehr aufmerksame Frau zu sein und Mason hatte nichts dagegen, noch ein wenig Zeit mit ihr zu verbringen. Jetzt hatte er noch die Möglichkeit, sich ein paar Stunden zu nehmen.

Ellen ließ Mason an einem Tisch direkt am Tresen Platz nehmen und verschwand für eine kurze Zeit in der Küche, bevor sie mit zwei dampfenden Kaffeetassen zurückkam und Mason gegenüber Platz nahm. Auf einem Teller brachte der Holzfäller einige runde Kekse mit Hagelzucker.

Mason betrachtete die Frau eindringlich. Bewunderte erneut das Grün ihrer Augen, ihre kräftigen Hände, das Entschlossene an ihr. Er selbst hätte niemals einen Menschen aus dem Auto gerissen.

Plötzlich keimte in ihm die Sehnsucht, vor seinem Ableben noch ein letztes, bedeutungsvolles Gespräch zu führen. Er konnte sich nicht daran erinnern, wann er es das letzte Mal getan hatte. All die großen Gespräche führte er mit sich selbst und seinen erdrückenden Gedanken.

„Was ist also deine Geschichte, junger Mann?" Ellen stützte das Kinn in die Hände und sah Mason aus den besonderen Augen an. „Du siehst aus, als wärst du einem Gespenst begegnet."

Ihre direkte Art überrumpelte Mason. Er wollte nicht über seine Lebensgeschichte sprechen.

„Du hast Literatur studiert?", fragte er stattdessen, in der Hoffnung, Ellen von sich selbst abzulenken.

„Erst bist du dran." Sie zeigte frech mit einem Zeigefinger auf Mason, bevor sie einen großen Schluck aus ihrer Tasse nahm. Von ihrem rechten Unterarm blickte Mason ein finsterer Wolf an, im Hintergrund hing ein unheimlicher Vollmond am Himmel.

Mason hatte noch nie viel von Tattoos gehalten, aber diese hier hatten ihren Reiz. „Ich bin nicht besonders interessant." Er nippte an seinem Kaffee, der ungewöhnlich stark war.

„Ach wo, das nehme ich dir nicht ab. Du siehst aus wie ein Literaturprofessor, mit deinem Sakko und deiner ernsten Miene."

„Mein Vater war Literaturprofessor." Masons Körper verkrampfte sich.

„Ist er tot?" Ellens Frage überraschte Mason. Sie war noch direkter als Edna.

„Er ist gestorben, als ich zehn war."

„Das tut mir leid."

Mason schwieg.

Ellen musterte ihn, als könnte sie wieder seine Gedanken erraten. Als müsste sie ihn nur lange genug anschauen.

„Er hat sich das Leben genommen." Mason sagte es, weil er das Gefühl hatte, Ellen würde es ohnehin bald aus ihm herauskitzeln. Auf eine unerwartete Weise tat es nun doch gut, darüber zu reden.

„Autsch." Ellen runzelte die Stirn, bevor sie Mason erneut mitleidvoll ansah. „Das ist ja schrecklich."

„Findest du es feige?" Mason wunderte sich über die eigene Frage, die ihm ohne Nachdenken in den Sinn gekommen war. Es war, als müsste er sich in dem Austausch mit Ellen treiben lassen und noch einmal alles loswerden, was ihn bewegte. Wer war besser dafür geeignet als eine Fremde? Und sollte die Polizei Ellen nach seinem Tod befragen, könnten ihre Aussagen den Abschiedsbrief ersetzen. Dann, wenn sie vielleicht herausfinden würden, dass Mason hier genächtigt hatte.

„Ob ich es feige finde, sich das Leben zu nehmen?" Ellen kaute auf der Unterlippe herum. Für eine Weile ließ sie den Blick zum Fenster schweifen. „Nein, eigentlich nicht. Ich hatte auch eine Phase, in der ich dieses Leben am liebsten geschmissen hätte."

Mason wurde hellhörig. Hatte das Schicksal sie zusammengeführt?

„Aber dann war ich doch zu feige, um es zu tun." Ellen lachte kurz auf und legte die Unterarme knapp vor die Tischkante. „Also ist es eher mutig. Warum fragst du?"

Sein Vater war in ihren Augen also mutig gewesen. So hatte es Mason noch nie betrachtet. Er hatte mit zunehmendem Alter einen unbeabsichtigten Hass gegen seinen Vater entwickelt, weil er ihn im Stich gelassen hatte. Weil er zu schwach gewesen war, die Schwere des Lebens zu ertragen. Und jetzt wollte er es ihm gleichtun?

„Ich wollte nur mal hören, wie andere darüber denken." Mason nahm noch einen Schluck Kaffee und rieb sich den Nacken mit der freien Hand. „Ich glaube, ich habe den Tod meines Vaters nie überwunden."

„Kann ich mir vorstellen."

„Ellen, der WLAN-Typ ist da!" Es war der Holzfäller, der laut in ihre Richtung rief.

Mason wollte nicht, dass ihr Gespräch so jäh beendet wurde.

„Entschuldige mich bitte. Falls du WLAN brauchst, das Passwort steht auf der Speisekarte."

Ellen erhob sich und Mason blieb verdutzt zurück. Sie erwartete also, dass er sich, sobald sie nicht da war, in eine virtuelle Welt flüchtete? Mason studierte die Speisekarte, die in einer Holzhalterung auf dem Tisch stand. Tatsächlich war dort ein wenig kreatives Passwort vermerkt, das ihm zuvor nicht aufgefallen war. Wahrscheinlich hatte man hier unten einen viel besseren Empfang, nur hatte er den Laptop oder das Handy beim Essen nie dabeigehabt. Es hätte ihm früher einfallen können, sich hier unten einzuwählen.

Jetzt zog er das Handy aus der Sakkotasche und zuckte erschrocken zusammen, als ein Klingelton erklang.

„Mason Hicks." Er erhob sich, durchquerte mit dem Handy am Ohr den Raum und blieb vor dem Fenster stehen. Zunächst kam keine Reaktion. Mason starrte auf das Wasser hinaus.

„Mason? Bist du es?" Er erkannte sofort Madeleines Stimme. Sie klang aufgeregt.

„Ja, hier spricht Mason."

„Mason, Gott sei Dank erreiche ich dich!"

Mason konnte sich nicht vorstellen, warum Madeleine ihn sprechen wollte.

„Mason, es ist etwas Furchtbares passiert."

Mason hielt den Atem an. Er wusste nicht, ob es angebracht war, eine Frage zu stellen. Also wartete er, bis Madeleine fortfuhr.

„Die Polizei hat mich angerufen."

Mason wünschte, Madeleine könnte zum Punkt kommen. In der nun folgenden Pause meinte er, ein Schluchzen zu vernehmen.

„Edna hatte einen Unfall."

„Einen Unfall?" Die Nachricht schlug ein wie ein Meteor. Mason holte tief Luft. Er hatte mit vielem gerechnet, aber nicht hiermit.

„Ihr Wagen ist auf der rutschigen Fahrbahn ins Schleudern geraten." Wieder hielt Madeleine inne, als hätte sie keine Kraft mehr weiterzusprechen.

„Wie geht es ihr?" Mason presste das Handy gegen die Wange. „Was ist mit Edna?"

„Sie hat schwere Verletzungen und liegt im Krankenhaus. Die Ärzte sind sich nicht sicher, ob sie das Baby retten können."

Mason verstand nicht. Über seine Kopfhaut breitete sich ein Kribbeln aus und er hatte das plötzliche Bedürfnis, sich hinzusetzen. „Welches Baby?"

„Edna ist schwanger, Mason."

Er ließ sich auf den nächsten Stuhl fallen und wusste nicht, was er sagen sollte. Seine Gedanken drehten sich zu schnell in einem Karussell, das niemals anhalten würde. Es sei denn, er könnte abspringen.

„Edna ist schwanger." Die fremden Worte tasteten sich vorsichtig über seine Lippen. Wie ein leiser Windhauch am Morgen, der sich später zu einen Sturm entwickelt.

„Wo steckst du, Mason?" Jetzt klang Madeleine beinahe hysterisch.

Mason erhob sich steif und steuerte auf die Tür zu, die auf den kleinen Parkplatz führte.

„In welchem Krankenhaus ist Edna?", fragte er, während er all seine anderen Pläne vergaß. Er würde sofort zu ihr fahren.

Kapitel dreißig

Ann Arbor, Michigan, im Jahr 2013

Mason war nun seit vier Jahren, fünf Monaten und einer Woche mit Edna ausgegangen, wie er es gern nannte. Nachdem Madeleine begriffen hatte, dass Mason kein Interesse an einer Beziehung mit ihr hatte, wandte sie sich binnen kürzester Zeit einem Architekturstudenten zu, den Edna aus einem Seminar kannte.

Verträumt dachte Mason an seinen ersten Kuss zurück, während Tante Karen an der weißen Gardenie an seinem dunkelblauen Sakko herumzupfte. Mason musste zugeben, dass er die Blüte etwas lieblos in sein Knopfloch gesteckt hatte. Diesen Frühsommertag erlebte er wie in eine Wolke gehüllt, dabei war es sein Hochzeitstag! Schon am Morgen hatte er an Spannungskopfschmerzen gelitten. Nun ließ er den Blick durch den Raum gleiten, in dem der Cocktailempfang nach der Trauung durch den Pfarrer, der Karens Nachbar war, stattfinden würde. Karen hatte für alles bezahlt: die weißen Stehtische mit den cremefarbenen Tischdecken, den exquisiten Blumenschmuck in Rot, Weiß und Blau, den Mason für zu patriotisch hielt, Edna aber umso mehr liebte, das fünfgängige Catering-

Menü, die Live-Band, die den langsamen Walzer so einfühlsam spielte, dass Mason die Tränen in die Augen geschossen waren. Er hatte bei der Generalprobe zugehört, während Edna ihre Probe-Make-up-Sitzung im Nebenraum gehabt hatte. Immer noch fragte sich Mason, was Edna an ihm fand. Sie hatte einmal, ganz am Anfang ihrer Beziehung, gesagt, sie habe sich in sein Wesen verliebt. Sie habe sich immer als Beute gefühlt, doch bei Mason sei es anders. Sie habe es nicht mehr gemocht, dass die Männer sie immer nur begehrten. Mason sei ihre Beute. Die beste Beute, die sie sich vorstellen könne.

„Bist du aufgeregt, Mason?" Tante Karen legte ihm die Hand auf die Schulter und schenkte ihm diesen weichen, wohlwollenden Blick, den er seit seiner Kindheit liebte. „Natürlich bist du das", fügte sie sanft lächelnd hinzu, als Mason nichts erwiderte. „Sei einfach du selbst." Sie legte nun auch die andere Hand auf seine Schulter und ließ sie dort schwer ruhen, als wollte sie ihren Lebensmut auf ihn übertragen.

Wie sehr seine Angst diesen Tag belastete, sagte Mason nicht. Ein Eheversprechen war nichts Leichtfertiges, sondern etwas fürs Leben. Dieser Gedanke schüchterte Mason ein. Wäre er ein anderer Mensch gewesen, hätte er den Tag unbeschwert genießen können.

„Sie ist übrigens gerade angekommen", bemerkte Karen so beiläufig wie möglich, konnte aber nicht verschleiern, dass sich ein bleischwerer Ernst über ihre Gesichtszüge legte. „Sie ist allein gekommen."

Mason wusste sofort, dass Karen von seiner Mutter Cameron sprach. Er hatte sie seit vielen Jahren nicht mehr gesehen. Sie hatte ihn nur einmal auf der Durchreise auf dem Weg an die Westküste kurz besucht. Sie tranken einen Kaffee zusammen. Ihren Gesprächen ging schon nach wenigen Minuten die Luft aus. Davon abgesehen, dass Mason nie viel zu sagen hatte, weil er sein Innerstes nur ungern nach außen kehrte, schien auch Cameron wenig redselig. Dabei machte sie Andeutungen, es könne große Veränderungen in ihrem Leben geben. Weitere Details verheimlichte sie ihm.

„Heiratest du etwa wieder?", fragte Mason im Scherz, hätte die Worte aber am liebsten sofort wieder in seinen Mund gesogen. Die meisten Gedanken waren nicht dazu da, ausgesprochen zu werden.

„Dazu wird es nicht mehr kommen." Camerons Stimme klang schwach, als torkelte ihr Lebenswille nur noch. Dann leerte sie ihre Kaffeetasse mit einem Schluck und starrte in die Ferne.

Mason hatte den Eindruck, dass eine trübe Erinnerung sie heimgesucht hatte, doch er hatte nicht gewagt zu fragen.

„Mason!" Tante Karen riss ihn aus den Gedanken an sein letztes Treffen mit seiner Mutter. „Sie möchte dich sprechen."

„Können wir das nicht auf später verschieben?" Mason trat kalter Schweiß aus den Poren. Ungeschickt lockerte er seinen Hemdkragen und sah Karen flehend an. „Sag ihr, dass ich jetzt zu nervös bin."

Als er eine halbe Stunde später vor dem Altar stand und auf seine geliebte Edna wartete, nickte ihm der weißhaarige, dickbäuchige Pfarrer ermutigend zu. Er hatte in den Vorgesprächen früh aufgegeben, Mason

Informationen zu entlocken. Dafür hatte Edna gezwitschert wie ein aufgeregter Vogel bei Frühlingsanbruch. Mason hatte befürchtet, sie stoppen zu müssen. Spätestens dann, wenn es zu der ersten gemeinsamen Nacht in Ednas Zweizimmerwohnung kam. Doch irgendwann schien auch Edna eine Grenze zu spüren, deren Überschreitung ihr peinlich geworden wäre.

Masons Blick war schon mehrere Male zu seiner Mutter gewandert, die in der ersten Reihe saß. Sie trug ein enganliegendes, hellblaues Kleid mit weißen Rosen am Saum, das knapp über dem Knie endete. Ihr schwarzes Haar war kurz geschnitten und von grauen Strähnen durchzogen. Ihre Haut spannte über den kantigen Wangenknochen.

Als Edna die Kirche betrat, versuchte Mason, sich auf sie zu konzentrieren und alle Erinnerungen und Bedenken, ob er ein guter Ehemann werden würde, beiseitezuschieben. Er wusste, dass er sie immer nur eine Zeitlang verscheuchen konnte, sie waren wie ein Bumerang.

In ihrem Kleid, das Mason bisher noch nicht gesehen hatte, hätte Edna einem Märchenbuch entstiegen sein können. Der ausladende Rock war ein kompliziertes Schichtwerk aus verschiedenen transparenten Stoffen und ihr Schleier so lang, dass er sich immer wieder an den Stühlen am Gang verfing und von den dort sitzenden Personen befreit werden musste. Karen hatte sich Kinder gewünscht, die die Schleppe trugen, aber wen hätten sie da schon auftreiben können? Die Familie samt weniger Freunde und Bekannte war auffallend kinderlos oder beinahe schon vergreist.

Ednas Haarpracht war gebändigt und auf komplizierte Weise auf ihrem Hinterkopf aufgetürmt. Vor ihrem Gesicht hing ein hauchdünner Schleier, sodass Mason sie kaum erkennen konnte. Aber er sah ihren vertrauten, beschwingten Schritten zu, mit denen sie am Arm ihres dunkelhaarigen, schmächtigen Vaters den Gang entlangglitt. Mason schätzte sich glücklich, solch eine Frau gefunden zu haben. Er hatte nicht einmal suchen müssen, sie hatte vielmehr ihn ausgesucht. All die gemeinsamen Ausflüge und Theaterbesuche hatten gezeigt, dass Edna ein Organisationstalent war. Dass ihr Herz voller Energie für das Leben in Flammen stand und dass sie trotzdem Masons bescheidenes Wesen dulden konnte.

„Du beruhigst mich", sagte sie oft, während sie mit ihren langen, schmalen Fingern über Masons Brust streichelte. „Du bist ein guter Mensch. Vielleicht zu gut für diese Welt."

Als Edna endlich neben ihm stand, verstummte die Orgel und der Pfarrer begann zu sprechen. Die Zeremonie war kurz und prägnant, so, wie es sich Edna gewünscht hatte. Sie hatte alle Lieder und Gebete ausgesucht. Mason fragte sich in stillen Stunden, ob sie an Gott glaubte. Nicht, dass die Gretchenfrage für ihn wesentlich war, denn er war sich selbst nicht sicher, was er glauben sollte. Es gab keinerlei Beweise, weder für noch gegen die Existenz Gottes. Trotzdem meinte Mason manchmal, wenn der Frühnebel noch tief über den Feldern lag und der sanfte Schein der aufgehenden Sonne die Welt in ein mysteriöses Gelb tauchte, zu spüren, dass es da etwas gab. Etwas unendlich Großes, das den gesamten Weltraum umarmte und unsere Vorstellungkraft überstieg. Etwas, das vielleicht ab und zu eine schützende Hand über uns hielt und uns nicht unserem Schicksal überließ.

Als Mason langsam den Schleier vor Ednas Gesicht lüftete, um ihr einen Kuss auf den herzförmigen Mund zu drücken, musste er wieder an das erste Mal denken, als sich ihre Lippen einander genähert hatten. Dazu wäre es niemals gekommen, hätte Edna nicht dieses spritzige, offene Wesen. Mason fragte sich, während er gemeinsam mit seiner Ehefrau bedächtig das Kirchenschiff durchschritt, was er sich von dieser Ehe erhoffte. Wenn er ehrlich zu sich selbst war, dann sehnte er sich nach einer eigenen Familie mit Kindern, auch wenn er vor der Vaterrolle einen lähmenden Respekt hatte. War er ihr überhaupt gewachsen?

„Mason!" Die Stimme seiner Mutter ließ ihn zusammenzucken. Sie hob den Arm und winkte ihm lächelnd zu, als hätte er etwas geleistet, worauf sie stolz sein konnte. Dabei hatte er das noch nie in seinem Leben getan.

Zu dem Cocktailempfang kamen zu Masons Erstaunen zahlreiche Gäste, darunter hauptsächlich Ednas Freundinnen und ihre Partner oder Ehemänner. Es fehlte das vergnügliche Kinderlachen, das für Mason zu solch einem Fest gehörte. Stattdessen wurde eine Champagner-Flasche nach der anderen mit einem lauten Plopp entkorkt.

„Endlich kann auch ich dir gratulieren!" Cameron legte Mason die dürre Hand auf den Unterarm, als gehöre es sich nicht, den eigenen Sohn zu umarmen. Auch Mason zögerte, wurde aber von seiner Frau aus der unangenehmen Situation befreit, als sie sich mit zwei vollen Sektgläsern näherte.

„Da ist sie ja, meine Edna!" Cameron schlug die Hände vor der Brust zusammen.

Mason empfand die Szene als übertrieben, schließlich konnte er an einer Hand abzählen, wie oft seine Mutter Edna in all den Jahren begegnet war. Jedes Mal hatten sie sich aber blendend verstanden.

Cameron zog Edna in eine kurze, mechanisch wirkende Umarmung und wandte sich dann wieder ihm zu, diesmal in einem ungewohnten Flüsterton. „Dave Dufek ist sehr krank." Cameron fixierte ihren Sohn mit einem Blick, dem die mütterliche Liebe fehlte. „Er ist vor einer Woche ins Krankenhaus eingeliefert worden, der Arme."

„Ich lass euch wieder allein." Ednas Stimme klang beschwingt. Sie hatte natürlich sofort richtig gedeutet, dass sich Cameron nach einem persönlichen Gespräch mit ihrem Sohn sehnte.

Auch wenn sich Mason beim nächsten, zu laut geratenen Atemzug fragte, ob seine Hochzeit der passende Moment war, um über die Erkrankung seines Stief-Großvaters zu sprechen.

„Was fehlt ihm denn?", fragte Mason anstandshalber und musste sich gleichzeitig eingestehen, dass es ihn nicht im Geringsten interessierte.

„Er hat Leukämie und es wurde viel zu spät bemerkt. Diese Ärzte!" Cameron blickte mit einer gespielten Empörung zur Decke.

Mason erwiderte nichts, sondern betrachtete seine Mutter wie eine fremde, ältere Frau, deren Lebensweg niemals parallel mit dem seinen verlaufen war. „Das tut mir leid." Er senkte den Blick. „Ich hoffe, es geht ihm bald wieder besser."

In die nun folgende, peinliche Stille zwischen Mason und seiner Mutter platzten der Reihe nach verschiedene Gäste, um dem Bräutigam zu gratulieren. Die meisten von ihnen kannte Mason nur flüchtig. Auch Segelohr-Madeleine war irgendwann an der Reihe. Sie trug ein tiefrotes Abendkleid, das ihren üppigen Brustansatz betonte, und duftete penetrant nach einem blumigen Parfüm.

„Ich wünsche euch von Herzen alles, alles Gute, Mason!" Sie drückte Mason so fest an sich, dass es ihm unangenehm war.

Cameron stand immer noch neben Mason und beobachtete ihn wie ein seltenes Tier im Zoo.

„Edna und Mason! Das klingt schon zu schön, um wahr zu sein!" Mit diesen Worten drückte ihm Madeleine zwei saftige Küsse auf die Wange.

Mason befürchtete, dass ihr dunkler Lippenstift Spuren hinterlassen hatte.

Tanzen war nicht das, was Mason von Natur aus konnte. Trotzdem ließ er sich von Edna, mit der er einen Tanzkurs besucht hatte, immer wieder dazu überreden. Ihr Atem roch schon bald nach Alkohol und ihre Bewegungen wurden immer geschmeidiger und anzüglich. Nachdem sie den letzten Gast gegen einundzwanzig Uhr verabschiedet hatten, stand Mason mit seiner Frau allein im stickigen Garderobenraum. Edna zog die Tür zu und verriegelte sie, warf Mason einen ungezogenen Blick zu und lächelte anschließend pikant. Mason ließ zu, dass sie sich vor ihm auf die Knie fallen ließ, den Gürtel löste und seinen Hosenladen in aller Ruhe öffnete.

Kapitel einunddreißig

Michigan, im Jahr 2018

„Du bist gekommen?" Edna brauchte nicht die Augen zu öffnen, um Masons Hand auf der ihren zu erkennen. Sie umfasste sie, spürte seine langen Finger. Die trockenen Stellen zwischen ihnen. Sie streichelte sein schmales Handgelenk, das einem Schulmädchen hätte gehören können.

Seit einem Tag war Edna wieder bei Bewusstsein. Auf ihrem Kopf lastete ein bleierner Druck. Mit Mühe öffnete sie die Augen.

„Seit wann bist du schon hier?" Sie war sich nicht sicher, ob sie nur träumte oder ob Mason tatsächlich wieder in ihrem Leben war.

„Seit neunundvierzig Stunden." Masons Stimme klang erschöpft.

„Ich muss dir so viele Dinge erklären." Ein dumpfer Schmerz durchzuckte Ednas linke Seite. Instinktiv wollte sie mit der anderen Hand ihren Rumpf befühlen, merkte dann aber, dass sie am Tropf hing. Ihr nächster Gedanke war bei dem Ungeborenen.

„Was ist mit unserem Baby, Mason?" Erst jetzt wurde ihr klar, dass Mason vielleicht noch nichts von ihrer Schwangerschaft wusste.

„Die Schwangerschaft ist stabil", schaltete sich die Schwester ein, die gerade die Vorhänge am Fenster zugezogen hatte. „Wir sind sehr zuversichtlich."

Ein Lächeln legte sich auf Ednas Lippen.

„Wie geht es dir?" Mason formte nun mit beiden Händen eine schützende Schale um Ednas Hand.

„Es geht so. Es könnte aber auch schlimmer sein." Edna sah ihren Mann aus müden Augen an. „Wie konnte das nur passieren?"

In dem Moment ging die Zimmertür auf und Karen trat ein. Sie trug ein schmales, dunkelblaues Kleid und die hochhackigen Schuhe klapperten wie Pferdehufe auf dem Linoleumboden. Um ihren Hals hing ein bunter Schal und in der einen Hand hielt sie einen Blumenstrauß, der noch in Seidenpapier gewickelt war.

„Was machst du für Sachen, meine Liebe." Karen reichte der Schwester die Blumen, die diese auspackte und in eine Vase auf den Fenstersims stellte. Es waren gelbe Tulpen, viele der Knospen waren noch verschlossen.

Karen zog einen Stuhl von der Wand an Ednas Bett und setzte sich. Etwas steif beugte sie sich zu Mason hinüber und drückte ihm einen Kuss auf die Stirn.

„Schön, dass du wieder da bist", sagte sie nur.

Edna empfand die Szene als unwirklich. Noch nie hatte Karen sie *meine Liebe* genannt. Noch nie hatte sich Edna so ausgeliefert gefühlt. Noch nie so elend. Gleichzeitig war ihr bewusst, dass ihr Unfall im Moment alles andere übertünchte. Die Vergangenheit verblasste, wenn die Gegenwarte zu viel Energie forderte.

Edna hatte viele Fragen, war aber zu schwach, um sie jetzt zu stellen. Ihr Unmut, dass Karen Mason hatte ziehen lassen, war verflogen. Es war bloß Verwunderung über den Lauf der Dinge übriggeblieben. Neben einer unerwarteten Freude, dass Karen an ihrem Bett saß.

„Du bist schwanger ..." Masons Augen wurden feucht. Er streichelte Ednas Hand.

Es rührte Edna, dass sein langgehegter Wunsch endlich in Erfüllung gegangen war, aber sie konnte sich nicht im Glückstaumel fallenlassen. Wie auch, bei den ungewissen Umständen?

„Wenn alles gutgeht, werden wir ein Baby haben." Sie legte so viel Begeisterung wie möglich in ihre Stimme.

„Freust du dich denn nicht?" Mason musste ihre Gefühlslage deutlicher spüren, als ihr lieb war.

„Sie ist sicherlich müde, Mason." Karen legte Mason eine Hand auf die Schulter. Edna sah sie dankbar an.

„Der Doktor wird bald zu einer Untersuchung kommen, wenn Sie so lange in der Cafeteria Platz nehmen könnten." Die Schwester warf Karen und Mason einen freundlichen Blick zu.

Die beiden erhoben sich, während Edna ihnen nachsah. Karen in ihrem altmodischen Outfit. Mason neben ihr, ein wenig in sich zusammengesackt, mit den nach vorn gebeugten Schultern. Sie würde ihm niemals von Mr. Chesterfield erzählen.

Mason und Karen saßen unter dem hohen Milchglasfenster an einem Tisch, jeder mit einem Styroporbecher Instant-Kaffee in der Hand und finsteren Mienen. Edna war gerade einmal eine Stunde unterwegs gewesen, als sie ihren Unfall hatte. Ein Lastwagen war an einer unübersichtlichen Stelle nach links abgebogen. Bei strömendem Regen, der einen milchigen Schleier auf die Windschutzscheibe legte, und gefährlich nasser Fahrbahn. Edna hatte die Kontrolle über den Wagen sofort verloren, lenkte ruckartig nach rechts, um einer Kollision auszuweichen. Zum Glück waren die beiden Spuren zu ihrer Rechten zu dem Zeitpunkt leer gewesen, denn für einen Blick in den Rückspiegel war keine Zeit gewesen.

„Wo bist du gewesen, Mason?" Karens Blick war kalt und herausfordernd. Er machte Mason Angst. Nervös rutschte er auf die Kante des unbequemen Stuhls und lehnte sich nach vorn über den Tisch. In dem Raum saßen noch zwei weitere Personen, er wollte nicht riskieren, dass jemand mithörte.

„Ich bin in den Norden gefahren."

„Also hatte Edna recht."

„Edna hat immer recht."

Karen winkte genervt ab. „Hör auf damit. Warum machst du dich ständig selbst schlecht?"

Karen sprach eindeutig zu laut, denn der grauhaarige Herr in dem karierten Flanellhemd, der sich eben einen weiteren Kaffee aus dem Automaten gelassen hatte, schaute verstört zu ihrem Tisch herüber.

„Können wir das ein andermal besprechen?" Mason war unbehaglich zumute. Außerdem hatte er keine Lust, sein Seelenleben zu sezieren. Das tat er allzu oft. „Ich werde bald Vater eines Babys sein, Karen. Kannst du dir das vorstellen?" Er hoffte, Karen würde den Themenwechsel kommentarlos akzeptieren. Das tat sie aber nicht.

„Kannst du dir vorstellen, Mason, dass sich hier viele Sorgen um dich gemacht haben?" Sie schien aufrichtig wütend zu sein. „Du verschwindest einfach und man kann dich nicht erreichen."

„Es tut mir leid." Er schluckte schwer. Auf einen Schlag wurde ihm bewusst, dass im Grunde genommen er schuld an Ednas Unfall war. Wäre er an jenem Abend nach Hause gegangen, wäre es niemals zu ihrem nervösen Aufbruch in Richtung Norden gekommen. Es machte die Sache noch unerträglicher. Da war nur der eine Hoffnungsschimmer: das ungeborene Kind in Ednas Bauch.

„Vielleicht ist es an der Zeit, die Vergangenheit zu beleuchten." Karen seufzte. Sie wirkte älter als sonst. „Wir brauchen nur ein Haar von dir und von mir und eine DNA-Analyse. Es ist kein Problem."

„Warum kommst du jetzt mit dieser Idee?" Mason wunderte sich über diesen Vorschlag. Nie zuvor war Karen so etwas Unerhörtes in den Sinn gekommen. Falls doch, hatte sie es ihm gegenüber jedenfalls nie erwähnt.

„Weil ich sehe, dass es dich quält. Und weil es, entgegen meiner ursprünglichen Einstellung zu diesem Thema, vielleicht in diesem Fall doch besser ist, die Wahrheit zu kennen."

Mason zuckte unwillkürlich mit den Schultern und mit dem Kopf leicht nach rechts. Er hatte damals, nach dem Tod seines Vaters, einen ähnlichen Tick gehabt.

„Es wird einfacher für dich sein, das Vergangene aufzuarbeiten, wenn du die Tatsachen kennst." Karen wollte Mason Hand ergreifen, doch er zog sie weg.

„Ich glaube nicht, dass ich die Wahrheit kennen möchte." Er presste die Lippen zusammen. „Zu viel

Wahrheit ist nicht gut. Vielleicht kann ich sie nicht ertragen."

Karen erwiderte nichts, sondern trank langsam aus ihrem Becher.

„Vielleicht ist es für jemanden wie mich besser, nach vorn zu schauen. Jetzt habe ich etwas, worauf ich mich freuen kann. Edna und ich werden eine Familie sein."

„Du glaubst, ein Baby wird alles verändern?" In Karens Stimme klang bitterer Frust mit.

„Ich hoffe es."

„Ich wünsche es dir, Mason. Aber manchmal lassen sich die Dinge im Kern nicht ändern. Auch dann nicht, wenn die Umstände neu sind. Du und Edna, ihre seid wie Feuer und Wasser."

„Nein, ich werde mich bessern." Mason meinte es aufrichtig, las aber in Karens Gesichtsausdruck bodenlose Enttäuschung.

„Es ist nicht der Sinn einer Ehe, dass einer der Partner sich ändern muss." Karen schüttelte den Kopf.

„Ich meine nicht meine Ehe, sondern mein ganzes Leben."

„Du willst dich umkrempeln?" Karen schüttelte den Kopf. „Tut mir leid, Mason, aber ich muss dir im Vorfeld sagen, dass dir das nicht gelingen wird. Manche Dinge im Leben sind nur schwer zu akzeptieren, aber man muss lernen, sie hinzunehmen. Sonst wird alles zur Qual."

Mason wusste genau, welche unabänderlichen Tatsachen Karens Leben geprägt hatten. Er spürte ihre unterdrückte Wut. Sie war ein Leben lang bei allem, was sie sagte und tat, hindurchgesickert. Ihre Fassade hatte viele Risse.

„Ich freue mich von Herzen auf dieses Baby, Karen."
Mason ertappte sich dabei, dass sich ein langgezogenes
Lächeln in seinem Gesicht festbrannte.

„Ich gönne es dir, es ist nur ..."

„Hör bitte auf mit deinen Zweifeln." Mason wunderte
sich über die eigene Courage. „Versteh mich doch, Karen. Ich möchte endlich glücklich sein."

Kapitel zweiunddreißig

Ann Arbor, Michigan, im Jahr 2015

Mason bewunderte die Selbstverständlichkeit, mit der Edna ihre berufliche Laufbahn verfolgte, ohne es ihr jemals zu sagen. Er wusste nicht, ob sie seine anerkennenden Blicke deuten konnte, und er wollte nicht danach fragen. Manchmal war es so, als hätte ihn schon seine Kindheit mit einer Binde aus Schweigsamkeit geknebelt.

Als der überraschende Anruf seiner Mutter kam, lag Mason mit einem Buch von T.C.Boyle auf dem Bett und wurde aus einer Welt gerissen, von der er sich gern hätte einsaugen lassen. Er bewunderte diesen Mann, der es schaffte, mit gekonnt gewählten Worten bunte Bilder in seinem Kopf zu malen und Emotionen wachzurufen, die er aus dem echten Leben kannte. Nur waren sie hier viel intensiver.

„Mason?" Cameron klang gequält. „Hast du Zeit?"

„Ich habe immer Zeit." Mason ging mit dem Hörer in der Hand im Schlafzimmer auf und ab. Sein Blick fiel auf Ednas Nachttisch, auf dem zwei leere Medikamentenfläschchen lagen, die sie regelmäßig in der Apotheke nachfüllen ließ. Sie fand für alles eine Pille und schluckte sie bedenkenlos. Mason schüttelte den Kopf, bevor er sich auf den Anruf zu konzentrieren versuchte. „Gibt es ein Problem, Mom?"

Eine Weile schwieg Cameron, bevor sie sachlich sagte: „Ich habe Lungenkrebs. Und es sieht nicht gut aus."

Mason nahm auf der Bettkante Platz und fuhr sich mit der freien Hand durch das Haar. Es war eine Sache, ab und zu von jemandem zu hören, um über Belangloses zu sprechen, und eine andere, fast nie von einer Person zu hören und dann gleich so etwas. Mason fühlte sich nicht in der Lage für solch ein kompliziertes Thema. Er war ein guter Zuhörer, doch er wusste im Vorfeld, dass er keine Worte finden würde, um seiner Mutter Trost zu spenden. Er würde zu ihr reisen können, mehr nicht.

„Ich habe kein gutes Gefühl, Mason." Cameron seufzte. „Und es gibt viele Dinge, die ich dir gern sagen möchte."

Mason war verwirrt und gleichzeitig gerührt, dass seine Mutter im Angesicht des Todes seine Nähe suchte. Zeitgleich ängstigte ihn die Dringlichkeit dieses Anrufs.

Mason hatte ein gutes Verhältnis zum Tod. Seit sein Vater gegangen war, hatte er eine Akzeptanz dafür verinnerlicht, dass er jedem einzelnen von uns eines Tages begegnen würde. Es war besser, sich rechtzeitig mit ihm anzufreunden. Er hatte diese Haltung nie mit jemandem geteilt, nicht einmal mit Edna.

„Ich habe Karen angerufen, sie wird mich morgen besuchen."

Diese Worte überraschten Mason, denn er hatte nicht damit gerechnet, dass ausgerechnet Karen eine Einladung an das Sterbebett seiner Mutter bekommen würde. Oder war es noch nicht so weit?

„Bist du im Krankenhaus?" Seine Frage war wenig sentimental und er schämte sich im nächsten Moment. Die Beziehung zu seiner Mutter war so trocken wie ein Mürbeteig. Auch damit hatte sich Mason abgefunden. Überhaupt war ihm in letzter Zeit vieles gleichgültig geworden.

„Ich werde nicht ins Krankenhaus gehen. Vielleicht ist das hier die berühmte Gerechtigkeit." Jetzt klang Cameron betrübt. Mason betrachtete den Tod nicht als Strafe, in vielen Fällen eher als Erlösung. Vielleicht konnte das Sterben die ständigen Ängste endlich auslöschen.

„Ich kann Karen begleiten." Mason hielt diesen Vorschlag für gut, doch Cameron schien anderer Meinung zu sein.

„Ich möchte, dass sie allein kommt."

Mason verstand nicht, warum, fragte aber nicht weiter.

„Dann komme ich dich nächste Woche besuchen."

„Das würde mich freuen, Mason."

„Darf ich Edna mitbringen?"

„Sehr gern, sie ist eine entzückende Frau!"

Dass seine Mutter ihre Schwiegertochter mochte, war kein Geheimnis, und der geographische Abstand erleichterte den Umgang. Sie sahen sich nur an Thanksgiving, Weihnachten und runden Familiengeburtstagen.

„Ich freue mich auf deinen Besuch." Camerons leise Stimme riss Mason aus den Gedanken. Er war überrascht, als seine Mutter nach diesen Worten einfach auflegte.

Als Karen Camerons Zuhause von außen betrachtete, durchzuckte sie sofort der Gedanke, dass Mason aus den falschen Verhältnissen stammte. Die Fassade des grauen Hauses, das an der Kreuzung zweier wenig befahrener Landstraßen lag, war verwittert und der Garten ungepflegt. Karen zog die eleganten schwarzen Lederhandschuhe aus und klopfte an die Tür. Bald darauf hörte sie die schlurfenden Schritte ihrer Schwägerin. Als sie öffnete, erstarrte Karen bei ihrem Anblick. Die Haut um Camerons Augen war aufgequollen und gräulich verfärbt und ihr von breiten weißen Strähnen durchzogenes Haar unfrisiert. Sie trug eine karierte Flanell-Jogginghose, die Elliot gehört haben musste, ein weißes T-Shirt und darüber eine weinrote Strickjacke mit Zopfmuster, die auch eher zu Elliot gepasst hätte.

„Karen! Schön, dass du gekommen bist." Cameron drückte mit sichtlicher Mühe die Windfangtür auf, die sich nur widerwillig in den Angeln bewegte, und bat ihre Schwägerin herein. In dem Haus roch es nach verbranntem Toastbrot und Kamillentee.

„Darf ich dir etwas anbieten? Du musst nach der langen Fahrt müde sein." Cameron entfernte sich in die kleine offene Küche, während sich Karen auf das fleckige Sofa fallenließ.

Sie war tatsächlich erschöpft, auch wenn Cameron seit einigen Jahren weiter westlich lebte, sodass die Fahrt nicht ganz so lang war. Karen fragte sich, womit

Cameron ihr Geld verdiente, traute sich aber nicht, Fragen zu stellen. Es gab wenige Menschen in Karens Leben, in deren Gegenwart sie sich gelöst genug fühlte, um unbekümmert über Dinge zu reden. Dazu gehörten ihr Ehemann Christopher, ihre zwei besten Freundinnen und Mason. Punkt.

Karen ließ den Blick durch den Raum schweifen. Die Vorhänge waren aus dunklem Samt, als wolle Cameron die Außenwelt für immer aussperren. Der Boden war mit edlen Perserteppichen ausgelegt, die Elliot gemocht hatte. Auf dem Kaminsims stand ein silbern eingerahmtes Foto, auf dem Mason zu sehen war, wie er auf Elliots Rücken reitet. Es musste kurz vor Elliots Suizid entstanden sein. Karens Augen wurden feucht, während sie den Ausdruck auf dem Gesicht ihres Bruders betrachtete. Manchen Schmerz linderte nicht einmal die Zeit. Ob Elliot damals schon gewusst hatte, was er bald tun würde? Ob er gespürt hatte, dass das Leben schon lange unerträglich für ihn geworden war? Und warum nur hatte er sich nicht an sie gewandt? Hatte es die strenge, wenig sentimentale Erziehung in ihrem Elternhaus versäumt, ihnen beizubringen, dass es gut war, vertrauten Personen ab und zu einen Einblick in die eigene Seele zu gewähren? Vor allem dann, wenn sie blutete.

„Karen?" Cameron stand neben dem Herd und sah Karen fragend an.

„Entschuldige bitte, hast du etwas gesagt?"

„Ich habe gefragt, ob du gern Früchtetee oder lieber Schwarztee möchtest. Oder vielleicht einen Kaffee?" Cameron klang sehr zuvorkommend, wie jedes Mal, wenn Karen ihr begegnet war. Sie musste zugeben, dass ihre Schwägerin ihre Reize hatte, die immer noch durch ihr nun verwelkendes Äußeres hindurchblitzen.

„Ein Kaffee wäre wunderbar, danke." Karen lächelte ihre Schwägerin an und fuhr mit den Handflächen über die raue Oberfläche des Sofastoffes. Dann rückte sie den Dutt an ihrem Hinterkopf zurecht und seufzte.

Es dauerte eine kleine Ewigkeit, bis Cameron mit einem Holztablett zurückkehrte, auf dem zwei dampfende Tassen und ein Milchkännchen standen. Auf einem Teller lagen Haferkekse.

„Danke, dass du gekommen bist." Cameron nahm in einem auffallend großen Abstand zu Karen Platz und ergriff ihre Tasse. „Bitte, nimm dir, was du brauchst." Mit einer etwas zu ausladenden Bewegung deutete sie auf das spärliche Angebot auf dem Beistelltisch.

Du wolltest reden, dachte Karen, lehnte sich nach vorn, griff nach der Kaffeetasse und wärmte die kalten Finger an ihr. Sie konnte sich nicht erinnern, wann sie das letzte Mal mit ihrer Schwägerin allein gewesen war. Nicht einmal daran, ob es jemals vorgekommen war.

„Ich sehne mich nach Gesellschaft." Cameron starrte auf den Teppich vor dem Sofa. „Je schlechter es mir geht, desto weniger will ich mit mir selbst allein sein."

Da bist du anders als mein Bruder, dachte Karen. Aber nicht nur in dieser Hinsicht.

Karen wartete, bis Cameron weitersprach. Zuhören war das Einzige, wozu sie jetzt in der Lage war. Im Augenblick fragte sie sich sogar, warum sie diese lange Reise auf sich genommen hatte. Aus Mitleid? Konnte sie tatsächlich mit dieser Frau fühlen, die ihren Bruder in den Tod getrieben hatte? Oder gab es da etwas, das

Cameron ihr sagen wollte, bevor sie die Augen für immer schloss? Nein, das klang zu unwahrscheinlich. Karen glaubte nicht gern an solche Wendungen des Schicksals. Auch wenn sie genau wusste, dass nicht jeder seine Karten offen auf den Tisch legte. Natürlich durfte auch bei ihr nur ein ausgewählter Personenkreis einen Blick auf diese Karten werfen. Aber wenigstens war sie ein zuverlässiger Mensch. Bei Cameron wusste Karen nicht, ob sie jemals etwas von Ehrlichkeit und Anstand gehört hatte.

„Ich möchte mit dir über Mason sprechen." Jetzt sah Cameron Karen fest in die Augen. Ihre Wimpern waren tiefschwarz getuscht, was heute nicht zum Rest ihres ungewohnt schlichten Auftretens passte. Vielleicht hatte sie immer noch nicht eingesehen, dass es im Leben um viel mehr als um Äußerlichkeiten ging.

„Was ist mit Mason?" Karen goss ein wenig Milch in den Kaffee und nippte anschließend an ihm. Er war immer noch zu bitter.

„Er ist ein guter Junge." Cameron lächelte gequält. „Ich hoffe, du weißt, was ich damit sagen möchte."

Karen wusste nicht, wie sie die Worte ihrer Schwägerin deuten sollte. Überhaupt war es nicht ihre Vorliebe, Gesagtes unter das Mikroskop legen zu müssen. Wenn man etwas sagte, dann direkt. Versteckspiele und Rätsel gehörten in den Kindergarten.

Er ist wie ein Sohn für mich, dachte Karen. Aber diesen Gedanken würde sie niemals in ihrem Leben aussprechen. Nicht einmal Christopher gegenüber hatte sie ihn jemals geäußert, auch wenn er ihn wohl schon lange erahnte. Und ich bin wie eine Mutter für ihn. Du nicht.

„Wenn ich daran denke, dass meine Tage gezählt sind ..." Camerons Blick wurde glasig. „... dann frage ich mich, wer sich um Mason kümmern wird."

„Mason ist ein erwachsener Mann", sagte Karen.

„Natürlich ist er das." Cameron schloss die Augen und legte die Hände in den Schoss. Als sie sie wieder öffnete, hatte Karen ihre Kaffeetasse geleert und spürte eine unangenehme Hitze in ihrem Kopf aufsteigen.

Mason hat Edna, hätte sie am liebsten gesagt. Aber Edna ist dir so ähnlich, dass es mich wahnsinnig macht. Was ist nur los mit den Männern? Welche Anziehungskraft haben manche Frauen auf sie?

„Manchmal kommt es mir so vor, als erwachten erst jetzt meine Mutterinstinkte." Cameron sah bitterernst aus, während sie diesen Satz aussprach. Ihre Augen glänzten und ihre Hände zitterten fast unmerklich. Bei jedem anderen Menschen hätte sich Karen erhoben, um ihn in den Arm zu nehmen. Bei Cameron brachte sie es nicht fertig.

„Er ist einsam, obwohl er eine Ehefrau hat", sprach Cameron weiter. Sie presste kurz die Lippen zusammen und sah Karen dann fest an. „So, wie Elliot es war."

„Hör auf, ihn mit Elliot zu vergleichen." Karen gelang es nicht, ihre Wut zu unterdrücken. Vielleicht war es an der Zeit, ihrer Schwägerin die Meinung zu sagen.

„Mason wird seinen Weg gehen, da bin ich mir sicher." Karen wünschte sich, in ihren Worten könnte mehr Sicherheit mitklingen.

„Wirst du für ihn da sein?" Cameron lief eine Träne über die Wange.

„Ich war immer für ihn da." Karen erhob sich und strich die Falten an ihrem knöchellangen Rock glatt.

„Im Gegensatz zu dir weiß ich, was Verantwortungsgefühl ist." Sie nahm ihre leere Tasse, trug sie in die Küche und stellte sie in die Spüle, in der sich dreckiges Geschirr stapelte. Sie hatte keine Lust auf dieses Gespräch. Warum war sie überhaupt gekommen? Mit einem erzwungenen Lächeln verabschiedete sie sich von ihrer Schwägerin, die sichtlich müde wirkte.

Nach etwa zwei Stunden Fahrt in Richtung Westen, mit einem Fuß wie Blei und einem starren Blick, der die nasse Fahrbahn fixierte, hielt Karen an einem Hotel an. Sie wollte eine Pause einlegen, um sich zu sammeln. Natürlich hatte sie ein schlechtes Gewissen, dass sie Cameron in ihrem Zustand blitzartig und mit einer Beleidigung im Raum zurückgelassen hatte. Doch jedes Mal, wenn es um ihren Bruder ging, kamen die Erinnerungen hoch wie brennende Magensäure. Es war am besten, im Leben nach vorn zu schauen. Das, was gewesen war, konnte man ohnehin nicht mehr ändern.

Karen holte ihre braune Ledertasche aus dem Kofferraum, in dessen Innentasche der Brief steckte, den sie Cameron hatte zeigen wollen. Doch dann hatte sie es nicht übers Herz gebracht. Dabei war das Schreiben auch an Cameron gerichtet. Es war nicht fair, es ihr vorzuenthalten. Genauso wenig war es in Ordnung, dass Mason das Schreiben nie gelesen hatte. Karen hatte es bei sich behalten, stumm und leidend. Manches Leid konnte man teilen, sooft man wollte, es verlor dadurch nicht seine Bitterkeit. Da war es vielleicht am besten, es nicht zu tun.

Das Hotelzimmer, das Karen zugewiesen worden war, eröffnete den tristen Blick auf einen Innenhof mit Mülltonnenreihen. Karen zog energisch die dunklen

Vorhänge zu, knipste die Deckenleuchte an und setzte sich auf die Bettkante. Sie würde sich einen halben Tag und eine Nacht Auszeit nehmen. Der Alltag würde sie bald genug wieder verschlucken. Sie war unzufrieden mit dem Verlauf des Gesprächs mit ihrer Schwägerin und hatte das ungute Gefühlt, dass Cameron mehr zu sagen gehabt hatte. Durch ihre abwehrende Haltung hatte Karen sie womöglich davon abgebracht. Aber wollte sie es überhaupt hören? Gab es nach all den Jahren noch eine Entschuldigung für Camerons egoistisches Verhalten, das sich durch ihr Leben zog wie ein roter Faden?

Karen kramte ihr Nachthemd aus dem Koffer und legte es auf das Bett. Ein Buch, das sie seit einigen Tagen las, positionierte sie auf dem Nachttisch, ihren Mantel hängte sie in den Garderobenschrank. Dann holte sie den Umschlag mit dem Abschiedsbrief ihres Bruders aus der Innentasche des Koffers. Es war eine schlechte Kopie, die Karen von der Polizei erhalten hatte. Das Original war als Beweismittel für Elliots Suizid beschlagnahmt worden. Karen legte sich auf das Bett und schaltete auch die Leselampe an. Der Raum war hell erleuchtet wie ein Operationssaal. Bereit, das Seelenleben Elliots erneut zu sezieren, holte Karen das zusammengefaltete Stück Papier aus dem Umschlag und las zum zehnten Mal in ihrem Leben Elliots Zeilen. Obwohl sie wusste, dass sie jedes Mal tagelang nachwirkten, wie eine zu tiefe Narkose. Dass es keine Entschuldigung gab, weder für seine Tat, noch für Camerons Lebensführung.

Auf dem Deckblatt des zusammengelegten Zettels stand in großen, ungelenkigen Buchstaben:

Einsam in der Sackgasse des Lebens angekommen.

Mason faltete das Papier auseinander und las weiter.

Meine Lieben!

Das, was ich euch antue, tut mir von Herzen leid. Vor allem, wenn ich an Dich denke, mein allerliebster Mason. Du bist es, der mein Herz immer vor Freude hat überquellen lassen. Aber jetzt bin ich an einem Punkt angekommen, an dem es kein Zurück mehr gibt.
Ich wünschte, ich hätte so sein können wie all die anderen Männer. Ich war nie ein Dave Dufek, war nicht gut genug für Dich, Cameron. Meine Liebe hat niemals aufgehört, sie hat nur immer mehr geschmerzt. Hätte ich gewusst, wie krank Du bist, vielleicht hätte ich Dir helfen können. Oder aber wir hätten uns gegenseitig stützen können. Aber stattdessen hat uns das Schweigen und Wegsehen mit der Zeit aufgefressen und nun bin ich hier, in dem Haus, das mich einst mit Wärme und Zufriedenheit erfüllt hat. Es ist nichts mehr davon übrig. Ich fürchte mich vor allem, was die Zukunft bringen könnte. Der Gedanke, sie eigenmächtig auszuschalten, ist verlockend. Deswegen sage ich Lebewohl und denke in diesen letzten Minuten meines Lebens an euch, Mason, Cameron, meine liebste Schwester Karen. Das Leben ist mir über den Kopf gewachsen. Es ist die beste Lösung, glaubt mir.

Hier endete der Abschiedsbrief. Nichts weiter. Das waren Elliots letzte Worte gewesen, bevor er sich das Seil um den Hals gelegt hatte.

Kapitel dreiunddreißig

Ann Arbor, Michigan, im Winter 2019

Die Rückkehr nach Ann Arbor hatte für Mason zunächst etwas Ernüchterndes. Es war nicht das, was er ursprünglich geplant hatte. Im Wohnzimmer hatte Madeleine, die einen Hausschlüssel für Notfälle hatte, glitzernde Welcome-Back-Girlanden aufgehängt. Den Lebensmitteleinkauf hatte sie auch erledigt und den Kühlschrank mit selbstgemachten Aufläufen und Puddings vollgestopft. Es war rührend, wie sehr sie sich kümmerte.

Nur die Aussicht auf das gemeinsame Baby bewahrte Mason davor, sich von Melancholie überwältigen zu lassen. Noch spürte er den Wind des Nordens auf der Haut, noch war das Bild des unendlichen Wassers nicht vor seinem inneren Auge verblasst. Die Arbeit bei *Top Paint* gehörte der Vergangenheit an. Mason gönnte sich eine Auszeit vom Beruf, was Edna rücksichtvoll und kommentarlos hinnahm.

Als Mason eine Chemo-Immuntherapie begann, begleitete ihn Edna zu den Terminen im Krankenhaus, wann immer es ihr möglich war. Er ging voller Ehrfurcht zu den Infusionen, weil sein Leben von ihnen abhing. Er sah der klaren Flüssigkeit zu, die beständig und zuverlässig über einen dünnen Schlauch in seinen Körper floss, und hoffte inständig, dass er diese Krankheit besiegen würde. Vor allem für sein ungeborenes Kind wollte er daran glauben, dass diese Behandlung seine Rettung war. Masons Arzt hatte zu einer Chemotherapie geraten und hielt sie für erfolgversprechender, da Masons Krankheitsverlauf bisher mild war. Er riet zu einer anschließenden Stammzellentransplantation und war zuversichtlich, dass ein Spender gefunden werden konnte. Mason hatte die Erwägung, seine Tante Karen zu bemühen, bereits fallengelassen. Es war weniger aufwühlend, einen anderen Weg zu gehen.

Im Herbst zogen Edna und Mason in ein gelbes Stadthaus am östlichen Rand von Ann Arbor, nur etwa zehn Gehminuten vom Ortskern entfernt. Für die Anzahlung plünderte Mason das Konto, das seine Tante Karen seit seiner Geburt großzügig mit monatlichen Überweisungen bedacht hatte. Die große, weißgetünchte Veranda des zweistöckigen Hauses eröffnete den Blick auf eine ruhige Straße in einem ordentlichen Wohngebiet, von dem ausgehend Mason regelmäßig lange Spaziergänge bis zum nächsten Stadtpark machte. Dort setzte er sich manchmal auf die Parkbank und sah den Kindern zu, die einen Ball hin und her kickten oder wie Äffchen auf einem der Klettergerüste herumtobten. Sie wirkten beneidenswert unbekümmert. Mason stellte sich vor, wie er bald mit seinem eigenen Kind hier sein würde. Edna hatte den Arzt gefragt, ob es ein Mädchen oder ein Junge sei und eine eindeutige Antwort bekommen, die Mason aber nicht hören wollte. Es sollte eine Überraschung werden. Mit einem Eimer und bunten

Sandformen würde er mit seinem Kind hierher kommen, vertieft in den Augenblick. Die plumpen Finger des Kleinkindes würden die anfangs noch unbekannte Konsistenz des Sandes prüfen. Mason würde lange Spaziergänge mit der oder dem Kleinen machen. Bei jeder Blume stehenbleiben, um sie zu bewundern. Jeden Stein gemeinsam mit seinem Kind bemerken, jeden Regenwurm inspizieren. Der Zauber lag darin, im Jetzt zu leben, das wurde ihm immer deutlicher bewusst. Er hatte verlernt, die Welt zu sehen. Hatte den Blick zu sehr in sein Inneres gerichtet. Mit seinem Kind würde er die Welt neu entdecken.

Edna sah bald aus, als hätte sie einen Medizinball verschluckt. Ihre Haut strahlte rosig und sie hatte die ominösen Medikamente von ihrem Nachttisch verbannt. Mason liebte es, abends neben ihr im Bett zu liegen, umgeben vom vertrauten Duft der Bettwäsche. Er legte die Hand auf Ednas samtige, beinahe bis zum Zerbersten gespannte Haut. Wenn das Timing gut war, dann spürte er die spitzen Fersen seines ungeborenen Kindes. Sie traten ungeduldig gegen Ednas Bauchdecke, als wollten sie endlich einem zu eng gewordenen Schlafsack entkommen.

„Es ist bestimmt bald so weit." Mason streichelte über Ednas Bauch, dann küsste er sie kurz auf den Mund. Seit mehreren Wochen schon wirkte sie in sich gekehrt. Mason fragte sich, ob es daran lag, dass sie einige ihrer Psychopharmaka wegen der Schwangerschaft hatte absetzen müssen. Sie traf sich immer noch alle zwei Wochen mit ihrer Psychotherapeutin, doch sie redeten nur, wie Edna betonte. Es gab keine weiteren Versuche, die Medikamentendosis zu erhöhen oder auf andere Pillen umzusteigen. Mason konnte sich nicht vorstellen, worüber sie sprachen. Edna hatte ihre Probleme immer zum Therapeuten getragen. Die Termine bei ihm waren routiniert, wie das tägliche Zähneputzen. Jeder, der auf sich achtgab, hatte laut Edna einen Therapeuten. Insgeheim fragte sich Mason, was ein Doktor Wise sagen würde, wenn er wüsste, dass Mason sich das Leben hatte nehmen wollen. Daran war jetzt, mit der Aussicht auf einen Nachkommen, nicht mehr zu denken. Die Sorge um Edna und das gemeinsame Kind stellte alles, was die eigene Person betraf, in den Schatten. Edna hatte vor, bald nach der Geburt des Babys wieder in Teilzeit zu arbeiten. Sie hatte das Kind mit dem noch unbekannten Namen bereits in einem Kinderhort in Ann Arbor angemeldet. Mason hatte nicht gewagt zu widersprechen.

„Ich hoffe, es geht alles gut." Edna streckte die Hände über dem Kopf und seufzte.

Mason betrachtete ihren perfekten Körper, ihre rot lackierten Fußnägel, die Knospen ihrer Brustwarzen, die gegen ihr Nachthemd stachen, das sie hochgezogen hatte. Sie trug einen schwarzen Schlüpfer, dessen seidig glänzender Saum unter ihren Kugelbauch gerutscht war, und Mason fragte sich, ob es falsch war, Edna so selten zu berühren. Seit dem Unfall waren sie nie mehr auf die traditionelle Weise miteinander intim geworden, nur Edna hatte Mason immer wieder verwöhnt.

„Es wird bestimmt alles gut werden." Er ergriff Ednas Hand.

„Bist du jetzt ein Optimist?" Sie strich ihm eine Haarsträhne aus der Stirn.

„Ich versuche es zumindest." Mason lächelte sie an. Es gab nichts, wonach er sich mehr sehnte, als nach einer eigenen Familie. Dieses Baby würde nur der Anfang sein. Er hatte das Gefühl, seine Ehe nicht mehr hinterfragen zu müssen, denn Edna machte keinerlei Anstalten, sie zu beenden. Sie kritisierte ihn nicht mehr, erwähnte auch keinen Doktor Wise und schien die Dinge so zu nehmen, wie sie kamen. Tag für Tag, Woche für Woche, Monat für Monat und mit einer wohltuenden Zuverlässigkeit. Der Unfall hatte sie verändert.

„Ich würde noch gern über etwas mit dir reden." Jetzt wurde ihr Blick nachdenklich.

Mason betrachtete ihren Bauch und konnte mit dem bloßen Auge erkennen, wie sich eine kleine Vorwölbung unter der Haut entlangbewegte.

„Faszinierend!" Er berührte den Knubbel auf Ednas Bauch und war seinem Kind so nah, wie es in diesem Moment möglich war. Dann sah er Edna wieder an, die gedankenversunken in Richtung der Schlafzimmertür starrte.

Mason legte beide Hände auf ihren Bauch und liebkoste ihn mit kleinen, kreisenden Bewegungen. Für dieses Kind würde er alles tun.

„Ich möchte dir auch etwas sagen." Er sah Edna intensiv in die Augen und wartete, bis sie seinen Blick erwiderte. Ihre Wimpern waren lang und dunkel. Er mochte den Ausdruck auf ihrem Gesicht gleich nach dem Aufstehen am liebsten, noch halb vom Schleier des Schlafes benommen und noch nicht so angespannt wie später am Tag, wenn sie allerlei Dinge zu erledigen hatte, immer mit der Zeit im Nacken. Edna gefiel ihm ungeschminkt. So, wie es die Natur vorgesehen hatte. Er ließ seine Finger bis unter ihre Brüste hochgleiten und dann über deren Rundung bis zu den Nippeln, deren Spitzen wie kleine Kirschkerne waren. Edna warf ihm einen fragenden, vielleicht sogar vorwurfsvollen Blick zu und er zog ruckartig die Hände zurück.

„Ist alles in Ordnung, Mason?" Sie drehte sich umständlich wie ein Walross auf die Seite und stützte ihren Bauch mit einer Hand. „Ich habe nicht gesagt, dass du aufhören sollst."

Mason lächelte wie ein Schuljunge, der mit einem Streich davongekommen war.

Sie nahm seine Hand und legte sie auf ihre Brust. Die Welt um Mason schien in ein weiches, unkompliziertes Licht getaucht worden zu sein. Solche Momente hatte er bisher nur selten erlebt.

„Ich liebe dich, Edna", sagte er und legte die zweite Hand auf Ednas Oberschenkel.

***

Karen und Christopher kamen seit mehreren Monaten fast jeden Sonntag zu Besuch und halfen bei der Inneneinrichtung des neuen Zuhauses. Das Kinderzimmer war gelb-weiß gestreift tapeziert und an dem Fenster hing ein bunter Vorhang mit Ballons. In der Mitte des Raumes stand ein Gitterbett, in der Ecke eine Wickelkommode. Karen hatte bei einem ihrer Besuche sogar eine Packung Windeln mitgebracht, die aussahen, als könnte man sie einer Puppe anziehen.

Madeleine hatte bei der Dekoration des Kinderzimmers geholfen, obwohl sie oft in den Anstrengungen rund um ihr eigenes Baby versank, das viel weinte und wenig schlief. Die Probleme mit ihrem Mann Logan, die sie Edna gegenüber einst erwähnt hatte, rückten in den Hintergrund.

Edna und Mason waren gerade dabei, in einem Kinderfachgeschäft eine Babyschale für das Auto auszusuchen, als Mason bemerkte, dass Ednas Schritte immer kleiner wurden und sie sich schließlich auffallend laut atmend nach vorn beugte. Sie stemmte die Hände ins Kreuz. Bald darauf bildete sich ein kleiner, dunkler Fleck im Schritt ihrer beigen Schwangerschaftshose, der immer größer wurde und sich den Weg in Richtung Boden suchte.

„Ich glaube, meine Fruchtblase ist geplatzt." Edna klang gefasst.

Natürlich hatte sich Mason das denken können, schließlich hatte er die entsprechende Lektüre zur Begleitung einer Schwangerschaft und Vorbereitung einer Entbindung ebenfalls gelesen, vielleicht mit mehr Aufmerksamkeit als Edna selbst. Er hatte die in seinen Augen wichtigen Stellen mit einem gelben Markierungsstift hervorgehoben und wusste, dass Edna nun nicht mehr stehen sollte. Der Kopf des Kindes war bei der letzten Untersuchung noch nicht fest im Becken gesessen und es bestand die geringe, aber sehr ernstzunehmende Gefahr, er könnte nun im Laufe der Geburt die Nabelschnur abdrücken und das Ungeborene unterversorgt werden.

„Du musst dich sofort hinlegen." Masons Kopf wurde ungewöhnlich heiß und seine Beine waren auf einmal leicht wie Daunen. „Leg dich hin, Edna!" Er schrie sie beinahe an.

„Wo denn?" Edna sah ihn entgeistert an. „Ich kann mich hier wohl schlecht auf den Boden legen."

Eine der Verkäuferinnen schaute irritiert zu ihnen herüber.

Entgegen Masons Mahnung ging Edna mit Pinguinschritten in Richtung Ausgang, wo sie einige Male tief ein- und wieder ausatmete.

„Fahr mich einfach ins Krankenhaus." Sie sah Mason auf die ihm vertraute Art an. Mit einer unmissverständlichen Aufforderung im Blick und der klaren Aussage: Diskutier jetzt bloß nicht mit mir!

„Der Termin ist doch erst in achtzehn Tagen", bemerkte Mason leise, während er den Wagen ungeschickter als sonst aus der Parklücke manövrierte.

„Fahr einfach, Mason!" Jetzt klang Edna genervt.

„Ich fahr ja schon." Er beschleunigte viel zu rasant auf der Schnellstraße und vergaß sogar, beim Spurwechsel zu blinken. Die Unberechenbarkeit der Situation trieb ihm Schweiß auf die vor Anspannung schmerzende Stirn.

Edna hatte auf der Rückbank Platz genommen. Mason bemerkte erst jetzt im Zuge eines hektischen Schulterblicks, dass sie sich hingelegt hatte.

„Bist du noch angeschnallt?" Er biss sich auf die Unterlippe. Er konnte mit solchen Stresssituationen nicht gut umgehen. Überhaupt nicht umgehen. Sie überforderten ihn. Alles schien ihm noch mehr als sonst zu entgleiten.

„Herrgott, Mason, fahr einfach!"

Weil er Edna nicht wütend machen wollte, beschloss er, den Mund zu halten. Zu allem Übel war die Ausfahrt, die er hätte nehmen sollen, auch noch verstopft. Also entschied er sich kurzerhand, was ihm auch nicht lag, die nächste zu nehmen und dann das Stück bis zum Krankenhaus zurückzufahren.

Als Mason in der Nähe der Notaufnahme parkte, lag Edna gekrümmt auf der Rückbank und sagte gar nichts mehr.

„Ich hole jemanden!" Er stieg hastig aus und ließ das Auto unverriegelt, was er noch nie zuvor getan hatte. Es war, wenn er es sich recht überlegte, leichtsinnig, da sich im Innenraum seine zwei wertvollsten Schätze befanden. Er verscheuchte den Gedanken und eilte durch die automatisch öffnende Glastür. Dort traf er auf einen Herrn, der nach einem Sanitäter aussah.

„Meine Frau, sie ist hochschwanger und ihre Fruchtblase ist geplatzt!" Es war ihm peinlich, dass sich seine Stimme überschlug. Er rieb sich nervös den Nacken.

Der Mann verstand sofort, was zu tun war, und kehrte wenig später mit einem Kollegen und einer Trage zurück. Der Kollege war so klein und schmächtig, dass sich Mason fragte, ob er Edna und das Baby würde tragen können.

Mason führte die Männer zum Wagen und sie hievten Edna mit gekonnten Bewegungen auf die Liege. Natürlich war das, was ihn gerade beunruhigte, für diese Herren eine unspektakuläre Alltagssituation.

Ednas Augen waren geschlossen. Ihre Hände lagen auf dem enormen Bauch, während sie davongetragen wurde. Mason schloss den Wagen ab und zwang sich, die Zuverlässigkeit der Zentralverriegelung diesmal nicht zu hinterfragen. Er ging stattdessen den Trägern hinterher, wie ein kleines Kind, das seiner Mutter Schritt auf Tritt folgt.

Sie fuhren in einem Fahrstuhl in den dritten Stock und Mason fragte sich, ob er Ednas Hand halten sollte. Er entschied sich dagegen.

Er wurde gebeten, sich ein wenig zu gedulden, während Edna von einem Zimmer verschluckt wurde. Er wäre am liebsten bei ihr geblieben, war aber gefügig und nahm im weitläufigen Wartebereich Platz. Gefühlt vergingen Stunden.

Schließlich wurde Mason zu Edna in ein kleines, von unbehaglichem Neonlicht durchflutetes Zimmer geführt und mit ihr alleingelassen. Sie trug nun einen unförmigen türkisenen Umhang aus sehr dünnem Stoff und hatte sich auf einer Art OP-Tisch auf die Seite gedreht. Mason war sich nicht sicher, ob sie ansprechbar war. Womöglich war sie so sehr in der Welt der Schmerzen gefangen, dass es besser war, sie in Ruhe zu lassen. Er entschied sich für Letzteres und nahm auf einem Plastikstuhl neben der Wand Platz.

„Und du bist sicher, dass du bleiben willst?" Edna sah ihn an. Es beruhigte ihn, dass sie doch noch in seiner Welt war.

„Ich denke schon. Aber es dauert doch bestimmt noch eine Weile, oder?"

„Das weiß ich nicht, Mason. Eine Geburt hat keinen akribisch geplanten Ablauf."

Edna hatte natürlich recht, auch wenn sich Mason wünschte, es wäre so. Man wollte schließlich wissen, worauf man sich einließ.

Die Zeit, bis endlich eine Ärztin hereinkam, schlich dahin. Die Frau war zierlich und asiatischen Ursprungs, bewegte sich flink wie eine Maus und untersuchte Edna so schnell, dass er sich fragte, ob sie es sorgfältig genug tat.

„Sechs Zentimeter", bemerkte sie emotionslos.

Mason verstand sofort, dass es sich um die Weite der Öffnung des Muttermundes handelte.

„Soll ich Ihnen einen Kaffee bringen?"

Mason ging davon aus, dass diese aufmerksame Frage ihm galt.

„Nein, danke", murmelte er nur und rückte seinen Stuhl näher an Ednas Liege, nachdem die Ärztin das Zimmer verlassen hatte.

Ednas Leib wurde von Schmerzwellen durchflutet, die Masons Mitleid erregten. Je mehr die Wehen voranschritten, desto mehr wand sie sich heroisch unter den Krämpfen. Mason wünschte sich, er könnte ihr zumindest einen Teil des Leides abnehmen. Eine Hebamme kam in regelmäßigen Abständen herein und überprüfte den Fortgang der Entbindung.

„Alles im grünen Bereich", verkündete sie immer wieder und zeigte ihm zwei Daumen hoch.

Mason prüfte die Uhrzeit: Es war bereits neunzehn Uhr. Kein Wunder, dass sein Magen rumorte.

Gerade, als er sich überlegte, ob es sinnvoll war, sich irgendwo ein Sandwich zu holen, schrie Edna kurz auf.

„Kann ich etwas für dich tun?" Er nahm ihre Hand, die sie aber energisch aus der seinen riss.

„Hol die Hebamme!"

Mason sprang auf und starrte in den leeren Flur. Er wollte nicht an irgendeine Tür klopfen. Was, wenn dort eine ihm fremde Frau ebenfalls in den Wehen lag? Also wartete er und zwang sich, ruhig zu atmen. Das hatte er vergessen! Er hatte Edna nicht an die Atemübungen erinnert, die er gegen ihren Willen mit ihr einstudiert hatte.

Da ging die Tür gegenüber auf und die vertraute Hebamme kam auf Mason zu.

„Alles okay?" Sie lächelte, als geschehe hier nicht gerade das größte Wunder der Welt.

„Könnten Sie nach meiner Frau sehen?" Masons Atem ging rasend schnell.

„Gerade dabei." Sie schob lässig die Tür auf und verkündete nach wenigen Minuten. „Das sind schon die Presswehen."

Mason musste sich so sehr auf die eigene Atmung konzentrieren, dass er beinahe vergaß, Edna beizustehen. Würde alles gutgehen? Das hier war aufregender als alles, was er bisher in seinem Leben erlebt hatte!

Die zierliche Ärztin kam wieder herein und legte kurz eine Hand auf Ednas Oberarm. Edna hatte sich inzwischen an einer Art Tau festgeklammert, das von der Decke hing. Sie hielt es so fest, als wolle sie es in ihrem Leben nie wieder loslassen. Ihr Kopf war überstreckt und sie presste immer dann, wenn die Hebamme dazu riet. Mason stand in einem gehörigen Sicherheitsabstand, als die Hebamme verkündete: „Das Köpfchen schaut schon raus!"

Er reckte den Hals, konnte aber nichts erkennen, schließlich hatte selbst die Ärztin sichtliche Mühe, bei Ednas senkrechter Körperhaltung die Lage zu beurteilen.

Nur die Hebamme verrenkte den Hals, ließ ihre Finger erkunden und lächelte Mason ermutigend zu. „Es wird nicht mehr lange dauern."

Kapitel vierunddreißig

Ann Arbor, Michigan, im Jahr 2017

Mason saß auf der Veranda des Hauses, das er vor wenigen Wochen mit Edna bezogen hatte. Aus einer weißen Kanne, die einst Cameron gehört hatte, goss er sich Tee ein. Er musste an ihre Beerdigung vor etwa zwei Jahren denken und daran, dass er seine Mutter nie so vermisst hatte, wie es sich für einen Sohn nach deren Ableben gehört hätte.

Als das Telefon klingelte, sprang er auf und ihm wurde, wie so oft in letzter Zeit, schwindelig. Er hatte es Edna gegenüber erwähnt, aber sie nahm es genauso wenig ernst wie das dämpfende Gefühl der Abgeschlagenheit, das ihn seit vielen Wochen regelmäßig heimsuchte.

„Du bist tatsächlich ein bisschen blass," sagte sie nur und widmete sich wieder der Tätigkeit, die sie gerade beschäftigte.

Oft beneidete Mason seine Frau dafür, dass sie immer tüchtig war wie eine Biene, immer nach vorn schaute und sich seine Zipperlein nicht zu Herzen nahm. Aber waren es wirklich nur unbedeutende Beschwerden, die jeden Menschen ab und zu heimsuchten?

„Hallo, Mason Hicks am Apparat." Mason ließ sich mit dem Telefon in der Hand auf die Couch fallen und befühlte die Lymphknoten an seinem Hals. Sie waren auffallend geschwollen.

„Hallo Mason, ich bin es." Es war Ednas beschwingte Stimme. Sie rief nie tagsüber an, denn meistens war sie mit ihren potenziellen Kunden unterwegs, um sich Häuser anzuschauen, die sie sich selbst niemals würden leisten können.

Mason versank bei dem Gedanken immer häufiger im Boden, dass er selbst nur wenig zu den finanziellen Mitteln ihrer Ehegemeinschaft beitrug. Die Zeiten, in denen er arbeitslos war, zogen sich zunehmend in die Länge und waren ein Morast, aus dem er, wenn überhaupt, nur mit Ednas Hilfe herauskam. So wie jetzt, denn er war sich sicher, dass sie ihm wieder einen dicken Ast entgegenhalten wollte, damit er sich an ihn klammerte. Aber wollte er diese Hilfe wirklich?

„Warum bist du zu Hause, Mason?" Jetzt klang Edna vorwurfsvoll.

Mason mochte es nicht, wenn sie so sprach.

„Ich trinke gerade einen Tee." Er stockte, denn er wusste natürlich, worauf Edna hinauswollte. Schließlich hatte sie den Termin vereinbart.

„Du solltest seit einer Viertelstunde in der Praxis sitzen." Edna atmete geräuschvoll in ihr Handy. Sie rief immer auf dem Haustelefon an, weil sie wusste, dass der Akku von Masons Handy regelmäßig leer war. Mason hielt die Erfindung des Mobiltelefons für eine der schrecklichsten in der Geschichte der Menschheit.

„Du weißt, dass ich den Termin schon vor zwei Monaten vereinbart habe", sagte sie. „Und ich möchte, dass du ihn wahrnimmst."

„Ich weiß, Edna." Er blickte zu Boden wie ein beschämter Junge, obwohl sie es natürlich nicht sehen konnte. Er wünschte, Edna und er hätten ein Kind zusammen, das sie bemuttern könnte, anstatt ihn, ihren erwachsenen Ehemann, wie ein lebensunfähiges Wesen zu behandeln. Oder war er das tatsächlich? Es ging ihm nicht gut und es war nicht die Hilfe eines Psychiaters, die er brauchte, sondern aufrichtiges Verständnis. Nicht einmal ein Doktor Wise würde ihm helfen können.

„Madeleine hat mir Doktor Wise empfohlen", sagte Edna. „Er könnte dir bestimmt helfen." Plötzlich sagte sie etwas Unverständliches im Flüsterton, das nicht an Mason gerichtet war. „Mason, ich muss jetzt auflegen. Mein nächster Kunde wartet schon. Ich wollte dich nur noch einmal an den Termin erinnern."

„Ist gut, Edna." Mason merkte, dass er die Schultern bis zu den Ohren hochgezogen hatte. Seine Kiefermuskeln schmerzten.

Nach dem Telefonat rief er in der Praxis von Doktor Wise an und sagte mit einer Notlüge ab, die sogar einen Funken Wahrheit enthielt. Es ginge ihm heute gar nicht gut. Die Dame am Telefon meinte zwar, das sei ein Indiz dafür, dass ein Besuch bei Doktor Wise durchaus weise sei. Falls das Unwohlsein psychischer Natur sei. Mason wimmelte sie trotzdem mit einigen Höflichkeitsfloskeln ab.

Er ging nach oben und entkleidete sich. Es gab oft Tage, an denen er nicht zwischen körperlichen und psychischen Beschwerden unterscheiden konnte. Die Psyche wirkte sich auf den Körper aus und andersherum. Er legte seine Kleidung zusammen, stellte sich unter die heiße Dusche und massierte seinen verspannten Nacken, während er an Ednas Brüste dachte. Sie schien die Lust an körperlicher Nähe zunehmend zu verlieren, obwohl er sie begehrte. Er legte seine Hände am Abend auf ihre Hüfte, doch sie drehte sich nicht einmal zu ihm um. Also musste er sich damit begnügen, in ihren süß duftenden Nacken hineinzuatmen, während er darauf wartete, dass der Schlaf ihn endlich abholte. Der ließ sich fast immer lange Zeit, sodass Mason dem regelmäßigen Atem seiner Frau lauschte und häufig von einer zermürbenden Trauer befallen wurde. Sie kam aus dem Nichts, schien keine Wurzeln zu haben. Wie eine Decke aus Blei legte sie sich über ihn und es gelang ihm nicht, sie wegzuschieben. Niemand konnte sie anheben. Nur Edna zerrte sie weg, wenn es ihr mit ihrer fröhlichen Art gelang, diesen Wesenszug Masons für kurze Zeit in den Schatten zu stellen. Dann überstrahlte ihr Glaube daran, dass alles gut werden würde, alles um ihn herum. Wenn sie Sorgen beiseiteschob, bewunderte Mason sie dafür. Wenn sie den Alltag meisterte, ohne über jede noch so kleine Wurzel zu stolpern, so wie er selbst. Wenn sie die Schwere, die ihn belastete, nicht einmal sah. In diesen Momenten war Mason am glücklichsten.

Zwei Wochen nach dem absichtlich verpassten Besuch beim Psychiater trat Mason aus dem Krankenhaus und hatte das Gefühl, nicht mehr atmen zu können. Mit nassgeschwitzten Händen lockerte er den Hemdkragen und dachte als erstes daran, dass er diese

Welt würde verlassen müssen, ohne einen Nachkommen gezeugt zu habe.

Er überquerte mit großen Schritten den Parkplatz und ihm war, als wären es gar nicht die eigenen Beine, die ihn trugen. Fast so, als hätte seine Seele diesen Körper schon zur Probe verlassen.

„Mensch, pass doch auf!", schrie ihn plötzlich ein älterer Herr aus einem Geländewagen mit herabgelassenem Fahrerfenster zu, bevor er lange auf die Hupe drückte. Tatsächlich hätte er Mason beinahe überfahren!

Das wäre pure Ironie des Schicksals, dachte Mason, während er in seinen Wagen stieg und kurz die Augen schloss. Dem Tode geweiht sein, und dann einen Unfall haben. Vielleicht nicht die schlechteste Lösung.

Dass er sich sofort auf den Weg zu seiner Tante Karen machte, war etwas, worüber Mason keine Sekunde nachdenken musste. Er fuhr durch die Innenstadt, vorbei an den backsteinfarbenen Fassaden der vielen Restaurants und Läden, rollte vor einer roten Ampel an dem Café vorbei, in dem er sich endgültig in Edna verliebt hatte, und dachte an seinen Vater. Es war das erste Mal in seinem Leben, dass er sich von Herzen wünschte, ein gläubiger Mensch zu sei. Denn der Gedanke daran, Elliot Hicks im Himmel zu begegnen, wäre tröstlich gewesen. Doch Mason hatte eine rationale Erziehung genossen und befürchtete darüber hinaus, die Beschäftigung mit spirituellen Dingen könnte seine Unsicherheit nur noch erhöhen. Es gab nichts, woran man sich festhalten konnte, bloß Vermutungen.

Um in Tante Karens Wohngegend zu gelangen, musste Mason Ann Arbor durchqueren und anschließend in Richtung Westen fahren. Dort befanden sich die wohlhabenden, dem Ort vorgelagerten Wohnbezirke. Entlang der kerzengeraden Landstraße taten sich auf beiden Seiten Straßen mit wohlklingenden Namen und einladend bepflanzten Einfahren auf, die Mason allesamt auswendig kannte. Er blinkte und bog links ab, ließ den Blick in Richtung des kleinen Waldes abschweifen, zu einem der künstlich angelegten Seen mit einem Springbrunnen in der Mitte und schließlich zu Karens und Christophers Haus. Die halbrunde Einfahrt wirkte pompös und die Fassade erinnerte an ein Herrenhaus aus dem viktorianischen England. Mason parkte den Wagen direkt vor der Haustür, neben der in hohen, mattschwarzen Töpfen blühende Bäumchen wuchsen.

Er stieg aus, verriegelte das Auto und zögerte kurz, bevor er den Klingelknopf betätigte. Eine Melodie, die ein Kinderlied hätte sein können, durchflutete das Innere des Hauses. Bald schon hörte Mason Karens Schritte, die sich dem Eingang näherten. Er hatte Glück, dass sie zu Hause war, denn oftmals ging sie am Vormittag zu ihrem Yoga-Kurs oder einkaufen.

Die Tür ging langsam auf.

„Mason?" Karen sah ihn erstaunt an, während sie etwas steif im Türrahmen stand. Sie trug einen dunkelgrauen Rock, eine weiße Bluse und um den Hals einen herbstlichen Schal, obwohl es Frühling war. „Was für eine Überraschung."

Sie bat ihn ins Haus. Mason bewunderte die hohe Decke und den Kronleuchter, der selbstgefällig im Eingangsbereich herunterhing. Karen und Christopher verkörperten das, was die obere Mittelschicht in dieser Gegend ausmachte. Es fehlten nur die Kinder und der Hund. Als Mason das Empfangszimmer betrat, wehte ihm der Duft nach Rinderbraten in die Nase und sein Appetit, der seit vielen Wochen verschwunden war, meldete sich zu seiner Überraschung.

Wie soll ich nur anfangen, überlegte er, während er auf einem der Ohrensessel Platz nahm.

„Darf ich dir etwas anbieten?" Karen stand vor ihm, bereit, ihn zu bedienen.

Er bemerkte die vereinzelten, störrischen grauen Haare, die ihre Hochsteckfrisur durchzogen. Ihre Augen wirkten müde. Er war sich auf einmal nicht sicher, ob er sich mit dieser Bitte an sie wenden sollte. Auch wenn er wusste, dass Karen seinem Wunsch sofort nachkommen würde.

„Eine Tasse Tee wäre wunderbar." Mason starrte vor sich hin. Seine Hände waren eiskalt und sein Kopf begann zu schmerzen.

Wenig später kehrte Karen mit einer wunderschönen, hochwertigen Tasse in der Hand ins Zimmer zurück. Alles, was Karen und Christopher besaßen, zeugte von einem ausgefeilten, teuren Geschmack. Sie reichte ihm den Tee, nahm auf dem Sessel schräg gegenüber Platz und überkreuzte die Beine.

„Ich bin krank." Masons Stimme war gedämpft. Warum sollte er nicht direkt zum Punkt kommen? Karen hasste Smalltalk mindestens genauso sehr wie er selbst. Leere Worte, die nur dazu dienten, die Stille zu füllen. Dabei war Stille etwas Wunderbares.

„Was fehlt dir?" Karen legte die Hände in den Schoß und verflocht die schönen Finger mit den zartrosa lackierten Nägeln. Sie zog die Schultern leicht nach hinten und musterte Mason besorgt, wie eine Mutter.

„Ich habe Leukämie." Mason schluckte schwer, obwohl es für ihn einfacher war, mit seiner Tante darüber zu reden als mit irgendeinem anderen Menschen, Edna eingeschlossen. „Ich komme gerade von einer Untersuchung."

Karens schmale Augenbrauen mit dem leichten Schwung, den Mason seit seiner Kindheit liebte, verzogen sich und ihr Blick wurde noch ernster, als er ohnehin schon immer gewesen war. „Das tut mir schrecklich leid, Mason."

Ihn durchzuckte der absurde Gedanke, er könnte aufstehen und sich auf Karens Schoß setzen, damit sie ihre starken Arme um ihn wickelte. So wie damals, als er um seinen Vater geweint hatte. Aber das tat sie jetzt natürlich nicht, sondern sah ihn aus liebevollen Augen an.

„Vieles, was mich in letzter Zeit belastet hat, lässt sich mit dieser Krankheit erklären." Es erleichterte Mason auf eine sonderbare Art, dass es einen körperlichen Grund für manche seiner psychischen Leiden gab. Zumindest für einige. Edna würde ihn vielleicht endlich mit Doktor Wise in Ruhe lassen. Die Medizin hatte es viel leichter mit den Beschwerden, die sie am menschlichen Körper festmachen konnte. Die Psyche war ein unerklärliches Phänomen, das man nicht so leicht untersuchen konnte. Sie war ein Geheimnis, das man in sich trug.

„Kann ich dir irgendwie helfen?" Karen erhob sich nun tatsächlich, trat bedächtig auf Mason zu und legte beide Hände auf seine Schultern. Sie ruhten dort schwer, wie ein warmes Kirschkernkissen, das sich Mason am Abend gern in den Nacken legte, während Edna ihre Soaps im Fernsehen verfolgte.

„Du könntest mir tatsächlich helfen." Er schämte sich für seine Bitte, aber der Arzt hatte von dieser Heilungsmöglichkeit gesprochen. „Ich brauche eine Stammzellenspende." Er hielt Karens Blick stand, obwohl es ihm schwerfiel. Sein ganzer Körper war angespannt, seine Kiefermuskulatur steinhart, sein Atem flach und schnell. „Da dachte ich natürlich sofort an dich."

Karen erwiderte zunächst nichts, sondern ging einmal mit schlurfenden Schritten durch das Zimmer. Mason sah ihr hinterher, bemerkte den leichten Buckel, den sie hatte, und diese Rundung am Unterleib, die Frauen mittleren Alters gern bekamen. Er musste daran denken, wie Karen schwanger ausgesehen hätte.

Karen nahm wieder Platz. „Lass mich darüber nachdenken, Mason."

Verwundert nahm Mason einen Schluck Tee aus der Tasse, auch wenn er sich sicher war, dass es in Ordnung war, bei solch einer Bitte Bedenkzeit zu benötigen. Egal, wie sehr man einen Menschen liebte. Denn davon, dass seine Tante ihn liebte, war er überzeugt.

„Und wie geht es Edna damit?" Karen sah ihn mit diesem warmen, besorgten Blick an, den er seit seiner

Kindheit an ihr kannte und deren Intensität ihn oft unruhig machte.

„Es geht uns gut, danke", log er und wunderte sich gleichzeitig, dass Karen ihm diese persönliche Frage gestellt hatte. Sie war bekannt dafür, dass sie über das Wetter, die Schlaglöcher in den Straßen Michigans und die Theateraufführungen, die sie regelmäßig mit Christopher besuchte, reden konnte. Doch alles, was tiefer ging, vermied sie. Vielleicht war genau das seinem Vater zum Verhängnis geworden. Diese Unfähigkeit, sich zu öffnen. Dieses In-sich-Hineinfressen, das Mason nur allzu gut kannte.

„Hast du mit ihr darüber gesprochen?" Karen hob fragend die Augenbrauen.

„Du bist die erste und einzige Person, mit der ich über meine Krankheit spreche."

Karens Blick wanderte in die Ferne. Sie schien über etwas Unangenehmes nachzudenken.

„Edna hat einen neuen Arbeitgeber gefunden." Mason wollte das Thema wechseln und konnte den Stolz in seiner Stimme nicht verheimlichen. „Sie verkauft jetzt auch an die Reichen und Schönen." Im nächsten Augenblick hätte er diese Worte am liebsten wieder hinuntergeschluckt, denn auch das Haus seiner Tante gehörte in die Preisklasse der finanziell Bessergestellten.

„Das freut mich für sie." In Karens Stimme klang ein Hauch von Ironie mit. „Weiß sie wirklich nichts davon?" Sie musterte Mason, als suchte sie nach Anzeichen seiner Krankheit.

„Ich habe es selbst gerade eben erst erfahren." Mason wusste, dass er mit diesen Worten sein Verhalten rechtfertigen wollte. Er hätte Edna sofort anrufen können.

So, wie es jeder normale Ehemann vermutlich getan hätte.

„Ich verstehe." Karen erhob sich, sammelte die Tassen ein und ging in die Küche, wo sie kurz das Wasser laufen ließ.

Mason warf einen Blick auf die goldumrandete Wanduhr über dem Kamin und beschloss, sich zu verabschieden. Er würde Karen Zeit geben, um die Angelegenheit sacken zu lassen. Als sie ihn zum Abschied in eine Umarmung zog, spürte er ihre Hände fester und länger als gewöhnlich auf seinem Rücken.

Karen stand noch lange wie versteinert im Flur und ließ die Bitte ihres Neffen nachwirken. In ihr breitete sich eine Ungewissheit aus, die sie seit vielen Jahren immer wieder heimsuchte. Meistens verdrängte sie sie erfolgreich. Aber nun war die Lage zu ernst.

Was, wenn Mason gar nicht mit mir verwandt war? Der Gedanke war so laut in ihrem Kopf, dass sie sich zu der Hausbar begab und eine Flasche Baileys hervorholte. Aus dem Kühlschrank ließ sie klirrend Eiswürfel in ein breites Glas rollen und füllte es bis zum Rand, nahm einen großen Schluck und schloss die Augen, während sich die wohltuende Süße in ihrem Mund ausbreitete. Anschließend nahm sie mit dem Glas in der Hand auf einem der Barhocker Platz. Ihr Blick fiel auf den Rasen hinter dem Haus, die vereinzelten dunklen Tannen, den See mit dem Springbrunnen und den beiden Schwänen.

Cameron war in ihren Augen nie eine richtige Mutter für Mason gewesen. Selbst heute konnte Karen nicht begreifen, wie sich Elliot so den Kopf hatte verdrehen lassen. Egal, was das Leben für einen bereithielt und welche Menschen es einem auf die Lebensbühne schickte, man musste doch einen klaren Verstand bewahren! Dass Cameron ein Flittchen war, das hatte jeder gesehen – außer Elliot Hicks. Oder aber, er hatte es nicht wahrhaben wollen.

Karen nahm einen weiteren großen Schluck. Sie würde nichts zu Christopher sagen, die Sache blieb geheim und ging nur sie selbst und Mason etwas an. Natürlich würde sie ihn noch heute Abend anrufen und ihm versprechen, ihm alles zu spenden, was für seine Genesung notwendig war. Nur zweifelte sie daran, ob ihre Stammzellen die passenden waren. Was, wenn Mason das Kind eines anderen Mannes war? Was, wenn ihre ganze Beziehung zu Mason eine große, unerhörte Lüge war und sie einem Menschen, mit dem sie gar nicht verwandt war, ihre mütterliche Liebe geschenkt und Geld in die Taschen gepumpt hatte? Karen schüttelte den Kopf, denn es ging hier um so vieles. War es denkbar, dass sie Emotionen in eine Beziehung investiert hatte, die auf einem Kuckucksei beruhte? Sie traute Cameron alles zu. Wenn es so war, dass Elliot Hicks nicht Masons leiblicher Vater war, dann war es besser, wenn er es niemals erfuhr.

Sie stand auf und schritt ins Wohnzimmer, wo sie sich auf das schwarze Ledersofa setzte. Wenn sie ehrlich zu sich selbst war, dann hätte sie die Vergangenheit am liebsten aus ihrem Leben herausgeschnitten wie eine faule Stelle, bevor sie einen Apfel aß. Sie spürte, wie ihr Herz zu aufgeregt in ihrem Brustkorb hämmerte und dass es ihr nicht guttat. Wieder einmal fragte sie sich, ob es das Schicksal absichtlich so eingerichtet hatte, dass sie selbst keine Kinder bekommen konnte. War sie der Mutterersatz für Mason, der vielleicht niemals seine dünnen Ärmchen um den Hals seines leiblichen Vaters hatte legen können? War es von Bedeutung? Oder wurde die Blutsverwandtschaft überbewertet?

Karen fasste sich an die schmerzende Stirn und leerte besorgt ihr Glas. Manchmal erdrückte sie das Leben beinahe. Armer, armer Mason, dachte sie, bevor sie aufstand, um sich ein weiteres Glas mit Baileys zu befüllen.

Kapitel fünfunddreißig

Ann Arbor, Michigan, im Jahr 2019

Als die Hebamme Edna das pinkfarbene Fleischbündel auf den Bauch legte, überwältigte sie ein Gemisch aus überschwänglicher Freude und lähmender Angst. Nun war sie verantwortlich für diesen Menschen, dessen Erzeuger ungewiss war. Dass es ein Junge war, war nicht zu übersehen. Gilbert Hicks, auf diesen Namen hatten sie sich geeinigt.

Das Baby schrie nicht so laut, wie Edna es erwartet hatte, sondern gab nur ein knatterndes Geräusch von sich. Erst, als die Hebamme es von ihrer Haut hob und davontrug, um den Nabel zu versorgen, erklang im Nebenzimmer ein gedämpftes Heulen.

Wenig später wurde die neue Familie in einem freundlich eingerichteten Zimmer mit Babybildern an der Wand und bunten Vorhängen alleingelassen.

„Oh, Edna." Mason schob die flauschige Decke, in die Gilberts kleiner Körper eingehüllt war, vorsichtig nach unten, um das pinkfarbene Miniaturgesicht zu bewundern. Er saß auf der Kante des Krankenhausbettes.

Edna las große Freude und Erleichterung in seinen Gesichtszügen und wusste nicht, ob sie jemals die bohrende Ungewissheit um Gilberts Erzeuger mit ihrem

Mann würde teilen können. Bisher hatte sie sich eingeredet, die Sache mit Mr. Chesterfield Mason gegenüber für immer geheim halten zu können. Jetzt kam sie ins Wanken.

Sie war erstaunt, wie schnell die Schmerzen vergessen waren, die sie nur schwer hatte ertragen können. An der Stelle der Entbindung, an der sie geglaubt hatte, an eine Grenze zu stoßen, hatte die Ärztin gemeint, es lohne sich nicht mehr, Schmerzmittel zu verabreichen, das Baby sei gleich geboren.

„Ist er nicht wunderschön?" Mason legte den Kopf schräg und strich mit der Oberseite seines Zeigefingers über Gilberts Wange.

Edna fand das Baby nicht besonders hübsch. Es erinnerte sie an ein runzliges, rosafarbenes Mäusebaby, aber sie beschloss, den Mund zu halten.

Plötzlich verfinsterte sich Masons Miene. Er ließ den Arm sinken und seine Schultern sackten nach vorn.

„Was ist los?" Edna hielt Gilbert, der binnen Sekunden eingeschlafen war, fest an ihre Brust gepresst. Sie hätte sich denken können, dass Masons euphorische Stimmung nicht lange anhalten würde. Vielleicht war er derjenige, der unter postnataler Depression leiden würde. Er hatte zu viele Bücher darüber gelesen, obwohl Edna beteuert hatte, sie mache sich deswegen keinerlei Sorgen. „Stimmt etwas nicht, Mason?"

Masons Augen glänzten. Er verschränkte die Arme vor der Brust.

Edna konnte es nicht ausstehen, wenn er diese abwehrende Haltung einnahm. „Mason, du solltest mit mir reden." Sie hatte von Madeleine den Rat bekommen, ihn ruhig dazu aufzufordern, über seine Gefühle zu sprechen, selbst wenn es ihm schwerfiel. Doch Edna wusste in diesem Moment nicht, ob es tatsächlich mit der Brechstange gelingen würde.

„Ich bin unverbesserlich, Edna." Mason schüttelte traurig den Kopf und senkte den Blick auf die Hände. „In meinen Adern fließt die Melancholie. Und die Angst. Ich weiß nicht, wie viel Wahrheit ich ertragen kann, und ich mache mir große Vorwürfe."

„Vorwürfe?" Edna runzelte die Stirn. „Weil du einfach gegangen bist?" Sie streichelte ihm über die Hand. „Das habe ich dir schon längst verziehen. Wir haben jetzt eine wichtige Aufgabe." Sie sah Gilbert an. „Wer will da schon nachtragend sein?"

„Wenn es nur das wäre", sagte Mason.

„Ich verstehe nicht."

„Ich habe mit Karen und Maria gesprochen. Dann bin ich in Richtung Norden gefahren." Mason hielt inne und Edna hoffte, er würde sie ansehen, doch er tat es nicht. Vielleicht war es so einfacher für ihn.

„Ich bin geflohen. Vor allem, was war, und vor allem, was noch sein könnte." Seine Augen füllten sich mit Tränen.

Edna legte das Bündel Gilbert neben sich auf dem Krankenhausbett ab und berührte wieder sanft Masons Hand. „Jetzt bist du hier und nur das zählt." Sie versuchte zu lächeln, aber es gelang ihr nicht.

„Ich glaube, du verstehst mich nicht." Jetzt hob Mason den Kopf. Sein Blick war von blankem Entsetzten durchtränkt. „Ich habe mir das Leben nehmen wollen."

Edna musste schwer schlucken. Mit diesem Geständnis hatte sie nicht gerechnet. Es rührte sie auf eine sonderbare Art, dass sich Mason ihr gegenüber öffnete.

Gleichzeitig wünschte sie sich, er könnte es in einer Psychotherapie tun. Sie fühlte sich mit seinen psychischen Problemen zunehmend überfordert.

„Vielleicht macht es mich krank, dass ich die Wahrheit nicht kenne." Mason rieb sich mehrmals mit der Hand über die Stirn. „Karen hat vorgeschlagen, dass wir eine DNA-Analyse machen lassen. Ein Haar von ihr, eines von mir und wir wissen, ob Elliot Hicks mein Vater war oder nicht." Seine Worte klangen erstaunlich sachlich. Er hatte sich bestimmt viel mit diesem Thema auseinandergesetzt.

„Und, möchtest du es wissen?" Edna bereute ihre Frage sofort, denn sie würde Mason nur unnötig verunsichern. Natürlich musste man solche Dinge wissen! Und weil es so war, würde auch sie die Gewissheit brauchen, wessen Sohn Gilbert war. Früher oder später. Zumindest für sich selbst. Aber zunächst war es wichtiger, dieser Sache nachzugehen. Ein Schritt nach dem anderen.

„Ich weiß nicht, was ich will." Mason kullerte eine Träne über die Wange, die er mit dem Handrücken wegwischte. „Einerseits will ich die Tatsachen kennen. Andererseits habe ich Angst vor ihnen."

„Das geht uns doch allen so." Edna ergriff seine Hand und drückte sie ermutigend. Dann dachte sie an Masons Geständnis und wusste, dass sie weiterbohren musste. „Du hast mit dem Gedanken gespielt, dir das Leben zu nehmen, weil du vielleicht nicht Elliot Hicks' Sohn bist?" Sie verstand nicht, warum es einen so großen Unterschied für Mason machte. Er war ein erwachsener Mann und die Tatsache würde nichts an seinem zukünftigen Leben ändern. Sie konnte verstehen, dass

Karen an der Wahrheit interessiert war. Schließlich hatte sie Mason wie einen Sohn ins Herz geschlossen und ihn lange Zeit finanziell unterstützt.

Es gab niemanden mehr, den man zur Rede stellen konnte. Cameron und Dave waren tot. Was spielte es für Mason noch für eine Rolle? Vielleicht war es doch besser, solche Dinge unter den Teppich zu kehren.

„Diese Unsicherheit ist für jemanden wie mich besonders schwer zu ertragen", sagte Mason. „Ich will nicht, dass ich mit einem Betrug großgeworden bin. Als ich allein im Norden war, kam mir mein ganzes Leben wie eine bittere Lüge vor. Je mehr ich über die Sache nachdachte, desto mehr glaubte ich, dass ich Daves Sohn bin." Mason machte eine lange Pause. „Aber vor allem wollte ich nicht mehr weiterleben, weil ich mich selbst hasste." Er presste die Lippen aufeinander und blickte in die Ferne. „Ich bin ein unerträglicher Mensch. Deswegen hatte ich Angst, dass unsere Ehe zum Scheitern verurteilt ist. Ich war mir nicht mehr sicher, ob unsere Liebe ausreicht. Ich hatte eine Vorahnung, dass sich die Geschichte meines Vaters wiederholt. Dass ich genauso wenig in der Lage bin, die Liebe meines Lebens bei mir zu behalten, wie er. Weil ich jemand bin, den man niemandem zumuten kann."

Edna seufzte. Wie konnte man sich ständig mit solch zermürbenden Gedanken quälen?

„Ich habe dich bis jetzt ertragen, Mason", sagte sie. „Ich denke, ich werde es noch eine Weile aushalten."

„Du tust es aus Mitleid." Mason biss sich auf die Unterlippe.

Edna dachte nach und musste zugeben, dass ein Funken Wahrheit in seiner Aussage steckte. Doch Mitleid reichte nicht aus, um mit jemandem eine Ehe zu führen, und das wusste sie. Natürlich war da mehr. Von Anfang an.

Mason sah ihr in die Augen. „Ich habe auf meiner Reise einer Frau auf die Brüste gestarrt, Edna, und für einen Augenblick habe ich gedacht, dass ich sie begehren könnte." Er senkte erneut beschämt den Blick.

Und ich habe mit einem meiner Kunden geschlafen, mitten auf einem flauschigen Teppich, einfach so, dachte Edna. Um Himmels Willen, Mason, wir sind doch alle nur Menschen!

„Es tut mir so leid, Edna." Mason lehnte sich nach vorn und Edna ließ sich in eine Umarmung hochziehen. Sie legte die Wange an die ihres Mannes und ein überwältigendes, warmes Gefühl durchflutete ihren Körper.

In dem Moment kam eine Krankenschwester herein und die beiden lösten sich voneinander. Sie bat Edna, sich für die Abschlussuntersuchung bereitzumachen. Wenn alles in Ordnung sei, könne sie noch heute nach Hause fahren. Nachdem die Schwester wieder gegangen war, stand Edna auf, hob den immer noch schlafenden Gilbert vom Bett und legte ihn Mason in den Arm. „Er braucht dich", sagte sie leise und drückte Mason einen Kuss auf den Mund. Sie wusste, dass Gilbert ein guter Grund war, um weiterleben zu wollen.

Zwei Monate lang war Edna mit Gilbert zu Hause. Danach verbrachte er seine Vormittage in einem Kinderhort inmitten der Stadt, wo ihn Mason später abholte. Masons Gesundheitszustand war stabil. Er arbeitete fünfzehn Stunden pro Woche in einem kleinen Steuerberaterbüro. Zu der Anstellung hatte ihm Madeleine verholfen, deren Nachbar dort eine Aushilfe in der Buchhaltung suchte. Außerdem wies Edna ihrem Mann Arbeiten rund ums Haus zu, die er gewissenhaft und in seinem eigenen Tempo erledigte. So baute er einen Sandkasten für Gilbert im Garten, strich die Fensterläden blau und brachte eine Hollywoodschaukel auf der Veranda an, in der er an lauen Abenden mit Edna saß und zu lernen versuchte, seine oft quälenden Gedankengänge in Worte zu fassen und gemeinsam mit Edna bereits im Keim zu ersticken. Dazu hatte ihm Madeleine einige Tipps und auch Tabletten an die Hand gegeben, die Mason aber nur unregelmäßig einnahm. Edna mochte es nicht, dass sie ihn kontrollierte, doch Mason hielt es für notwendig. Wenn sie beide befürchteten, Mason könnte bald wieder in ein tiefes Loch abgleiten, dann griff er zu den Medikamenten. Den Besuch bei Doktor Wise schob er weiterhin vor sich her, obwohl Edna ihn inzwischen wieder gelegentlich erwähnte.

Gilbert wurde immer fülliger, seine Augen wurden heller und seine Arme und Beine kräftiger. Edna beobachtete mit Unruhe, wie spärlicher, weicher Flaum auf seinem Kopf wuchs, der im Sonnenlicht rötlich schimmerte. Gilberts Gemüt war ruhig und vorhersehbar. Er mochte seine Routinen, die Milchflaschen zu festen Zeiten, später den Karottenbrei und den nachmittäglichen Schlaf, zu dem er sich mühelos in sein Gitterbett legen ließ, um nach anderthalb Stunden gutgelaunt aufzuwachen. Er schaffte es, auf dem Teppichboden entlang zu robben, und gab lustige Geräusche von sich. Manchmal kam es Edna vor, als hätte ihr der Himmel ein Bilderbuchbaby geschenkt. Mason hatte all die

Ratgeber über Koliken bei Babys und Durchschlafprobleme umsonst gelesen, denn Gilbert machte das Elterndasein zu einem Kinderspiel. Er saß friedlich im Laufstall und sagte immerzu Lallallaa oder Brrbrrbrr. Edna genoss es, Mason zusammen mit Gilbert zu beobachten. Mason setzte sich im Schneidersitz neben ihm auf den Teppichboden und sah dem Baby dabei zu, wie es mit seinen noch ungeschickten Fingern versuchte, die Seiten eines dick kartonierten Babybuches umzublättern und es schließlich mit den feuchten Lippen befühlte. All die kostbare Zeit, die Mason seinem Sohn widmete, ließ ihn zumindest für eine Weile die eigenen Sorgen vergessen. Edna hoffte von ganzem Herzen, dass Gilbert Masons Sohn war.

Karens Anruf kam an einem Freitagnachmittag, als Edna gerade auf der Heimfahrt vom Büro war. Sie war nicht so erschöpft wie sonst, weil die Woche ruhig verlaufen war, mit wenigen Besichtigungsterminen und viel Büroarbeit, die aber nicht dringend war.

„Edna, wie schön, dass ich dich erreiche." Karen war seit Gilberts Geburt freundlich zu ihr, kam öfter zu Besuch und behandelte Edna wie ein Familienmitglied, das sie endlich akzeptiert hatte. „Ich habe mich entschieden, die DNA-Analyse machen zu lassen."

Edna setzte den Blinker und bog vorsichtig nach links ab. Seit dem Unfall saß sie mit einem mulmigen Gefühl hinter dem Steuer und fuhr wie eine unsichere Fahrschülerin.

„Soll ich dir ein Haar besorgen?" Edna half gern, wenn Karen die Wahrheit ans Tageslicht befördern wollte. Es war kein Problem, ein Haar ihres Mannes aus seiner Bürste zu fischen.

„Ich habe nur eine Bitte." Edna bremste abrupt für ein Eichhörnchen, das unentschlossen die Fahrbahn überquerte. „Es wäre besser, Mason nichts davon zu sagen. Ich habe den Eindruck, dass er es zurzeit ganz gut schafft, im Jetzt zu leben."

„Das sehe ich auch so." Es war sonderbar, von Karen keine Widerrede zu ernten.

Edna war erleichtert, dass Karen ihre Meinung für richtig hielt. Die beiden unterhielten sich noch eine Weile über Gilbert und Masons Pläne, ein Ferienhaus auf der Oberen Halbinsel zu kaufen, bis Edna schließlich die Einfahrt zum Kinderhort nahm. Heute musste sie Gilbert abholen, weil Mason einen Kontrolltermin beim Arzt hatte und anschließend mit einem Nachbarn walken ging.

Der Kies knirschte vertraut unter den Reifen. Edna beobachtete eine Weile die größeren Kinder, die auf dem eingezäunten Spielplatz umherrannten. Die Welt der Kinder war ein Universum für sich und es war ein Segen, dass sich Mason so gut darauf einlassen konnte, mit Gilbert der Realität zu entfliehen.

Edna schaltete den Motor ab und zupfte einen Stofffaden von ihrem Rock. „Ich werde dir das Haar so bald wie möglich zukommen lassen."

Als sie mit dem Autositz in der Hand den Vorraum des Gebäudes betrat, saß eine der dort angestellten Damen mit Gilbert auf dem Schoß am Küchentisch.

„Der Herr hat einen Riesenhunger." Sie wischte Gilbert einen milchigen Brei von der Wange.

Edna nahm ihren Sohn, der sich müde die Augen rieb, entgegen und drückte ihn an sich. Sie hatte niemals gedacht, diese Art der bedingungslosen Liebe empfinden zu können. Auch Cameron musste damals etwas davon gefühlt haben.

„Danke, dass ihr euch so rührend um Gilbert kümmert." Edna lächelte zufrieden und legte ihn in die Autoschale.

Er streckte seinen Körper und presste den Bauch nach oben, sodass Edna Mühe hatte, die Gurte zu schließen. Als sie sich verabschiedete, begann Gilbert zu weinen.

Sobald der Motor lief, wurde er ruhig und ließ sich von dem rhythmischen Rollen der Reifen auf der unebenen Fahrbahn in den Schlaf lullen.

Zu Hause angekommen fand Edna Mason gedankenverloren auf der Couch sitzen. Sie stellte den Autositz auf dem Wohnzimmerteppich ab. „Schon wieder zu Hause? Alles in Ordnung, Mason?" Manchmal war es, als hätte sie zwei Kinder.

„Der Arzt sagt, alles sei im grünen Bereich." Er erhob sich, trat auf Edna zu und drückte ihr einen trockenen Kuss auf den Mund. Er roch nach Schokolade. In letzter Zeit aß er viele Süßigkeiten. „Es ging schneller als erwartet."

„Und was ist mit dem Walking?" Sie hob Gilbert, der gerade aufgewacht war, aus der Autoschale und reichte ihn Mason.

„Ich hatte keine Energie mehr." Mason setzte sich mit Gilbert auf die Couch und ließ ihn sein Gesicht mit den speichelnassen Fingern erkunden. „Ich überlege mir seit einiger Zeit, ob ich den Abschiedsbrief meines Vaters lesen sollte." Mason sah Edna traurig an.

„Es gibt einen Abschiedsbrief?" Sie nahm neben ihm Platz.

„Das hat Karen erwähnt. Ich habe nichts davon gewusst."

„Und du meinst, dass es dir guttun würde, ihn zu lesen?" Edna hatte große Zweifel daran, dass es eine gute Idee war. Es bekam Mason nicht, den Blick ständig in die Vergangenheit zu richten. Wenn es denn überhaupt jemandem bekam!

„Hm", erwidert Mason nur und lehnte den Kopf an Ednas Schulter.

Nachdem sie eine Weile so dagesessen hatten, erhob sich Edna schließlich, um das Abendessen vorzubereiten. Zu ihrer Überraschung hatte Mason bereits das Gemüse geschält und geschnitten. In einem Sieb in der Spüle lag ein bunter Berg aus Zucchini, roter und gelber Paprika, Pilzen und Karotten. Sie wollte nicht wissen, wie lange er dafür gebraucht hatte.

„Danke, Mason." Sie drehte sich in die Richtung ihres Mannes, doch sein Blick war abwesend. Gilbert spielte mit seinem Ohr.

Edna ging nach oben, um in ihre Jogginghose zu schlüpfen und auf die Toilette zu gehen. Nachdem sie sich die Hände gewaschen hatte, holte sie Masons Haarbürste aus der obersten Schublade seines Waschpultes und zog vorsichtig mit Daumen und Zeigefinger einige Haarsträhnen zwischen den Borsten hervor. Es musste gutes Material sein, mit einer intakten Haarwurzel, soviel wusste sie. Sie hielt die dunklen, dünnen Haare in der Hand und starrte sie an. War es hinterhältig? Vorsichtig wickelte sie die Haare in ein Taschentuch. Bald würden sie wissen, ob Mason und Karen Hicks verwandt waren. Ednas Herzschlag wurde schneller.

Kapitel sechsunddreißig

Ann Arbor, Michigan, im Jahr 2019

„Wir können am Wochenende unser neues Ferienhaus besichtigen." Masons Augen glänzten vor Freude. So hatte ihn Edna schon lange nicht mehr erlebt. Der Kaufvertrag war abgeschlossen, obwohl sie das Objekt bisher nur virtuell hatten besichtigen können. Sie vertrauten Ednas Erfahrung als Immobilienmaklerin. Das Gebäude war gut gepflegt, der See dahinter groß genug, damit man im Sommer darin angeln, schwimmen und sogar Boot fahren konnte. Der Lake Superior war zwar fast drei Autostunden entfernt, aber dafür war die Anreise aus Ann Arbor nicht ganz so mühsam.

Masons Therapie war vorerst abgeschlossen und die Ärzte waren mit dem Ergebnis zufrieden. Edna hatte mit Ehrfurcht zugesehen, wie Mason wie ein demütiger Junge alles über sich hatte ergehen lassen. Er hatte sich kein einziges Mal beklagt.

„Ich mache einen Spaziergang mit Gilbert", verkündete er, während er seinen Sohn umständlich in den Kinderwagen legte und die Decke an den Seiten sorgfältig einsteckte.

„Viel Spaß!" Edna hielt ihm die Windfangtür auf, damit er den Wagen besser ins Freie manövrieren konnte.

Sie stellte sich vor die Haustür und blickte den beiden hinterher. Der Himmel war wolkenlos und der Wind angenehm warm. Vater und Sohn, dachte sie, als die beiden hinter der Straßenbiegung verschwanden. Just in dem Moment kam Karens Auto aus der anderen Richtung angefahren.

Sie parkte den Wagen hinter der Garage und stieg zügig aus. Die beiden begrüßten sich mit einer kurzen Umarmung, so hatten sie es sich in letzter Zeit angewöhnt.

Karen betrat das Foyer, zog die Schuhe aus, stellte sie parallel hin und strich sich eine Haarsträhne aus der Stirn. Edna bot ihr einen Tee an, doch Karen lehnte dankend ab. Stattdessen stand sie im Eingangsbereich herum und schwieg, als hätte sie in einer Drama-Aufführung ihre Zeilen vergessen.

„Möchtest du nicht hereinkommen und dich setzen?" Edna nahm ihr die Jacke ab.

„Ich bin zu nervös, ich gehe schon den ganzen Morgen auf und ab." Jetzt erst bemerkte Edna rote Pusteln an Karens Hals.

„Du hast das Ergebnis bekommen, nicht wahr?" Sie wusste natürlich, warum Karen so nervös war. „Komm doch bitte herein und setz dich."

Karen betrat nach Edna das Wohnzimmer und setzte sich auf die Couch. Ihr Gesicht sah müde und zerknittert aus, als hätte sie tagelang nicht mehr geschlafen. Edna nahm ihr gegenüber in einem Sessel Platz.

Karen schlug die Beine übereinander und kramte einen Briefumschlag aus der Handtasche hervor.

„Mason und ich sind sehr wahrscheinlich nicht miteinander verwandt." Kaum hatte Karen diese Worte ausgesprochen, traten Tränen in ihre Augen.

Edna zupfte ein Taschentuch aus der Box, die auf dem Beistelltisch stand und die Karen mühelos selbst hätte erreichen können, und reichte es ihr. Sie hatte auf einmal das dringende Bedürfnis, Karen mütterlich zu umsorgen.

„Ich hätte niemals diese Untersuchung machen lassen sollen." Karen tupfte sich mit dem Taschentuch die Wangen ab. „Es war besser, es nicht zu wissen."

„Dafür ist es jetzt zu spät", sagte Edna in einem nüchternen Tonfall und bereute es sofort. Vielleicht war sie tatsächlich so abgebrüht, wie Mason immer wieder behauptete. Im nächsten Moment musste sie an Gilbert denken.

„Es ist eine Krankheit, die Gegenwart ständig im Licht der Vergangenheit zu erleben." Karen war philosophischer als sonst, was Edna nachvollziehen konnte. In Karens Leben war zu viel Unerfreuliches passiert und nach solch einer Enthüllung kam alles wieder hoch. „Diese neue Wahrheit hat mich so hart getroffen, Edna. Das hätte ich nicht erwartet."

„Es tut mir leid", sagte Edna. „Ich glaube, so geht es Mason ständig. Er kann die Vergangenheit nicht überwinden. Sie ist immer da." Sie legte die Hände in den Schoß und sah Karen ruhig an. „Erst, seit Gilbert geboren ist, gelingt es ihm, mehr im Jetzt zu leben und das Gewesene auszublenden." Sie zuckte mit den Schultern. „So kommt es mir jedenfalls vor."

„Ich freue mich so für Mason." Karens Augen leuchteten kurz auf. „Ich habe mir immer gewünscht, dass er Vater wird."

Edna konnte einen Seufzer nicht unterdrücken. Saß die Person, der sie sich anvertrauen sollte, gerade vor ihr? Bisher hatte sie nur Madeleine gegenüber etwas erwähnt. Ein einziges Mal und ihre Freundin hatte es seither nie wieder zur Sprache gebracht. Es gab Tage, an denen es schier unerträglich war, die Sache mit Mister Chesterfield nicht auszusprechen. Dann sehnte sich Edna nach jemandem, mit dem sie das Thema bereden konnte. Dieser Jemand sollte ihr Ehemann sein, war es aber nicht. Mason war ihr gegenüber so offen gewesen, dass es nur noch mehr wehtat, ihn im Dunkeln zu lassen. Er hatte ihr gesagt, dass er sich das Leben hatte nehmen wollen. Und sie behielt alles für sich. Aber war es nicht ein Zeichen von Stärke, schweigen zu können? Sprach man manches nicht nur deshalb aus, um das eigene Gewissen zu erleichtern?

Die Erkenntnis, dass Mason wohl nicht Elliot Hicks' Sohn war, warf ein ernüchterndes Licht auf Ednas Lage. Bisher hatte sie mit dem Gedanken gespielt, eine Untersuchung zu veranlassen. Hinter Masons Rücken. Sogar hinter dem Rücken der gesamten Familie. Um endlich zu wissen, ob dieses eine, flüchtige Abenteuer mit einem Kunden folgenlos geblieben war oder nicht. Die Spuren in ihrem Gewissen hatte sie erfolgreich verwischt. Sie würde mit diesem Fauxpas leben können. Trotzdem quälte sie häufig die Ungewissheit, wenn sie nachts mit Gilbert an der Brust auf dem Schaukelstuhl saß und Mason ahnungslos im Ehebett schnarchte.

„Ich versuche die ganze Zeit, mir einzureden, dass es keinen Unterschied macht." Karen sah Edna flehend an. Als könnte sie ihr behilflich sein!

„Meiner Meinung nach macht es keinen Unterschied." Kaum hatte Edna diesen Satz ausgesprochen, fragte sie sich, ob sie tatsächlich davon überzeugt war. Ob es in Ordnung war, Karen Unbekümmertheit vorzugaukeln. Denn das tat Edna häufig im Leben. Es war manchmal der einzige Weg, um nicht verrückt zu werden. Man machte sich selbst und den anderen etwas vor und eines Tages verinnerlichte man diese Haltung.

„Es ist dieses Gefühl, dass ich ein Leben lang hinters Licht geführt worden bin. Es ist unerträglich." Karen drohte, erneut in Tränen auszubrechen, beherrschte sich aber und atmete laut ein und ruhig wieder aus. Sie saß aufrecht da, als müsste sie ihr Schicksal heldenhaft ertragen. Vielleicht waren sie sich ähnlicher, als Edna jemals gedacht hatte.

„Keiner hat dich hinters Licht geführt, Karen. Wer weiß, vielleicht wusste nicht einmal Cameron, wer der Vater ihres Sohnes war." Karen tat ihr leid.

„Das ist doch lächerlich, Edna. Sie muss sich diese Frage doch gestellt haben. Jeder normale Mensch würde das tun." In Karens Gesicht stand auf einmal zusätzlich zur Enttäuschung ein Funken Hass geschrieben. Sie hatte Cameron wohl niemals verzeihen können.

Mehr denn je sehnte sich Edna in diesem Moment nach Absolution. Für Cameron. Und für sich selbst. Es reichte nicht, sich selbst zu vergeben.

„Ich habe ein Leben lang versucht, Mason zu unterstützen." Karen legte den Brief neben sich auf die Sitzfläche und knetete die Hände.

„Warum ist es so wichtig, ob Elliot Masons leiblicher Vater war?" Edna bemerkte, dass sie diese Frage nicht ohne Hintergedanken stellte. Dass sie das Thema vertiefen wollte, um die eigene Situation erträglicher zu machen. Aber war das möglich?

Karen räusperte sich. „Mason hat den Namen seines Vaters stets mit Stolz getragen. Es ist ihm immer sehr viel daran gelegen, ein Hicks zu sein. Seine Verbundenheit zu Elliot war rührend."

„Aber daran ändert doch die Tatsache, dass sie nicht blutsverwandt waren, rein gar nichts." Edna fragte sich, ob sie gerade dabei war, sich die Sache schönzureden. Um ihr eigenes Gewissen zu beruhigen. Am liebsten hätte sie das Abenteuer mit Herrn Chesterfield vergessen.

Karen erwiderte nichts, sondern starrte verloren vor sich hin. Sie wirkte auf einmal wie ein junges Schulmädchen auf Edna. Nicht mehr so stoisch wie sonst.

„Kannst du mir vielleicht doch einen Tee kochen?", fragte Karen schließlich und lächelte gequält.

Während Edna einen Teebeutel in die *Pause-and-Relax*-Tasse gleiten ließ, schossen Gedankenblitze durch ihren Kopf. Aus dem Augenwinkel sah sie, dass Karen begonnen hatte, in einer Frauenzeitschrift zu blättern, die auf dem Beistelltisch gelegen war.

Niemand sollte von ihrem Abenteuer auf dem flauschigen Teppichboden erfahren! Nicht einmal ihr Therapeut. Madeleine wusste es, aber die konnte schweigen wie ein Grab, schon durch ihren Job hatte sie das gelernt. Es war ein Moment der Schwäche gewesen, sich ihr zu öffnen. Stärke bewies man, wenn man solche Probleme, die das eigene Gewissen aufwühlten, für sich behielt. Sobald man sie mit jemandem teilte, belastete man die andere Person damit. Was erhoffte man sich denn? Verständnis oder gar Vergebung? Die Lösung der eigenen Probleme? Jeder sollte die seinen selbst lösen!

Man hätte argumentieren können, dass Mason ein Recht darauf hatte zu erfahren, ob er Gilberts leiblicher Vater war. Doch in Ednas Augen machte es, je mehr sie darüber nachdachte, tatsächlich keinen großen Unterschied. Die beiden verband ein zartes Band der Liebe. Es wäre nur eine Belastung, die Karten offen auf den Tisch zu legen und damit alles zu hinterfragen.

Edna goss das siedende Wasser aus dem Wasserkocher über den Beutel. Der heiße Dampf stieg ihr unangenehm ins Gesicht.

Es war nicht immer einfach, zu einer inneren Überzeugung zu kommen. Manchmal musste man sie erzwingen, um weiterleben zu können. Den Verstand über das Herz siegen lassen.

Karen nahm die Tasse dankend entgegen und stellte sie auf der Frauenzeitschrift ab.

„Hast du vor, es Mason zu sagen?" Diese Frage hatte sich Edna schon lange gestellt und sie war recht schnell zu dem Entschluss gekommen, dass man auch dieses Ergebnis am besten verschweigen sollte.

„Ich weiß nicht", sagte Karen. „Einerseits denke ich, dass er das Recht hat, es zu erfahren. Andererseits ist es eine Belastung, die vielleicht unnötig ist und durch die er einen Rückschlag erleiden würde."

„Genauso sehe ich das auch." Edna war erleichtert. „Mason ist immer noch ein labiler Mensch." Edna wunderte sich über Karens Naivität. Wie konnte sie auch nur erwägen, Mason mit dieser hässlichen Wahrheit zu konfrontieren?

Mit dem ersten Schluck aus der Teetasse stockte das weitere Gespräch. Wenig später raschelte Masons Hausschlüssel im Schloss. Karen warf Edna einen alarmierten Blick zu.

„Du bist einfach so zu Besuch da." Edna lächelte frech. „Um Gilbert zu sehen."

Kapitel siebenunddreißig

Ann Arbor, Michigan, im Jahr 2019

Es war Frühsommer in Michigan und Mason hatte es geschafft, den Kontrollgang durch das Haus Edna zu überlassen. Er stand auf der Einfahrt neben dem Wagen, den er schon herausgefahren hatte, da Edna nicht gern rückwärts fuhr. Am Abend zuvor hatten sie sich geliebt und es war auf eine unerklärliche Weise magisch gewesen. Fast so wie beim allerersten Mal.

Gilbert quengelte im Autositz, dabei hatte Mason alle Fenster heruntergelassen und die Klimaanlage eingeschaltet. Die erstickende Schwüle des Hochsommers lag bereits in der Luft.

„Hast du auch den Herd ausgemacht?", fragte er, als Edna mit beschwingten Schritten auf ihn zukam.

„Der Herd war seit gestern Abend nicht an." Edna hob die Augenbrauen und warf ihm einen herausfordernden Blick zu. Seit Gilberts Geburt hatte sie eine lockere, aber bestimmte Art entwickelt, mit seinen Zwängen umzugehen. Sie sah weder auf ihn herab, noch tadelte sie ihn. Aber sie war immer sicher, dass es falsch war, über jeden einzelnen Gedanken der Unsicherheit zu stolpern.

„Und hast du es gestern Abend kontrolliert?" Masons Finger tippelten auf dem Lenkrad.

Edna antwortete nicht, sondern riss die Fahrertür auf. „Ich mach den Anfang."

Mason wechselte auf den Beifahrersitz, drehte sich kurz zu Gilbert um und versuchte vergeblich, ihm den Schnuller in den Mund zu stopfen. Immer wieder schob seine kleine, wütende Zunge das Ding wieder heraus und es landete auf seinem Bauch. Gut, dass es an einer Schnur mit bunten Plastikperlen hing.

„Er wird schon einschlafen, sobald wir fahren." Edna startete den Motor.

Wieder einmal hatte Edna recht, denn kaum waren sie auf dem Highway angekommen, fielen Gilberts Augen zu und sein Kopf schlaff zur Seite.

„Warum schläft er immer nur dann ein, wenn wir im Auto fahren?" Mason ließ seinen Blick an Edna hinuntergleiten. Sie trug eine beige Stoffhose mit einem Gürtel aus gemustertem Leder und Turnschuhe, die sie immer bei längeren Fahrten anhatte, wenn die hohen Absätze auf Dauer störten. Ihre cremefarbene Bluse war viel zu elegant für die erste Reise ins Ferienhaus, aber Mason musste zugeben, dass es ihm gefiel, wenn Edna schick war.

„Vielleicht, weil dann die Zeit schneller vergeht." Edna warf Mason einen raschen, freundlichen Blick zu. Die Bluse spannte über ihren Brüsten, die immer noch voller Milch waren. Sie würden viele Pausen einlegen müssen, damit sie Gilbert stillen konnte. Auf solchen Reisen war die Muttermilch sehr praktisch, fand Mason. Immer vorhanden, immer perfekt lauwarm. Vielleicht sollte man doch öfter der Natur der Dinge vertrauen.

„Ich habe als Kind auch immer im Auto geschlafen." Edna verengte die Augen für einen Augenblick und konzentrierte sich auf den Verkehr, der unkoordiniert auf allen Seiten dahinfloss. Ein Dodge Pickup flog über die Fahrbahn und zwang Edna zum Bremsen.

„Diese Drängler!" Sie drückte auf die Hupe. Anscheinend hatte sie das Selbstvertrauen hinter dem Steuer wiedergefunden.

Sie fuhren eine Weile schweigend und Mason spürte die Freude auf diesen Urlaub in seiner Brust keimen.

„Soll ich bald fahren?" Er hatte zwar keine Lust dazu, doch er wollte es zumindest anbieten.

„Nein, wir wollen ja noch heute ankommen."

Mason schmunzelte und erwiderte nichts.

„Also, ich mag Autofahrten." Er konnte nicht anders, als den sich plötzlich einstellenden Gedanken zu erliegen. „Man kann die Gedanken frei laufen lassen. Nichts lenkt einen ab."

Edna seufzte. „Es ist vielleicht besser, wenn du deine Gedanken unter Kontrolle hast. Die sollten nicht frei herumlaufen."

Mason wusste, dass ihre Aussage im Kern richtig war. Aber was sollte er tun? Er war nun einmal er selbst.

„Ich habe gelesen, dass ein Trauma der Grund dafür sein kann, dass Menschen im Alter Angststörungen und Zwänge entwickeln." Mason wusste, dass Edna solche Gespräche nicht besonders schätzte. Trotzdem musste er mit ihr darüber reden.

„Das macht die Sache nicht besser." Sie wechselte rasant auf die linke Spur und schoss an einem Pick-up vorbei.

„Aber es erklärt sie."

„Mag sein." Edna fädelte sich wieder in der Mitte ein und schaltete den Tempomaten an. Sie legte die Hände leger oben auf das Lenkrad.

„Dass mein Vater plötzlich tot war, das war mein Trauma." Mason ließ den Blick in die Ferne schweifen. Bäume säumten die Fahrbahn, dahinter ließen sich die Rückseiten schäbiger Holzhäuser erahnen.

„Das dachte ich mir, Mason."

„Und dann die volle Wahrheit, als ich älter war. Das war mein zweites Trauma. Und so etwas kann die Gene verändern, stell dir das vor, Edna." Der Gedanke, dass er Gilbert eventuell etwas von seinem Genschaden mitgegeben hatte, erfüllte Mason mit Unwohlsein.

Edna schwieg eine zu lange Weile. Ihre Finger klammerten sich plötzlich um das Lenkrad. Sie wollte wohl nicht über Gene nachdenken.

„Ich habe übrigens den Abschiedsbrief meines Vaters gelesen." Mason hatte es Edna schon längst sagen wollen und jetzt schien der richtige Augenblick dafür zu sein. Karen hatte es ihm angeboten und er hatte zugestimmt. Natürlich wollte Edna nicht über so etwas Düsteres reden. Sie umging solche Themen und vielleicht tat sie damit oft genau das Richtige. Doch jetzt musste sie sich mit ihm austauschen, schließlich waren sie in einem Auto gefangen.

„Hm", war alles, was sie zunächst erwiderte, bevor sie schon wieder die Spur wechselte.

Mason verstand nicht, warum sie das so oft tat. Er war immer froh, einen sicheren Platz in einer Spur gefunden zu haben.

„Ich habe nicht weinen müssen." Er drehte den Kopf zu Edna, aber sie starrte bloß weiterhin auf die Straße. „Dabei habe ich gedacht, dass ich weinen müsste."

„Das ist gut, wenn du nicht weinen musstest." Ednas Griff auf dem Lenkrad lockerte sich ein wenig. Sie hatte elegante, lange Finger.

„Seine Liebe zu Cameron war alles, wofür er gelebt hat." Mason atmete geräuschvoll ein und wieder aus. „Ich kann nicht begreifen, warum er nicht für mich weiterleben wollte."

„Ich glaube, du zerbrichst dir den Kopf zu viel über Vergangenes." Jetzt sah Edna zu ihm herüber.

Er lebte auch in gewisser Weise für sie. Aber nicht nur. Jetzt gab es Gilbert.

„Ich kann es nicht abstellen, Edna. Damals, als ich am Lake Superior war, da hatte ich das bestimmte Gefühl, dass unsere Ehe zum Scheitern verurteilt war."

„Es liegt an uns, sie am Laufen zu halten." Edna legte eine Hand auf Masons Oberschenkel.

„Aber es gehören immer zwei dazu", sagte er. „Ich habe gedacht, dass du mich auf Dauer nicht ertragen kannst."

„Manchmal ist es wirklich nicht leicht." Edna kniff Mason sanft in die Seite.

„Aber du versuchst es."

Sie zog die Hand wieder zu sich und schwieg erneut auffällig lange. Mason sah aus dem Fenster und fragte sich, warum er die Vergangenheit immer wieder aufwühlen musste. Dabei freute er sich auf die Ferienwoche in ihrem neuen Haus, auf das unendliche Wasser und die vertraute Stille des Waldes, in der er für kurze Zeit alles zu vergessen hoffte, was immer noch ab und zu sehr schwer auf ihm lastete.

„Gleich nach der Mackinac Bridge machen wir eine Pause, ja?" Mason verstand, dass Edna nicht weiter in den Gedankenspiralen seines Hirns herumstochern wollte. Er verstand es sogar gut. „Wir essen Omeletts und trinken eine heiße Schokolade mit Sahne." Mason versuchte, unbekümmert zu klingen. Auch wenn er wusste, dass er sich bei Edna nicht zu verstellen brauchte. Dass sie ihn ohnehin durchschaute. Und dass es ihm guttat, dass es so war. Vor ihr schämte er sich nicht. Seit Ednas Unfall war etwas Wunderbares in ihrer Ehe geschehen, für das er dankbar war.

„Ja, lass uns eine Pause machen. Und dann erzähle ich dir etwas", sagte Edna und sah auf einmal traurig aus.

Kaum hatten sie die Mackinac Bridge überquert, fühlte sich Edna auf einmal ausgelaugt und zu erschöpft, um auch nur eine weitere Meile zurückzulegen. Sie hatte seit einigen Nächten kaum geschlafen. In ihrem Kopf hatten sich die Gedanken eine Hetzjagd geliefert.

„Hier fahren wir raus." Sie setzte den Blinker und fuhr die langgezogene Rampe vom Highway ab, die zu einer Ampelkreuzung führte. Der Himmel war verhangen und es sah nach Regen aus. Sie nahm den ersten freien Parkplatz und Gilbert begann sofort zu wimmern.

„Ich stille ihn schnell hier im Auto."

Mason verstand die Bitte, stieg aus und holte Gilbert aus dem Autositz. Sie waren ein eingespieltes Team. Gilberts Augen waren noch geschlossen. Über sein kleines Gesicht hatten sich ungeduldige Runzeln gelegt. Mason reichte Edna ihren Sohn über den Beifahrersitz hinweg. Edna hatte sich bereits das Stilltuch über den Kopf gezogen, unter dem sie ihre Bluse aufgeknöpft und den einen Korb ihres BHs heruntergeklappt hatte. Jetzt spürte sie, wie sich Gilberts Lippen um ihre Brustwarze legten und er gierig zu saugen begann. Mason war ausgestiegen, stand nun mit dem Rücken zu Edna vor der Motorhaube und streckte die Arme über dem Kopf.

Heute Morgen noch, als das Licht der aufgehenden Sonne zaghaft seine Finger zwischen Vorhang und Fensterrahmen hindurchgesteckt hatte, war Edna davon überzeugt gewesen, es Mason sagen zu müssen. Trotz der rationalen Überlegungen, dass es sinnvoller war, es nicht zu tun, hatte sie das Gefühl gehabt, es tun zu müssen. Aus einem moralischen Zwang heraus, dem sie sich nicht entziehen konnte.

Mit Karen hatte sie seit dem Testergebnis dreimal telefoniert. Sie waren beide der Meinung, das Resultat nicht mit Mason zu teilen. Er war auf dem besten Weg, sich von der Vergangenheit zu lösen und den Tod seines Vaters als unausweichlichen Bestandteil seines Schicksals hinzunehmen. So, wie jeder normale Mensch mit der Zeit lernte, die Dinge zu akzeptieren. Aber Mason war nicht normal. Er hatte, wie Madeleine immer wieder betonte, eine labile Psyche und konnte nicht gut mit Stress umgehen, um es mild auszudrücken.

Obwohl Mason und Elliot Hicks nicht blutsverwandt waren, litten beide an einer psychischen Störung. Nicht ungewöhnlich, wie Madeleine versicherte. Die meisten Menschen trugen in ihrem Unterbewusstsein etwas mit sich herum, das sich, abhängig von den äußeren Umständen und dem Charakter der jeweiligen Person, in einem psychischen Leiden äußerte oder eben nicht. Mason hatte eine unglückliche Kindheit gehabt und war noch dazu hochsensibel. Diese Mischung erschwerte sein ganzes Leben.

Am Vorabend war Mason ins Fitnessstudio gefahren, weil sein Arzt ihm ein regelmäßiges, seinem Tempo angepasstes Training empfohlen hatte. Masons Chemotherapie war mit erstaunlich wenigen Nebenwirkungen verlaufen und die Chancen, dass er wieder ganz gesund werden würde, standen gut. Edna nutzte die freie Stunde, um Madeleine anzurufen. All die Gespräche mit Karen hatten immer nur eines ins Zentrum der Überlegungen gerückt: Masons zerbrechliche Psyche.

„Ist es wirklich so ...", begann Edna das Gespräch mit ihrer besten Freundin und starrte auf den handgeschriebenen Zettel auf ihrem Schoß, wo sie die Gedanken der vergangenen Nacht notiert hatte, „... dass es besser ist, eine empfindliche Psyche zu schonen?"

„Willst du meine Meinung als Psychologin oder als Freundin?"

„Ist das nicht dasselbe?" Edna war überrascht.

„Nein, denn ich sehe hier nicht nur Mason Hicks als einen Patienten, sondern auch dich als meine beste Freundin." Im Hintergrund schrie ein Kind und Madeleine sagte etwas, das Edna nicht verstand, wahrscheinlich zu ihrem Mann. Dann entschuldigte sie sich kurz und legte das Telefon ab.

Edna war unruhig. Sie hatte Madeleine vor wenigen Tagen bei einem gemeinsamen Abendessen alles erzählt, was sie wusste. Madeleine war auf dem Laufenden und Edna sehnte sich nach einer Hand, die sie bei ihren zukünftigen Entscheidungen lenken würde. Sie wollte die Verantwortung für alles abgeben, auch wenn sie wusste, dass das nicht möglich war.

„Hör zu, Edna." Eine Tür fiel geräuschvoll ins Schloss. „Ich muss dir ehrlich sagen, dass ich es leid bin, deine Beraterin sein zu müssen."

Edna schluckte. Das saß.

„Ich bin auch nur ein Mensch", sagte Madeleine. „Lass es mich zusammenfassen: Du weißt nicht, ob es im Licht der Tatsache, dass Mason mit einer Lüge aufgewachsen ist, noch richtig ist, ihm gleich zwei erschütternde Wahrheiten zu servieren. Erstens, dass Elliot Hicks nicht sein leiblicher Vater war, und zweitens, dass Gilbert vielleicht nicht sein leiblicher Sohn ist. Weil du dich nämlich mit einem Kunden auf dem Teppichboden eines Hauses, das du eigentlich hättest verkaufen sollen, vergnügt hast."

„Das klingt schrecklich." Edna war verzweifelt.

„Es ist schrecklich."

„Aber ich kann es nicht mehr ändern."

„Das stimmt. Aber du kannst jetzt ändern, dass du mit einer Lüge lebst."

Edna fragte sich, ob es eine Lüge war, etwas nicht zu sagen.

„Was macht das jetzt noch für einen Unterschied?", fragte sie stattdessen.

„Du hast Mist gebaut, der aber nicht nur dich betrifft, sondern deinen Sohn, deinen Mann, deine Ehe. Du hast jetzt die Chance, die Wahrheit ans Licht zu bringen, damit die Zukunft klarer wird."

Edna verabschiedete sich abrupt. Das Gespräch führte nirgends hin. Wenn es etwas tat, dann verunsicherte es sie.

Am Abend lag sie mit weit aufgerissenen Augen im Bett. Da spürte sie Masons Hand an ihrem Oberschenkel. Seine Finger krabbelten immer weiter nach oben. Er liebkoste sie mit einer Inbrunst, die sie lange Zeit vermisst hatte. Sie küssten sich wie damals, fast so, als wäre es ein verbotener Kuss, der umso reizvoller war. Und dann liebten sie sich behutsam wie zwei Menschen, die alle Zeit der Welt gepachtet hatten, ohne an die Zukunft denken zu müssen. Anschließend lagen sie nebeneinander und sagten beide zur gleichen Zeit dasselbe. Das passierte selten, dass zwei Menschen denselben Gedanken im exakt selben Augenblick hatten und ihn dann auch noch aussprachen. Es hatte etwas Magisches. Edna wusste, dass sie Mason nicht weiter belügen konnte. Denn die Wahrheit nicht zu sagen, war auch eine Lüge.

Sie sagten beide gleichzeitig: „Ich liebe dich", bevor sie sich lange umarmten und Edna Masons warme Brust spürte. Sein Herzschlag war ein beständiges, ängstliches Pochen gegen ihre Brust gewesen.

Es tat gut, die Reise zu unterbrechen. Edna und Mason saßen auf tiefroten Kunstlederbänken an einem Tisch, mit Gilbert in der Autoschale an Masons Seite.

„Ich muss dir etwas sagen." Edna biss sich auf die Unterlippe. Das Ambiente mit dem Blick auf den großen Parkplatz und dem schwarzen Plastikbesteck vor ihnen auf dem Tisch war alles andere als perfekt, aber sie wollte nicht länger damit warten. Außerdem hatten sie eine lange Fahrt vor sich, auf der sie über die belastende Wahrheit reden konnten. Dann folgte eine Ferienwoche, in der sie Zeit füreinander hatten. Oder würde sie mit ihrem Geständnis alles ruinieren?

„Du brauchst mir nichts zu sagen." Masons Stimme klang überraschend fest. Edna sah ihm fest in die Augen. Er rollte die Ecke seiner Papierserviette auf. „Karen hat mich vorgestern angerufen."

Ednas Atem stockte. In ihr stieg Wut auf. Hatte Karen ihrem Neffen hinter ihrem Rücken von dem Testergebnis erzählt, obwohl sie gemeinsam zu dem Entschluss gekommen waren, es Mason zu verschweigen?

„Ich weiß, dass Elliot Hicks nicht mein leiblicher Vater war." Mason rollte die Serviette nun ganz zusammen und zerknüllte sie anschließend in einer Hand. Dann senkte er den Blick.

„Und du kommst klar damit?" Edna legte ihre Hand auf Masons.

„Karen hat gesagt, dass ihr es für besser gehalten habt, es mir nicht zu sagen." Er platzierte seine Hand auf Ednas und starrte auf die Tischplatte. „Aber dass sie es mir trotzdem sagen will, weil sie es nach langen Überlegungen für besser hält."

„Ich bin überrascht." Eigentlich war Edna enttäuscht. Sogar wütend.

„Sie hat mich gebeten, dir nichts zu sagen. Weil ihr es ja anders ausgemacht hattet", sagte Mason.

311

„Sie macht alles komplizierter, als es ohnehin schon ist." Edna mochte Karen immer noch nicht, das wurde ihr aufs Neue klar.

„Sie hat gesagt, dass es eigentlich nur unsere Familie etwas angeht." Mason sah zu Edna auf. „Dass du damit im Grunde genommen nichts zu tun hast und dass ich vielleicht meinen inneren Frieden finden kann, wenn ich weiß, dass diese Cameron ein billiges Flittchen war. Das war ein Zitat."

Edna konnte kaum fassen, dass Karen Masons Mutter derart beleidigt hatte.

„Und du, was meinst du dazu?" Sie betrachtete Mason. Seine Schultern hingen, wie immer, leicht nach vorn und er hatte diese Art, den Hals wie eine Schildkröte zu halten. Steil nach vorn gebeugt und mit einem nach hinten fallenden Unterkiefer. Er sah nicht aus wie jemand, der es fertigbrachte, die bittere Pille der Wahrheit so einfach zu schlucken.

„Ich wünschte, sie hätte es mir nicht erzählt", sagte Mason schließlich und zog seine Hand zu sich. „Es war viel erträglicher, die Vergangenheit in Ruhe zu lassen."

Die Bedienung kam und störte das Gespräch. Edna hatte auf einmal keinen Hunger mehr und bestellte nur einen Milchkaffee. Mason hingegen nahm ein Omelett mit Wurst und Käse und eine heiße Schokolade mit Sahne.

„Du musst etwas essen", sagte er und richtete den Blick auf Gilbert.

„Ich esse später etwas."

Die Bedienung notierte alles und ging in die Küche.

„Ich habe mir überlegt, dass ich nach unserem Urlaub Doktor Wise anrufen werde." Edna war überrascht über Masons Worte. „Du hast recht, ich brauche Hilfe. Ich schaffe das auf Dauer nicht allein. Oder mit dir. Es wird gut sein, mit einem Fachmann zu reden."

„Das freut mich, Mason."

„Ich werde versuchen, ein guter Ehemann und Vater zu sein. Und dazu muss ich auch versuchen, psychisch stabil zu sein. Sonst lande ich in einer Sackgasse, so wie mein Vater."

Er nannte Elliot Hicks seinen Vater. Edna korrigierte ihn nicht. Sie sah zu Gilbert hinüber und meinte zu erkennen, dass seine Kinnpartie der Masons ähnelte. Die rötlichen Haare waren leicht zu erklären, schließlich hatten auch die ihren von Natur aus einen rötlichen Schimmer. Gilbert durfte nur niemals Dave Dufek ähneln! Das würde jedes Mal eine Wunde aufreißen.

„Lass uns nach vorn schauen, Edna." Mason lächelte zaghaft. So, wie er es damals bei ihrem ersten, ungeplanten Date in dem Café in Ann Arbor getan hatte. Vielleicht konnte man nicht erklären, warum sich manche Menschen anzogen.

„Das werden wir tun." Edna lächelte zurück.

Die Bedienung brachte die Getränke und fragte, ob Edna doch noch etwas essen wolle.

„Ich nehme dann bitte die Waffeln mit den Früchten. Und viel Sahne."

Edna nahm Gilberts Füßchen, das in weichen Socken steckte, in die Hand und massierte sanft seine Fußsohlen. Ein warmes Kitzeln durchzuckte ihren Körper. Plötzlich spürte sie voller Gewissheit, dass sie Mason nichts weiter sagen würde. Es sollte keinen Mr. Chesterfield mehr in ihren Gedanken geben. Kein Grübeln, ob sie Masons Vaterschaft testen lassen sollte. Keine

Zweifel daran, ob es die richtige Entscheidung war. Es gab nur noch eine gemeinsame Zukunft mit Mason und Gilbert und vielleicht noch weiteren Kindern. Nichts, was gewesen war, sollte dieses Glück vergiften. Manchmal wäre es ein Segen gewesen, Vergangenes spurlos vergessen zu können. Denn das, was zählte, lag im Jetzt.

Danksagung

Ganz besonders möchte ich meiner Mutter danken, die meine Fragen immer beantwortet hat. Auch diejenigen, die sicherlich schmerzlich waren und immer bleiben werden. Ohne dich hätte ich nie den Zugang zu dieser Geschichte gefunden. Danke!

Herzlichen Dank an meine wunderbaren Testleserinnen Bianca Kober, Tamara Crazzolara, Ursula Gressmann, Birgit Starke, Monika Wirsching (an dir ist eine begnadete Lektorin verlorengegangen ...), Annabel Zirngibl und meinen Testleser Stephan Tengler.

Danke an das Team des dp Verlags, insbesondere an Francesca Hintz, die sofort an diese Geschichte geglaubt hat. Es freut mich, diesen Roman bei euch zu veröffentlichen, dem Verlag, der auch mein Debüt 2019 herausgebracht hat! Es macht Spaß, mit euch zusammenzuarbeiten.

Vielen Dank an meine Lektorin Sandra Florean für das unkomplizierte und aufmerksame Lektorat. Es war sehr angenehm, mit dir an meinem Manuskript zu feilen.